U0450748

Story by Fuse, Illustration by Mitz Vah

[日]伏濑 / 著
[日]Mitz Vah / 图
程 宏 / 译

关于我变成史莱姆这档事 ❻
Regarding Reincarnated to Slime

时代出版传媒股份有限公司
安徽少年儿童出版社

著作权登记号：皖登字 12181856 号

Ⓒ Fuse Ⓒ Mitz Vah Ⓒ MICRO MAGAZINE, INC.
All rights reserved.
Original Japanese edition published in 2015 by MICRO MAGAZINE, INC.
Translation rights in Simplified Chinese Arranged with MICRO MAGAZINE, INC.

本作品中文简体字版由风车影视文化发展株式会社授权安徽少年儿童出版社在中华人民共和国（不含台湾、香港和澳门特别行政区）独家出版发行。

图书在版编目（CIP）数据

关于我变成史莱姆这档事. 6/（日）伏濑著；（日）Mitz Vah图；程宏译. — 合肥：安徽少年儿童出版社，2021.11
ISBN 978-7-5707-1151-2

Ⅰ.①关… Ⅱ.①伏…②M…③程… Ⅲ.①长篇小说—日本—现代 Ⅳ.①I313.44

中国版本图书馆CIP数据核字（2021）第142882号

GUANYU WO BIANCHENG SHILAIMU ZHEDANGSHI・6
关于我变成史莱姆这档事・6

［日］伏濑 著
［日］Mitz Vah 图
程宏 译

| 出 版 人：张 堃 | 责任编辑：王卫东 张万晖 责任校对：冯劲松 |
| 责任印制：郭 玲 | 版权运作：柳婷婷 |

出版发行：时代出版传媒股份有限公司　http://www.press-mart.com
　　　　　安徽少年儿童出版社　E-mail：ahse1984@163.com
　　　　　新浪官方微博：http://weibo.com/ahsecbs
　　　　　（安徽省合肥市翡翠路 1118 号出版传媒广场　邮政编码：230071）
　　　　　出版部电话：（0551）63533536（办公室）　63533533（传真）
　　　　　（如发现印装质量问题，影响阅读，请与本社出版部联系调换）
印　　制：安徽国文彩印有限公司
开　　本：635 mm×900 mm　　1/16　　　印张：26.75
版　　次：2021 年 11 月第 1 版　　　　2021 年 11 月第 1 次印刷

ISBN 978-7-5707-1151-2　　　　　　　　　　　　　　定价：55.00元

版权所有，侵权必究

目录 —— 八星辉翔篇

序章 魔人们的策谋	1
第一章 人魔会谈	24
第二章 菈米莉丝的通知	92
第三章 会战前夜	154
幕间 众魔王	189
第四章 在因缘之地	221
第五章 魔王飨宴	294
第六章 八星魔王	385
终章 在神圣之地	408
后记	414

序章

魔人们的策谋

"差……差点就没命了，真是的……"拉普拉斯边说边来到雇主面前。

他遍体鳞伤，性命堪忧，看来那话并不夸张。

"看来情况很危急啊。"

雇主——这房间的主人——那个黑发少年一副事不关己的语气。

拉普拉斯生气地甩出自己的抱怨："喂，你这话说得也太轻松了吧！虽然侵入也很困难，但逃离的时候更危险，我在生死边缘徘徊了好几次……"

"我知道你没问题的。估计就算被杀，你也不会死。"

"太过分了。你还是那么过分啊。"

就算拉普拉斯装腔作势地哭起来，那个少年也无动于衷。

"那你摸清圣教会的真实面目了吗？"

"是啊。虽然我也希望能这么报告……不过没办法。"

拉普拉斯严肃地说道，但少年十分平静。

看那态度，似乎这在他的预料之内，少年带着淡淡的笑容说道："哼——你总是这么喜欢说谎。你多少有点眉目了吧？"

听到少年的话，拉普拉斯耸了耸肩叹了口气。

"是啊。这是我好不容易弄到的情报，所以想卖个好价钱，可惜什么都逃不过你的眼睛。真没办法。"

"呵呵呵，很高兴能得到你的夸奖，不过我不会增加酬金哟。"

听到这话，拉普拉斯叹了口气说："真拿你没办法。"

序章
魔人们的策谋

"别这么说嘛。约好的报酬,我一分都不会少你的。话说回来,其实那人的意识早已完成固着。之前在我体内的'魔王'已经顺利转移到人造人(Homunculus)身上了。"

说完,少年开心地笑了。与此同时,他按下传唤铃,传唤在房间外待命的秘书。

"您叫我吗?"

一名美丽的女性应声而来。

这名女性端庄有礼,简直是秘书的典范。

她的肌肤雪白细腻,盘在西式发髻中的金发与端正的容貌十分相称。

她的瞳孔是蓝色的,如神秘的天青石般熠熠生辉。

那摄人的光芒竟能如此纯真,没有任何邪气。

"哈?呃,难道……"

拉普拉斯疑惑地看着那名女性,发现她眼中的光芒十分熟悉。拉普拉斯立即由疑惑转为爆笑,他似乎确信了自己的猜想。

"你怎么变成这副模样了?你什么时候有了这种兴趣?虽然好看,但要说合适的话也很别扭,这和你以前的形象完全不搭边。"

"你真烦人。我花了十年终于得到了可以自由行动的肉体,些许不便就忍了。"

那名女性一改礼貌的态度,毫不掩饰地露出目中无人的笑容,她亲切地拍了拍拉普拉斯的肩膀,自己也坐到了椅子上。

"你没必要装模作样地向这家伙介绍我了吧?"

"不,我希望你继续对外演戏。不过,只有自己人的情况下就没必要了。"

"哦?既然老大这么说,那我就照办。那可以告诉我原因吗?"

"那是因为你太弱了，卡萨利姆。你的力量现在还没完全恢复吧？在恢复'咒术王'当年的力量之前，你就老老实实地在一旁关注克雷曼吧。"

秘书模样的女性——卡萨利姆听到这个回答，不快地点点头。

卡萨利姆，这是古代魔王的名字。

过去，人类莱昂在边境之地以魔王自居时，这位魔王前去制裁，结果以失败告终。

他曾是中庸小丑连的会长，魔王克雷曼和拉普拉斯一直想让他复活。

可是现在，他过去的样子消失得无影无踪，变成了一位婀娜的女性。

卡萨利姆在即将灭亡之时，依附到一名命运坎坷的少年身上，前不久少年成功将他的星幽体移植到人造人身上，他终于有了身体。

现在，他的实力远不及全盛时期，他认少年为老大，追随其左右。这是卡萨利姆和少年间的契约，他自己也没有异议。

因为和少年相处了十年之后，卡萨利姆认可了这位主人。

"确实是这样。我的力量还没恢复。因为我败给了那个魔王莱昂，甚至还失去了身体，太丢人了。虽然我的灵魂已经固着到这个人造人的身体上，但这副身体太过脆弱，如果我全力释放出妖气，身体就会损坏。这可称不上完全复活……"

"原来是这样啊。既然会长称这人为老大，那他也是我的老大。既然你不单单是雇主，那我也可以对你说点心里话。"

"哎呀哎呀，你也太多疑了吧。我们打了这么久的交道，我还帮你复活了你念念不忘的会长，没想到你到现在都不信任我……"

"哈哈哈，一码归一码嘛。不过，会长那副模样真可笑。他成

序章
魔人们的策谋

了一个大美女啊！"

"是吗？我觉得外表怎么样无关紧要。"

"不不，你那说话方式和外表反差太大，很搞笑。"

"知道了——不，知道了啦。既然要演戏，那人家现在说话就女性化一点吧。"

"不不，那样？那样说话确实更合适……可是，该怎么说呢……哇哈哈哈！"

说到这儿，拉普拉斯再次爆笑起来。

"你真烦啊。再说，又不是因为我喜欢才用的这副外表。这是用魔导王朝萨利昂的特殊技术加工而成的人造人，是老大特意为我准备的。"

"嗯。这非常贵哟！必须准备没有灵魂的容器，否则可能会与原有的灵魂混杂在一起而导致移植失败。如果卡萨利姆当初躲进了别人的身体，我估计现在已经和其他灵魂混在一起无法分离了。所以能有这副外表就值得庆幸了，没什么可抱怨的。"

"谢谢你，老大。"

少年说话时有些不快，卡萨利姆向他表示感谢。即便这样少年仍然有些不满，但在拉普拉斯也表示了感谢之后，他的心情终于好转了。

"那就算啦。那么，你可以说了吧。我也明白这是令人感动的相聚时刻，不过我想进入主题了。拉普拉斯，说说你的调查结果吧？"

"你遵守约定，了却了我的心愿，那我也拿出诚意来吧。虽然我潜入圣教会调查其真实面目，但没查出来。"

接着，拉普拉斯开始讲述自己调查的内容。

拉布拉斯这次的任务是探查圣教会的真实面目。

这是一个充满谜团的组织,其本部设在神圣法皇国露贝利欧斯,一直保持着独立宗教团体的立场。

该组织自诩为"保护弱者的正义之士",对西方诸国有着巨大的影响力——这件事对少年非常不利。所以,他才会雇万事屋中庸小丑连的拉普拉斯探查圣教会的真实面目以期找到其弱点。

如果圣教会真是正义之士,那到时候就算用阴谋也要贬低其地位,但这终究是最后的手段。

现在还没到那时候。

毕竟最强的圣人、圣骑士团的圣骑士团长——坂口日向就在圣教会。

拉普拉斯接着说道:"多亏日向不在,我才能潜入教会,但里面没有任何可疑点。于是,我决定去露贝利欧斯的圣地看看。我去了灵峰顶点的里之院。"

拉普拉斯越说越起劲,边说边比画。

在那里,拉普拉斯看到了。

他看到了可怕的现实。

"那事实在令人震惊,圣地里充满了神圣的气息!"

"这不是很正常吗?那里可是圣地。"

"你傻吗?一段时间没见,你是不是变得更蠢了?"

"不不,我不是那个意思!话说回来,会长,你的语气怎么又变回去了?"

"你别管我的……人家的事了。赶紧接着说。"

虽然对自己的待遇抱有疑问,但拉普拉斯将自己看到的事全盘托出。

……

序章
魔人们的策谋

　　穿过圣教会总部的地砖直走有一座神殿。替神的代言人法皇执行政务的法皇厅也在这座神殿之中。

　　拉普拉斯进入神殿后第一次感觉到有些不对劲，他发现有微弱的魔力流动正在影响自己的精神。

　　那股魔力的流动十分巧妙，要不是拉普拉斯拥有专属技能"欺诈师"进行自动防御，他甚至无法察觉。

　　（真没想到。看来这里有人和我一样会用精神魔法……）

　　想到这里，拉普拉斯绷紧了神经。

　　他继续谨慎地朝大教堂走去。

　　拉普拉斯对敌方组织也有一定程度的了解，但这个圣教会和神圣法皇国露贝利欧斯间的关系比较复杂。

　　圣教会信仰唯一神露米纳斯，视其为绝对神。在这一点上，神圣法皇国露贝利欧斯也一样，可以说双方是露米纳斯教的教友，然而……

　　现在论力量的强弱，圣教会占压倒性的优势。

　　其原因就是日向。

　　向散布于西方诸国的教会派遣骑士，保护弱者，高效行动——将圣教会转变为这种强大组织的就是坂口日向，她似乎藏着某种秘密。

　　圣教会原本只是在神圣法皇国露贝利欧斯的庇护下传播露米纳斯教的组织。如今圣教会成了"保护弱者的正义组织"，已不再是神圣法皇国露贝利欧斯的下层组织。

　　而最大的问题是日向亲自训练的那些骑士。

　　人类最强的骑士——圣骑士多隶属于圣骑士团。

就连拉普拉斯也觉得那些人很棘手，那些人只听令于唯一神露米纳斯——换而言之就是信奉露米纳斯的日向个人，不受神圣法皇国露贝利欧斯管辖。

所以，圣教会坚持独立立场，不受神圣法皇国露贝利欧斯管辖。

这里又有一个问题。

神圣法皇国露贝利欧斯的战力不仅仅是圣骑士团。

法皇直属的法皇厅中也有神圣法皇国露贝利欧斯的正规军，那就是法皇直属近卫师团，但这支队伍也很麻烦。

在神面前，人人平等——基于这个冠冕堂皇的理由，身着各式衣着装备的人聚集在了一起。

入团条件简单明了，必须是信仰坚定的露米纳斯教徒，且拥有A级以上的战斗能力。

这条件虽然简单，但也极其苛刻，因此近卫骑士的数量非常少。每一个近卫骑士都是超一流的战士或魔法师，且拥有自己的部下。因此，法皇直属近卫师团的战力不可小觑。

即便是在这样的组织中，日向也能坐上首席骑士的位置。而且，在那个法皇厅中担任执政官的尼古拉斯·修贝鲁塔斯枢机主教十分崇拜日向本人。这也是日向能将圣教会半私有化的原因。

日向控制着法皇的左膀右臂，却没有向法皇宣誓效忠。正因为有日向这号麻烦的人物，圣教会与神圣法皇国露贝利欧斯现在的关系很别扭。

（她真是个棘手的女人……）

拉普拉斯回想起自己预先了解的情况，腻烦地叹了口气。

大教堂中有大圣灵降临，充满了魔精之力。

神圣气息——这让魔人拉普拉斯非常难受。他感觉自己的反应

序章
魔人们的策谋

变迟钝了，甚至想过尽快撤退。

拉普拉斯没有放弃，正思考着接下来该如何行动。

灵峰顶端有一个与神沟通的地点——里之院。

拉普拉斯的直觉告诉他，自己所处的大教堂中也有某种东西。

"那该怎么做呢……"

拉普拉斯犹豫了一瞬。接着，他穿过大教堂朝里之院走去。

他担心日向随时可能回来，不能花太多时间在这里调查。而且现在日向不在，正是探查那个神明真实身份的大好机会，那个可是被尊为圣教会教义的神。

（赶紧去看一眼吧。）

于是，拉普拉斯走上了山道。

这个判断是正确的。

准确地说，这个选择可以得到他要的成果，但拉普拉斯要面临与报酬不相符的风险。

拉普拉斯沿着用石阶铺设的山路抵达了山顶的神社。

神社比大教堂小，却有着大教堂无法企及的豪华。估计这个小小的圣祠才是神真正意义上的住所。

那里十分寂静。

神圣气息更浓，压迫着拉普拉斯的身心，但拉普拉斯从中感受到了熟悉的魔气。

（什么？这个神圣的地方有魔气？很可疑，我有种不好的预感……）

他可以确定现在自己最大的障碍日向不在这里。

其他人虽然不能无视，但还不足以构成威胁——这是拉普拉斯之前的判断。

但这真的是正确的判断吗？

这时，拉普拉斯的心里冒出了这个不安的想法。

（不不，我能完美地隐藏自身。就算有危险的家伙，我也可以逃走。）

拉普拉斯在心里给自己打气，他下定了决心。

拉普拉斯小心翼翼地发动"存在欺瞒"，并尝试潜入圣祠。

那一瞬间——

拉普拉斯产生了自己全身被光线穿透的幻觉，连滚带爬地逃出圣祠。

"鼠辈！玷污神座的肮脏鼠辈！！"

圣祠中突然出现了压倒性的气场。

看得出那奢华绚烂的服装之下是肌肉发达的身躯，烫卷的夺目金色短发是那人秉性的表现，唇间外露的犬齿很有特点。

那是王者的风采。

"难道是吸血鬼族（Vampire）？"

"闭嘴，鼠辈。朕亲自制裁你是你的荣幸，去死吧！！"

下一瞬间，血红的光线在山顶乱舞。

拉普拉斯无路可退，束手无策，身体四分五裂。

……

说到这里，拉普拉斯打了个寒战。

"当时太危险了，我以为自己真的活不成了。"

"不不……为什么你还活着？"听到拉普拉斯的嘟囔，少年吐槽道。

卡萨利姆只是吃惊地笑道："反正这家伙就算被杀也不会死。"

© Mitz Vah

"真是的,确保逃脱手段和安全是常识吧!我最近总是扮演这种被攻击的角色,也该轮到我上场了吧,我也想帅气地大显身手。"

"停停。你负责的是幕后工作,最好放弃你的英雄梦哟!"

"是啊,拉普拉斯。关键是要达到目的,能不能帅气地大显身手无关紧要吧?"

"话是这么说。可是如果一直这样,我觉得我会习惯战败的。"

"打输了也没事啊。"

"是啊,只要能成为笑到最后的赢家就好。而且……"

这时,卡萨利姆的表情变得很严肃。

拉普拉斯也点点头说道:"是啊是啊,这才是重点。那人竟然能打得我毫无还手之力,他的实力毋庸置疑。问题是那人的真实身份。那个魔人为什么会在那种神圣的地方,这才是关键。这将成为撼动圣教会的大问题吧?"

"魔人啊。没想到圣教会和魔人有来往,而且是高阶种族吸血鬼……"

拉普拉斯一针见血地指出问题所在。

少年也点头表示同意,这预料之外的事实令他藏不住自己的吃惊之情。

"这事很麻烦。据我所知,打败拉普拉斯的那个男人可不是魔人那么简单。"

"是啊,我也这么认为。"

"嗯?这话什么意思?"

听到卡萨利姆和拉普拉斯指出的问题,少年提出了疑问。

"不是我吹,其实我很强。如果我认真应战的话,估计之前那

序章
魔人们的策谋

个树妖精也不是我的对手。我逃走不过是因为森林里的环境对她更有利，而且如果她叫来帮手也很烦人。虽然一定要打的话，我也能赢，但这没有意义。可是这次的对手太强了。那何止是准魔王级，我觉得根本就是魔王。立即逃脱是我唯一的选择。"

树妖精在森林中有压倒性的实力。她们可以通过种族特有的能力让植物进行瞬间移动。此外，树妖精还可以通过"草木的呢喃（Plant Whisper）"在种族间"共享"一切信息。因此在有需要时，她的同伴会立即赶来支援。

正因为那个种族很棘手，拉普拉斯才选择了逃跑，但他自信能赢过一个树妖精。

但这次不同。

"那是个怪物。毫无疑问，他比我更强。"拉普拉斯断言道。

房间里的空气变得十分凝重。

"原来是魔王啊……卡萨利姆，你估计这是什么情况？"

卡萨利姆用鼻子哼了一声："我刚才说过吧，这事很麻烦。据我所知，只有一个人符合这种情况。"

"咦，是什么人？"看到卡萨利姆故弄玄虚，少年问道。

"魔王瓦伦泰。他是古老的魔王之一，那男人和全盛时期的我势均力敌。"

"真的吗？如果他和会长势均力敌，那我逃跑也是正确的选择。幸好我没有怀疑自己的直觉。"拉普拉斯耸了耸肩说道。

我好不容易抓住日向不在的机会潜入其中，结果竟然撞上了魔王——拉普拉斯把这句话写在了脸上。

"……哼。魔王在圣教会里啊。难道法皇的真实身份就是魔王瓦伦泰？"

"谁知道呢？魔王保护人类也太离谱了。会长，那个瓦伦泰是个怎样的人？"

卡萨利姆在另外两人的注视下搜寻往昔的记忆。

他闭着眼睛思索着，手指轻柔地敲打着太阳穴，发出咚咚的响声，清晰地想起了自己的过去。

"别看我现在这副模样，其实那个五百年一次的大战，我经历过三次，每次都活了下来。我是古老的魔王之一。在我成为魔王时，这世上已经有六位魔王了……"

卡萨利姆开始讲述他的故事。

魔王瓦伦泰比卡萨利姆资格更老，其实力之强完全配得上不死之王之名。

不可否认，卡萨利姆从长命的长耳族（精灵）进化为妖死族（Death Man）之后，便视象征不死的吸血鬼族的魔王瓦伦泰为眼中钉。

"其实我和瓦伦泰曾有过数次生死战，但我们没分出胜负。实力到了我们这种层次之后，就算我们本人没事，四周被毁也是家常便饭。所以，魔王间出现了商议制——少数服从多数，这种制度叫作魔王飨宴。决议需要三票就是七魔王时期留下的习惯。"

"这事改起来很麻烦，于是就一直保留到现在。"卡萨利姆优雅地笑道。他那不男不女的语气听起来很别扭，但看样子他本人没有察觉。

卡萨利姆笑容消失之后严肃地说道："正因为这样，人家才能断言，在瓦伦泰那个男人眼里，人类和亚人只不过是食物。就算天地翻转，那个男人也不可能成为人类的守护者。"

"嗯。"拉普拉斯点了点头。

序章
魔人们的策谋

少年也思索着,仿佛在细细品味卡萨利姆的话。

"那他们之间会不会有某种协议?"

"我说,拉普拉斯,约定和协议只有在地位对等的人之间才能成立吧?"

"是啊……"

拉普拉斯干脆地放弃了这个想法,他似乎也觉得没那个可能性。

"而且我认为日向那种死脑筋是不会和魔王联手的。这么看来,拉普拉斯遇到的应该不是魔王,而是一个不知名的魔人?"

少年低声嘟囔着,似乎也同意拉普拉斯的看法。但卡萨利姆否定了这个看法。

"不,我认为那个男人就是瓦伦泰。拉普拉斯刚才提到了血红的光线交织,那肯定错不了。瓦伦泰的异名是鲜血霸王(Bloody Lord),他擅长的一招名叫血刃闪红波(Blood Ray)。"

据说血刃闪红波是一种扩散粒子炮。

那人的魔力足以使出这一招,这说明他就是魔王本人,没有别的可能性。

卡萨利姆断言。

这么看来……

"也就是说,和拉普拉斯战斗的肯定就是魔王瓦伦泰,但他又不可能和人类合作。那么,法皇的真实身份果真是魔王瓦伦泰?"

"是啊……这么想事情才说得通。可关于他瞒过日向的手段仍然存有疑问。"

见另外两人低沉地"嗯"了一声,卡萨利姆也暂且表示同意。

"嗯,这才是最合理的解释。这事确实存在许多疑点,而且也有令人在意的地方……事实是魔王瓦伦泰就在只有法皇才能出入的场所,这才是现在的关键。"

卡萨利姆举出了这次查明的事实。

"我再问一次,你确定他是魔王吗?"

"肯定没错,他的外表特征也和人家记忆中的一致。而且以魔王瓦伦泰的性格,难以想象他会屈居于他人之下……"

"是啊,我觉得比我强的魔人没几个,他不会是无名魔人。既然那地方有那种怪物,那进一步的调查将十分困难。"

卡萨利姆和拉普拉斯的看法一致,所以少年也怀疑法皇就是魔王瓦伦泰。

"不管怎么说,这份情报很有用。你立下大功了,拉普拉斯。"

少年的表情很明媚,可见他得到瓦解圣教会的王牌之后十分开心。尽管确认了强大的魔王就在敌方势力中,但他的脸上没有一丝不安。

少年在思考该如何利用刚刚得到的情报采取下一步行动。少年正琢磨着下一个阴谋,显得十分享受……

*

"我的报告就此结束。说起来,克雷曼那家伙怎么样了?"拉普拉斯报告完毕之后似乎想起了这件事。

听到这个问题,少年不快地皱起眉,埋怨地说道:"那事啊,他彻底失败了。"

"失败了?"

"嗯。直到让日向去攻击你说的史莱姆利姆鲁为止都很顺利,在那之后就完全不行了……"

现在轮到少年说明状况了。

序章
魔人们的策谋

最初克雷曼成功拉拢了魔王米莉姆。这是少年交给克雷曼的秘宝——支配宝珠（Orb of Dominate）的魔力效果。

成功控制住魔王米莉姆之后，必须弄清支配宝珠对她的控制效果如何。

"所以克雷曼要随便给米莉姆挑一个对手。其他魔王不是身份不明就是不知所踪，所以他挑了最不精于算计的卡利昂。"

少年说完之后，卡萨利姆补充道："他考虑可以顺便毁灭兽王国犹拉瑟尼亚的首都。那里有许多人类奴隶，可以为觉醒成真魔王收集灵魂……"

说到这儿，少年和卡萨利姆互相看了对方一眼，叹了口气。

"我本以为有了那些灵魂，克雷曼也能觉醒，这是个一石二鸟的办法。"

"然而米莉姆失控，擅自发布了宣战布告……"

于是，卡利昂多了一周的考虑时间，首都的居民全部都去避难了。

"魔法道具果然难以控制魔王。看来必须附加细致的条件限制才行。"

"关于这一点，还请相信我。人家最擅长的就是咒术。我'咒术王'可不是浪得虚名的。支配宝珠是我制作的完美的魔宝道具（Artifact），是克雷曼那家伙搞砸了。"

"这事就算了。总之，在兽王国收割灵魂的计划泡汤了，接下来要关注的是法尔姆斯王国。"

"法尔姆斯王国？"

"嗯。那个国家通过独特的召唤仪式坐拥大量'异世界人'。所以我考虑也该削弱一下其国力了。我通过特殊渠道放出魔物国家（特恩佩斯特）的情报，引起了那个贪得无厌的国王及其亲信的注意。"

"那些人开开心心地咬钩了。"

拥立猪头帝为魔王的计划受挫时，他根据拉普拉斯的报告内容想出了这个煽动法尔姆斯王国对鸠拉·特恩佩斯特联邦国发动战争的计划。

他考虑到那个国家拥有许多高阶魔人，应该能拉上几个法尔姆斯王国的"异世界人"垫背。

恰好那时候，那些魔物的首领利姆鲁单独出行，克雷曼的部下潜入了那个国家。

他正好考虑用利姆鲁的活动来引出日向，可以说这正是一个一石二鸟的计划，然而……

"结果所有事都超出了预想。那个名叫利姆鲁的史莱姆竟然能从日向手中逃出来。他简直和你一样，是个不可大意的家伙。"

"你这话真过分啊……"

"如果只是那样倒还好……"

"人家本以为法尔姆斯王国必胜无疑。可是，那些魔物的主人一旦参战就有可能扭转局势。说实话，无论哪边赢都不是问题。我们只要和获胜的一方进行谈判就行了，而且我们的目的是收获战争产生的大量死亡——灵魂。我本想这次那些灵魂一定能让可爱的克莱曼觉醒。没想到……"

彻底失败了。

结果仅仅一只魔物（史莱姆）就消灭了法尔姆斯王国的军队。

"虽然难以置信，但这就是事实。"

"我用专属技能'企划者'制订的计划从没出过这么大的偏差。"

序章
魔人们的策谋

　　少年很失望，卡萨利姆则十分愤慨。

　　"喂，等一下！仅仅一只史莱姆，不是吧？法尔姆斯王国是不是太不把魔物国家当回事啦？"听到这意外的话，拉普拉斯吃惊地叫道。

　　卡萨利姆答道："我刚才说过吧，法尔姆斯王国开开心心地咬钩了。他们组建了由骑士和魔法师组成的两万大军。那支军队被全歼了。这话没有夸张，已确认无一生还。"

　　"哈？！这么离谱……"

　　这事实在难以置信，拉普拉斯无言以对。还有一个更大的冲击等着拉普拉斯。

　　"还有更让人意外的事。克雷曼事后调查了战场，他的报告说尸体全部消失得无影无踪。这意味着那些成了召唤用的供品，或者是被做成了魔物……"

　　"如果有那么多尸体供人家施展创造魔法'魔人偶（魔像）'，人家甚至无法想象自己能创造出怎样的怪物。那可不是普通的尸体，是强壮的战士，而且还是在负面感情肆虐的战场上，那可是最棒的魔术环境。在这些条件齐备的情况下，至少能创造出拥有准魔王级实力的魔物。"

　　"你懂了吧？我最心痛的是无法收割那些灵魂。据克雷曼说，战场上一丁点灵魂都没留下，拜此所赐，他觉醒的计划又失败了。"

　　说完，少年叹了口气。

　　少年在心中反省，同时进行的计划太多也是失败的原因之一。

　　他认为自己过于重视效率，导致各环节紧紧相扣，结果一环出了问题就影响到全局。

　　少年心想自己也许太贪心了。

"也就是说,那个名叫利姆鲁的史莱姆把那些人的灵魂全部夺走,一点儿不剩?"

"拉普拉斯,你开什么玩笑?区区一个魔人,连魔王之种都不是,你说他能做到吗?"

卡萨利姆说得也有道理。

两万灵魂可不是一个小数目,就算是精于魔道的人也很难全部收集并加以控制。莽撞行事估计会导致灵魂能量失控。

如果成功的话……

"哈哈哈,是啊,拉普拉斯。如果他能一次性夺走多达两万的灵魂,那他现在会是多可怕的一个怪物?"

少年对那种可能性一笑了之。

"也有道理。那一瞬间,我的脑中冒出了那个不祥的想法,不过是我想太多了。"

拉普拉斯说出了自己的疑问,但遭到另外两人的嘲笑。因为他们认为那个可能性低得离谱。

魔王之种觉醒为真魔王的必要条件——就连卡萨利姆也没完全掌握其精髓。他推测这应该需要大量灵魂。

目前他正让克雷曼进行实验以确认这一推测。克雷曼也想用猪头帝进行实验,但可恨那事态导致整个计划以失败告终。

正因为他们自己处于那种状态,所以卡萨利姆根本无法想象突然出现的史莱姆会觉醒为"真魔王"。

拉普拉斯完美地猜中了事实,但此时这三人还没当成一回事。

"说起来,克雷曼那家伙现在在干什么……"

拉普拉斯将目光投向远方,抛出这个问题。他心想自己潜入圣教会经历九死一生的危机时,克雷曼的情况也十分严峻。

序章
魔人们的策谋

"他在待命。而且在这种情况下应该避免继续进行大胆的行动。所幸米莉姆已经按照自己的宣言将兽王国化为灰烬,所以我想按兵不动,重新检讨战略。"

"嗯?也就是说计划也没有完全失败?"

"喂喂,拉普拉斯,你是瞧不起我吗?虽然力量丧失了大半,但人家的本领可是谋略哟!"

"是啊。如果全部失败的话,就算是我也会发火的。虽然计划的实施出现了许多偏差,但也成功削弱了法尔姆斯王国的实力。"

"原来是这样啊,会长。只要和胜利一方谈判就行,所以没必要毁灭魔物国家。"

听了那两人的说明,拉普拉斯也明白了。

可以制订巧妙的计划,无论结果如何都有利可图——这就是魔王卡萨利姆的专属技能"企划者"的厉害之处。拉普拉斯想起了这件事,在心里发出由衷的赞叹。

"米莉姆打败卡利昂的事证明了支配宝珠效果可靠。这次行动的示威效果已经够了,剩下的就是观察其他魔王的态度。"

"是啊。所以我命令克雷曼要谨慎行事,不要再有大动作。"

"而且估计魔物国家也引起了圣教会的注意,留着那个国家对我们更有利。"

那两人说现在没必要召集,拉普拉斯听后恍然大悟。

"这么说来,我们当前的敌人是圣教会?"

"我们是这么想的。"

"不过,这事可不会那么简单哟!毕竟圣人和魔王(日向和瓦伦泰)很可能都在那里,我们必须以此为前提制订计划,莽撞行事十分危险。"

关于我变成史莱姆这档事 6
Regarding Reincarnated to Slime

拉普拉斯问当前的方针是不是专心对付圣教会，避免与其他势力起争端，少年点头表示肯定。

少年判断，掌握了西方诸国之后，魔物国家未必会成为阻碍。

而且他还有一个理由。

他打算吸取之前失败的教训，这次要锁定敌人，避免进行双线正面作战。

他认为圣教会及其背后的神圣法皇国露贝利欧斯才是敌人，要先解决他们。这次要慎重行事，一定要注意不能暴露自己……

因此，魔物国家的存在反而对他有利。只要善加利用圣教会的教义，就很容易让日向那些人把注意力放在那个国家上。

"教会不会无视那个魔人利姆鲁。法尔姆斯王国已经败退，就算现在高举正义之战的大旗，各国也不会响应。他们必须采取措施维护自身的权威。"

"是啊。我们可以对圣教会下绊子，顺利的话还能煽动双方相争。我们只需要等到他们两败俱伤的时候再行动就行。"

少年说完，微微一笑。

魔物国家中有强到能独立全歼两万精兵的魔人，很明显只有日向出手才能应对。估计他们在为那一刻制订计划。

那两人给拉普拉斯说明时听不出半点犹豫，他们已经胸有成竹。

"拉普拉斯，问题在于你的报告超出了我们的预想。"

"是啊。没想到圣教会和魔王瓦伦泰有牵连。话说回来，他们真的联手了吗？以日向的性格，实在无法想象她会和魔王合作。"

少年和卡萨利姆略显愤慨地抱怨道。

听那口气，如果没有魔王瓦伦泰的话，他们不费吹灰之力就能

序章
魔人们的策谋

解决圣教会。

虽然这不是拉普拉斯造成的,但他觉得很尴尬,于是开口辩解道:"我还不清楚详细情况,如果能引开魔王避免调查受阻,也许能多查出点情报。"

"嗯?拉普拉斯,你这话什么意思?"

"其实让克雷曼发起魔王飨宴就行。现在,魔王芙蕾也能从旁协助,再加上魔王米莉姆就有三位魔王联名发起了吧?"

魔王飨宴——确实可以用这个名义召集所有魔王。

"原来是这样。这确实可以把魔王瓦伦泰引出圣地。"

听到拉普拉斯的提议,少年笑着点了点头。

"嗯,拉普拉斯也有长进嘛。之后再看准时机将日向赶出圣地,你的调查就会有进展了。"

"咦?难道还是我去吗?"

"当然了。"

"当然你去啊。"

拉普拉斯十分无奈,无论是少年还是卡萨利姆都无视了他的想法。

就这样,魔人们不顾拉普拉斯的想法制订了新的计划。

第一章

人魔会谈

Regarding Reincarnated to Slim

第一章
人魔会谈

　　克雷曼没有盲目相信自身的实力。

　　魔王克雷曼继承了魔王卡萨利姆的全部领地。

　　魔王卡萨利姆被魔王莱昂打败后，其部下全部投靠了克雷曼。

　　其他魔王还没来得及抗议，克雷曼就迅速把这事处理完毕。这一切都是魔王卡萨利姆为防万一布的局。

　　克雷曼虽是新魔王，但实力增强之后成了无法忽略的势力。

　　在所有魔王中，最具财力的就是克雷曼。

　　准确地说，克雷曼是最清楚如何运用金钱力量的魔王。

　　他用魔王的遗物和魔法装备增强部下的战力，并引诱渴望力量的魔人向自己臣服。用自身强大的财力吸引并利用魔人，这是克雷曼最擅长的。

　　不仅如此，他从不吝惜自己的钱财，因此，现在各国中都有许多人为克雷曼提供帮助，而且那些人互相都不知情。

　　因此克雷曼可以为所欲为，他掌握一切情报从而控制整个世界的目的已经达成了一半……

　　克雷曼很有自知之明，他清楚自己欠缺的只有力量。

　　虽然他认为大意也是原因之一，但魔王卡萨利姆的失败给了克雷曼巨大的冲击。

　　他在各方势力中扎根，稳固自己的根基，谨慎地扩张势力。

　　克雷曼现在得到了堪称王牌的巨大力量。

　　魔王米莉姆——其压倒性的暴力就算在同地位的十大魔王之中

也十分出众。

她甚至可以不带部下，独立毁灭魔王卡利昂的国家。论实力，卡利昂应该在克雷曼之上。

克雷曼缺的就是力量，现在有了这份力量，他十分激动。

剿灭魔王莱昂是克雷曼的夙愿，他相信不用多久就能实现这个心愿。

不过，在那之前……

（呵呵呵，不愧是"那位大人"。他也得出了和我一样的结论。让那可恶的圣教会和魔人利姆鲁相争，两败俱伤是最好的结果。）

克雷曼想让敌人鹬蚌相争，自己轻轻松松坐收渔人之利。

（有必要为此探查圣教会的内情。圣教会是否真和魔王瓦伦泰有牵连……只要配合拉普拉斯再次潜入的时间发起魔王飨宴，那里的警备力量就会被削弱。这个计划实在是妙！）

克雷曼含着葡萄酒细细品味，心情激动得不能平复。

自不必说，这珍藏百年的葡萄酒味道自然对得起其耗费的时间与精力。

这酒本来就是精挑细选的一级品，在保管过程中也十分讲究，以确保其顶级的品质，在呈上之前一直静静地等着——这一切都只为克雷曼一人。

在克雷曼看来，这是理所当然的事。

克雷曼认为自己这个至高之王理应享有顶级佳品。

"那么，要以什么名义发起魔王飨宴呢……"

克雷曼边品味芳醇的葡萄酒边思考。

时间是一周后的夜晚。

新月之夜，吸血鬼的力量最为薄弱。

第一章
人魔会谈

为防万一,他选了魔王瓦伦泰力量最弱的时候,问题在于以什么名目召集众魔王。

克雷曼眯着眼睛看着上方,低声嘟囔道:"果然应该趁此机会进攻。我应该趁此机会将卡利昂的领土也收入囊中。"

"可是克雷曼,你不是接到命令别搞大动作吗?"

原本空无一人的房间中有人反问道。

克雷曼丝毫没有慌张,他小声笑道:"拉普拉斯,是你吗?你的性格还是这么糟糕。"

"喂喂,你没发现吗?你是不是想得太入神了?"

"呵呵呵,这也没办法啊。毕竟我的失败导致自己错过了第二次觉醒的机会。"

"你没必要那么在意。"

"嗯,应该是这样。不过拉普拉斯,我想到了一个好办法。虽然兽王国首都被毁,但国内各地还有弱小的种族。我要抢在其他魔王之前吞并卡利昂的领土,把剩下的人集中在一起消灭。这样一来,我应该能成功觉醒。怎么样?这主意不错吧?"

拉普拉斯的反应不如克雷曼所愿。

"喂喂,这样会不会太胡来了?我们还不清楚觉醒的具体条件,屠杀毫无还手之力的人是不是太过分了?"

克雷曼不快地皱起了眉头,他似乎对拉普拉斯没有赞同自己很不满。

"拉普拉斯,这可不像你说的话。你这是同情?弱者的存在价值就是被榨取,为我牺牲反而是他们的幸运。"

"你说得也对,但你之前杀了几千名人类奴隶不是也没用吗?你有发生什么变化吗?做得太过分可不好。你应该多动动脑筋,谨慎行事！"

正如拉普拉斯所说，克雷曼一直在购买并虐杀奴隶，其数量多达数千，但克雷曼仍未觉醒为"真魔王"。

尽管拉普拉斯指出了这一点，但克雷曼仍没回心转意。

"你真无趣啊，拉普拉斯。怎么处置买回来的东西是我这个主人的自由。如果千人不够，那就杀万人。既然已经知道觉醒必须要灵魂，那就没必要顾及弱者！"

克雷曼阐述了他那傲慢的主张。他似乎想驳倒拉普拉斯，继续说道。

"而且，这个计划对那位大人也很有利。我打算以'鸠拉大森林中诞生了新势力，且其盟主已经自封为魔王'为由发起魔王飨宴。"

"啊，这倒是没问题，但这无法成为你进攻兽王国的理由吧？"

"这就是问题所在，拉普拉斯。我的部下缪兰在调查内情时遇害了。我打算把这事说成魔王卡利昂的背叛。我失去了部下，所以我可以迅速行动占领卡利昂的领地，而且应该也不会有魔王会要我拿出确凿的证据。"

拉普拉斯品味着克雷曼的话。

与兽王国犹拉瑟尼亚接壤的是米莉姆统治的领土，不过那个国家不会有好事者提出要确凿的证据。魔王米莉姆打败魔王卡利昂的事正好可以为克雷曼的话提供佐证。

再加上，如果克雷曼提出让米莉姆协助调查的话……

就算克雷曼的军队穿过魔王米莉姆的领土前往兽王国，估计也不会有人提出异议。

这样一来，捏造证据将十分容易。

这是个无懈可击的计划，但拉普拉斯认为现在没必要采取行

第一章
人魔会谈

动。

（克雷曼是不是太心急了？）

虽然心里这么想，但他看得出克雷曼很难回心转意。

这时，拉普拉斯突然发现自己忽略了一个问题。

"原来是这样，这倒是说得通……等一下！缪兰已经被杀了？"拉普拉斯慌忙问道。

拉普拉斯知道克雷曼一向轻视缪兰，但在他看来，缪兰是个靠得住的魔人。她是克雷曼的"五指"，是大干部。

虽然缪兰的战斗能力不强，但这个魔人是魔导师，可以应对任何状况，是后方支援的至宝。而且她虽然显得有些不情愿，但经常帮拉普拉斯他们出谋划策。

最重要的是，她知识也十分丰富。在这方面，拉普拉斯对她的评价很高。

可是，克雷曼却无动于衷地答道："嗯，我不知道你有什么好遗憾的，但缪兰已经死了。"

"这样啊，原来她已经死了啊。这事不会错吧？"

"嗯？我植入她体内的'支配的心脏'已经被破坏了，她自己的心脏在我这里变成灰，消失了，所以肯定不会错。反正她的任务也完成了，死得正好。"

"喂喂，克雷曼，你失去了一个有能力的部下，就不能表现得悲伤一点吗？"

拉普拉斯略显失落地对无动于衷的克雷曼提出忠告。

（这家伙之前的性格也不错，但在成了魔王之后好像越来越扭曲了……）

不单单是克雷曼，拉普拉斯的同伴，中庸小丑连的所有人性格都产生了某种扭曲。

关于这一点，拉普拉斯也一样，所以他没资格说克雷曼。虽然拉普拉斯也很清楚这一点，但他还是不禁感叹克雷曼的变化。

"哈哈哈，拉普拉斯，你的心很软啊。之前蒂亚也一样，她曾对我说必须善待道具才行。这是你教蒂亚的啊，拉普拉斯。不过，正因为这样我才要这么做。正因为道具坏了，所以才必须让损坏者承担责任。这么做才能慰藉道具吧？"

看到克雷曼没有恶意的笑容，拉普拉斯决定不再纠结。

"是啊……至少不能让她白死。"

"我说得没错吧？我就知道你会理解的。"

说完，克雷曼笑了。

（我不是那个意思……）

克雷曼的笑容让拉普拉斯很难往下说，他转换心情，开始考虑克雷曼的计划是否有纰漏。

"不过，克雷曼。关于魔王飨宴的事，不会有人反对吗？"

听到拉普拉斯的疑问，克雷曼的笑容消失了。

"可能有吧。不过我现在可以随心所欲地操纵米莉姆，如果有人反对，那就直接开战。"

说这话时，克雷曼的脸上带着绝对的自信和扭曲的欲望。

听完，拉普拉斯脸色惨白。

"喂，你这想法很危险啊！连那人也说过米莉姆有失控的可能性。虽说这是会长制作的魔宝道具，但盲目自信是大忌。"

"放心吧，拉普拉斯。我已经确认过了，米莉姆会听从我的命令。"

"我听说她擅自发布了宣战布告吧？她是太古魔王，抵抗力不可小觑。我认为依赖魔王米莉姆搞不好会招致杀身之祸。"

第一章
人魔会谈

拉普拉斯拼命劝说,但克雷曼充耳不闻。

"拉普拉斯,你是嫉妒我彻底控制了米莉姆吗?"

"不是!王牌要留到最后才用吧!"

"你闭嘴,不用你操心。那位大人希望我能觉醒为真魔王。为此,我要摧毁兽王国。如果有人妨碍我,那我连同那人一并解决。"

"别冲动!那人和会长的命令是让你静观其变吧!你该考虑的只有如何顺利搞定魔王飨宴!"

拉普拉斯越说越激动,但克雷曼根本听不进去。

"相信我吧,拉普拉斯。如果只知道听卡萨利姆大人的话,我将无法达成那位大人的心愿。现在正是进攻之时!!"

说完这句,克雷曼便不再与拉普拉斯争论。

拉普拉斯最终没能制止克雷曼。

克雷曼的话确实也有一定道理,而且也不算违背命令。可是,拉普拉斯感觉克雷曼很不对劲,这种感觉一直挥之不去。

于是,他说道:"我说,克雷曼,我最后问你一次,这次的计划真的是你自己决定的吗?"

"拉普拉斯,你在说什么?只有卡萨利姆大人和那位大人才能命令我。你是最清楚这一点的吧?"

确实如此。

既然克雷曼自己都说没问题,那拉普拉斯也不好继续纠缠。

拉普拉斯也有他的任务,他要再次潜入圣教会。

"我明白了,那就好。我也该走了,克雷曼你也要小心行事。现在这时候可不能胡来,你千万不要大意。"

拉普拉斯留下这句忠告后,便和克雷曼道别了。

(他是在担心我会受到别人的影响?这怎么可能?不,难道说……他是担心我得到了米莉姆的力量之后会独占功劳？那家伙不像是会嫉妒的人……）

克雷曼不会盲目相信自身的实力。

但现在他控制了魔王米莉姆，这份自负壮了他的胆。

因此，他认为拉普拉斯这个自己最为信任的朋友的话不过是出于嫉妒，于是把那番话抛到了脑后。

克雷曼对这个朋友产生了些许失望，同时抿了一口葡萄酒。这酒有些苦涩，没有之前那种甘甜。

（太可恶了！）

克雷曼突然将手中的玻璃杯摔向墙壁。一种连他自己也无法理解的感情激起了他心中的怒气。

立在桌上的顶级酒瓶在这冲击下四分五裂。可是，克雷曼并不在意。他从怀里取出一个东西以平复自己的情绪。

那是一张面具，是一张笑脸面具。

"别担心，拉普拉斯。我一定会觉醒给你看。之后，我将掌控整个世界。我说拉普拉斯，我不会再次失去了！这次，我们所有人一定会一起过上快乐的生活……"

在空荡荡的房间里，克雷曼的独白吐露了自己隐秘的心愿。

他轻轻抚摸着面具，像是在触摸心爱的宝物……

●

我要打倒魔王克雷曼。

我已经决定了。

我只想尽快解决那个鬼鬼祟祟、图谋不轨的家伙。

第一章
人魔会谈

既然我已经宣布自己是魔王,那就必须牵制其他魔王的行动,拿克雷曼杀鸡儆猴最为理想。

我还不清楚米莉姆那家伙为什么要找卡利昂的麻烦,所以无法从中调停。我要彰显自身的力量,防止今后再出现悲剧。

而且,克雷曼太过分了。

因果报应——必须让他自食其果。

我制订了今后的行动计划。

在法尔姆斯王国,尤姆是声望颇高的英雄。我要利用这一点,让尤姆成为说服我国释放沦为俘虏的法尔姆斯国王的人,并与我国进行战后交涉。我打算通过这种方式搞定法尔姆斯王国。

接下来应该是应对圣教会,并对已和我国签订条约的各国表明立场。

还有许多问题有待讨论,看来我们要认认真真地开会商议。

首先是听取苍影的报告。

看来克雷曼也有所行动,所以必须在了解详细情况之后再进行作战会议。所以,魔国联邦(特恩佩斯特)的众干部和三兽士结伴前往大会议室,可是……

我的"万能感知"发现有一伙人正朝城镇过来,数量有五十左右。

嗯?那好像是布鲁姆特王国自由组合支部长(公会会长)菲茨。

没多久,负责警备的士兵就带着菲茨来了。他没等通报就直接推开士兵挤到前面,带着一种悲壮的神情。

"好久不见,利姆鲁阁下。幸好赶上了。根据布鲁姆特王国和魔国联邦(特恩佩斯特)间的安全保障协议,我们火速赶来了。我一直很担心赶不上。"

说完，菲茨笑了。

但他依然紧迫感十足，追随他的战士也一样，每个人的眼中充满必死的决心。

他们全副武装，随时准备战斗。

"喂喂，公会会长亲自来访，这到底……"

"哈哈，别这么说。之后的事我已经托付给基奇斯了。那些商人，特别是缪鲁麦尔那家伙已经把这座城镇的事告诉我了。法尔姆斯王国故意来找你们的碴……"

嗯？嗯……

仔细想想从我送走布鲁姆特王国的访客到现在大概过了十天。

难道他们在接到报告后立即着手准备并火速赶来支援？

如果是这样的话实在令人感激，可是……

"虽然现在修建城墙已经来不及了，但应该将兵力部署到城镇周围加强防守。另外，法尔姆斯王国军的大部队好像还没到，但先遣部队随时有可能攻过来。那些家伙宣布的日期已经过了吧？"

菲茨热心地说着。

他紧张地说个不停，炽热的目光中带着必死的决心。

也不知道是不是我的错觉，他抱着坚定的决心，刚才也说过把之后的事托付给了基奇斯，看来他是真心想为这座城镇战斗。

可是，唔……

战争已经结束了。

"难道你们打算主动出击？不得不说，这事可没那么简单。根据我掌握的情报，已经确认对方的军队有近两万人。正面迎击是赢不了这支大军的。其实我找了一些熟人，现在有三百名冒险者正在待命。虽然只是一点微薄之力，但他们会不遗余力地提供帮助。我

第一章
人魔会谈

们应该做好打持久战的心理准备,活用森林的地形开展游击战……"

菲茨为我们考虑了很多,如果再问他是否真要站到我们这边就太不识趣了。

"各位兽人也会和你们并肩作战,那我就放心了。"

菲茨自说自话地放下心来,我越来越难开口了。

魔国联邦(特恩佩斯特)的众干部也一脸茫然,三兽士也露出了为难的表情。

毕竟这事已经过去了,不过我没想到菲茨会赶来支援。

虽说两国间有条约,但想推托总会有办法。

菲茨调动了一些战力拼命赶了过来。

我有些开心。

"这座城镇很棒,有美丽的街景与精心建造的房子,还有用石头铺设的街道,不得不承认这里比布鲁姆特王国气派。我也理解你不愿让这里变为战场,但不过请你沉住气,等待援军!布鲁姆特国王已经做出保证会出动骑士团。不过需要时间进行准备……"

"啊,菲茨君,你先听我说。"

我打断了菲茨的话。

虽然很对不住他,但他不停,我就没法解释。

"怎么了,利姆鲁阁下?难道你有什么计划?"

"啊,嗯……说……说到计划……"

"你的计划要对我们保密吗?我也理解你的疑虑,但还请相信……"

"不是的,菲茨君!我很高兴你有这份心,但这事已经结束了!"

"哈?结束?这话什么意思?"

"唔,怎么说好呢……简单来说,我全歼了敌军!"

"哈？什么？全歼？这到底怎么回事？"

菲茨问道，他似乎十分混乱。

这也难怪。

"其实，法尔姆斯王国的军队被我一个人全歼了！"

"哈？"

菲茨闻言，吃惊得说不出话来。

尤姆拍着菲茨的肩膀啪啪作响，卡巴鲁在一旁劝慰。

爱莲和基德在一旁感慨。

"这事确实难以置信。"

"真是的。"

是啊，毕竟从发出宣战布告到现在还不到两周。估计他推测法尔姆斯王国的主力部队将于宣战布告一周后抵达，野战会耗费两三天，我国现在正固守城镇以防最坏的情况。

他认为战争早就开始了，我国却没有任何防备，所以他感到很不可思议……

这时，他正好看到我们所有人聚在一起，所以误以为我们要主动出击。

菲茨以为法尔姆斯王国的主力部队来晚了，但其实战争已经结束——突然听到这个消息，估计他很难接受吧。

"前几天，我派儿子利古鲁出使布鲁姆特王国，看样子你们没碰上。正如利姆鲁大人所说，战争已经结束了。"

利古鲁德的说明加上卡巴鲁和爱莲的补充终于让菲茨理解了状况。

"这怎么可能……"菲茨嘟囔着，估计再给他一些时间就能理解。

第一章
人魔会谈

　　菲茨带来的五十名战士也十分吃惊，所以我让士兵带他们去旅店休息。

　　毕竟他们每个人都显得疲惫不堪，似乎随时都有可能倒下。我估计他们听说战争结束之后，紧绷的精神瞬间放松了下来。

　　他们似乎是绕开大路走兽道来的，这样可以避开法尔姆斯王国的部队。全副武装在森林中行进应该非常艰难。

　　那些战士道完谢之后就跟着领路的士兵离开了，只留下了一脸疲态的菲茨。

　　"菲茨，你也去休息一下吧。"

　　"啊……是啊，我也有点混乱，也许需要稍微休息一下……"

　　菲茨点点头向旅店走去……不巧的是，又有人来了。

　　"啊，又有人造访。而且是……"

　　"有人造访？而且……"

　　听到我的低语，菲茨下意识地停了下来。

　　这似乎让菲茨打消了休息的念头。

　　毕竟来者是矮人王，也就是盖泽尔·多瓦贡本人。

*

　　我刚才就有这个感觉，我的能力（技能）"魔力感知"进化成"万能感知"之后，似乎扩大了探查范围，并提高了精度。

　　尽管距城镇很远，但我已经探测到一支天翔骑士团的部队正朝这边飞来。

　　"提示。已确认有三十骑正在接近。已确认个体名——盖泽尔·多瓦贡在前排。"

究极能力"智慧之王(拉斐尔)"若无其事地说道。

看来精度提高之后还能认出我见过的人,这项能力方便得可怕。

虽然很方便……但覆盖范围比整座城镇还大,收集的信息太多了。

老实说,一一接收那些信息太麻烦了。

所以,报告要尽量简短哟,大贤者……不对,应该是智慧之王(拉斐尔)。

具体而言,只要在对我有恶意的人或对我不利的人接近时进行报告就行了。

"明白……"

我感觉它有一堆话想说,但应该没问题。这种麻烦的工作就该全部拜托它。

交给它万事无忧,这就是智慧之王(拉斐尔)。

就这样,我边等客人,边把能力(技能)设置为最低限度。

既然已经通过能力(技能)认出了来者的身份,那就肯定不会错。

我还没来得及对菲茨做出说明,天翔骑士团的众人就已经在我们前面降落了。盖泽尔国王第一个从天马上下来,看着我笑了笑,说道:"好久不见,利姆鲁。我听说你成为魔王了?"

果然是因为这事,但我没想到国王会亲自过来。

"是啊,盖泽尔。出了不少事,于是我决定要当魔王。老实说,这很麻烦,我们现在正要考虑今后的对策。"

我简单打了个招呼,带着苦笑告诉他会议的事。

第一章
人魔会谈

"那正好。我也参加会议吧!"

盖泽尔国王宣布道,一副理所当然的样子。

这时,一脸疲态的菲茨脸色大变,追问道:"魔王……这到底是怎么回事?"

菲茨刚才就在一旁听我们说话,他问话的语气似乎在说,这事我可不能当作没听到。

对了,这事我还没对他说明……

现在说这事也很麻烦,但如果我不说,估计菲茨不会善罢甘休。

"利姆鲁阁下,刚才的话我可不能当作没听到。如果我没记错的话,没人告诉过我你成为魔王的事吧……"

菲茨浑身颤抖着。

他是尿急吗?没必要顾虑那么多,直接去就行了。

"你要小便吗?对了,这座城镇的厕所在……"

"不是!根本没人提厕所的事!!别打岔了,魔王……到底是怎么回事?"

我本想把话题转到厕所上,可没有效果。

菲茨无暇顾及礼貌,暴露出自己的本性。

"嗯,啊,魔王啊……我是当了魔王,怎么了?"

我随口答道,一副若无其事的样子。

不管怎么说,菲茨也不会就此作罢。

"哈哈哈。这玩笑我可笑不出来。请你认真回答。"

呃——真麻烦。

从头开始?必须从头开始说才行吗?我正想着,突然发现盖泽尔国王似乎也很感兴趣。

一直站着说也不像话，于是我决定简单说明一下。

我大致说明了事情的经过，结果菲茨开始双目无神地对着空气说话。看来他一时无法理解情况，逃离了现实。

这至少比听他抱怨来得好。

我不顾菲茨，继续和盖泽尔国王说话。

"说起来，盖泽尔，你这个国王可以随随便便离开国家吗？"

我真的很在意这件事。

虽然我也没资格说别人，但盖泽尔国王似乎太随便了。

矮人王国——武装国多瓦贡是个大国，单论国力就强于我国数十倍。

国王随意外出不会出乱子吗？

"哼，没问题。我有影武者做替身！"

咦？影武者好像不是这么用的吧……

不，他能找到合适的影武者吗？

实在难以释怀，还是别想了。

天翔骑士团团长德鲁夫是盖泽尔国王的护卫，英雄王的其他同伴也到齐了。这份战力简直绰绰有余。

"利姆鲁，我们先说正事吧，三天前我接到了贝斯塔的报告，他的报告没错吧？"盖泽尔眼中带着王的威严问道。

"啊，我把两万……"

"等一下，利姆鲁。我听说法尔姆斯王国军队不知为何突然不知所踪，你知道原因吗？"

"呃，不知所踪？"

嗯？他到底在说什么？

"贝斯塔的报告称朝这座城镇进军的近两万大军突然消失了，

第一章
人魔会谈

到底出了什么事？"盖泽尔国王不紧不慢地说道。

他看着一旁的贝斯塔，无声地向其施加压力。

我看向贝斯塔，结果他慌忙摇头。

"贝斯塔，你报告时，我也在场。当时你确实是这么说的。你说法尔姆斯王国军队突然消失，你们那边正在调查原因。我们不放心于是赶了过来，现在查出原因了吗？"矮人王国的最高司令官（统御圣骑），盖泽尔国王的盟友潘用威压的口吻说道。

我隐约明白了。

盖泽尔他们想将我消灭两万军队的事隐瞒起来。

"是，关于这件事，仍未查出原因……"

贝斯塔似乎也有所察觉，他也开始谨慎地选择言辞。他边试探盖泽尔他们的意图，边顺着他们的意思说。

贝斯塔的脑袋转得很快，不愧是个能臣，说着说着，我所做的事渐渐被掩盖住了。

盖泽尔低声在我耳边说："蠢货！如果老老实实地说出实情，你就会成为人类公敌。"就算公敌这个词夸张了点，但至少肯定我会被人惧怕。

想想也是。

能以一人之力消灭上万人军队的人肯定比核武器更吓人。

知道真相的人越少越好，无关的国家和民众没必要知道这事。

法尔姆斯王国的军队在入侵魔物国家时因神秘事故全员不知所踪——应该这样对各国解释。

原来如此，不愧是盖泽尔国王，我自愧不如。

这么说来，我刚才的话就有问题了。

城镇的居民已经知道事实了，不过这倒是不成问题。反正这事人人都知道，也没什么可传的。

问题是菲茨。

我瞄了他一眼，我们的目光对上了，他刚从茫然中恢复过来。

"啊，啊……菲茨君。"

"利姆鲁阁下……"

现在该怎么做？

我刚才毫不掩饰地说自己以一人之力全歼了法尔姆斯王国的军队，现在该说那话是玩笑吗？

我正犹豫时，菲茨叹了口气。

接着，他举起双手说道："我什么都没听到。当然，我估计在宿舍里休息的部下明早肯定也什么都想不起来。我们今天太累了，好像产生了幻听。"

看来他会当作没听过这事。

他浑身乏力，被笼罩在哀愁之中，似乎一下子老了许多。

这才是世故的做法，最重要的是，这可能是目前最有利于团结的做法。

"呵呵呵呵，既然如此，就让我确认一下以防万一吧。"

迪亚波罗带着笑容说道，也不知道他是什么时候站到我身旁的。

这个迪亚波罗也是个不可思议的家伙。他简直就是无所不能的管家，只要我有要求，他似乎什么都能做到。

这次，他也开开心心地帮我处理琐事。

我听到他低声嘟囔了一句："我很擅长篡改记忆。"我还是当作没听到吧。

菲茨也是一脸复杂的表情，但只要他的部下没事，那他也没意见。估计他也听出了盖泽尔国王的意思，明白知道这件事的人越少越好。

在涉及国家利益的时候，被灭口的可能性很高，装糊涂也许是明智的选择。

不过……

"部下的事我就当作不知道，可以让我也参加会议吗？"

菲茨的态度仿佛在说，唯独这点他决不会做出让步。

他的眼神坚定，估计他认为我们即将进行的是不能被忽视的重要会议。

"好。我也希望你能相信我不会与人类为敌，我不反对你参加会议。"

我耸了耸肩，同意让菲茨参加会议。

*

在利古鲁德的带领下，菲茨去了等候室。

既然盖泽尔他们也会参加会议，那我们也得整理一下大会议室。我希望他至少能趁此机会稍事休息。

看着他们离去的背影，盖泽尔国王向我问道："哼，利姆鲁，那个男人信得过吗？"

"嗯，他信得过。"

菲茨是个值得信任的男人。我带着自信答道。

"嗯。那问题就是那边那些人。"

话音刚落，盖泽尔就放出霸气朝我们后方射去。

嗯，那里有人？

我吃惊地回过头，发现那里有一伙脸生的人。

其中一人是身着昂贵服装的绅士。那端正的五官让我不禁猜测他年轻时可能是模特。

那名男子最大的特征是眼睛眯成一条缝。

他带着五名高级武官模样的人，那些人正护着他的身后和两侧。

看得出这伙人训练有素。

而且那些人离我这么近，我却完全没发现……

不可能，我的"万能感知"竟然没反应……

我正想着，结果只有我一人慌慌张张的。

"提示。已确认那伙人身上没有明确的敌对反应。"

智慧之王（拉斐尔）的语气仿佛是在闹别扭。

啊，这样啊。我明白了。

……唔，这也许是我的错。说起来，是我刚才因为嫌麻烦让它不要报告。

想想也是，我刚才笼统地说什么对我有恶意的人或对我不利的人，但这事很难判断。难怪智慧之王（拉斐尔）会生气。

我错了，请你以后认真进行报告——我在心里道歉。

也许对自己的能力（技能）说这种话很丢人，但最重要的是表达自己的心情。

我正胡思乱想时，盖泽尔国王正在一旁继续和那伙神秘人对话。

"你们是什么人？"

"这不是喜欢隐居地底的帝王吗？真没想到你这个懦弱的家伙竟然会在背后支持魔王……"

在盖泽尔国王猛烈的霸气之下，那名男子仍能轻松应对。

很明显他是有意激怒盖泽尔，那些武官则是一副无奈厌烦的

第一章
人魔会谈

样子。

"是你啊。你这长耳族（精灵）的末裔，喜欢高处的笨蛋。你从藏在神树怀里的都市下来了啊？"

盖泽尔带着自信的笑容也不甘示弱，他似乎看出了对方的身份，解除了戒备。

看来这名男子和盖泽尔是相识。

智慧之王（拉斐尔）的判断没有错，他没有敌意，估计他只是和盖泽尔关系不好而已。与其说他们关系不好，不如说他们是一对爱吵嘴的朋友。

"利姆鲁大人，这些人说自己是魔导王朝萨利昂来的使者……"

苍影的部下苍华这样告诉我。

看来是苍华带着这些男子来这里的。到这里之后，这名男子发现了盖泽尔国王，于是想搞个恶作剧。

"你还是老样子啊，艾拉鲁多。"

"你也一样啊，盖泽尔。"

那两人一脸不快地交谈着。

这就是他们打招呼的方式。

"那么，那边那位少女是……"

"啊，初次见面，我是这座森林的盟主利姆鲁。请多关照！"

那位眼睛眯成一条缝的男性——艾拉鲁多把目光转向我，所以我简单打了个招呼。

既然他们是魔导王朝萨利昂来的使者，那就不能失了礼数。可是，我完全不懂这个世界的礼仪礼法。

我现在是魔王倒也不用那么在意，但似乎没人清楚这方面的事……看来我要找时间找个了解这些事的人请教一番。

听到我的问候之后艾拉鲁多立刻摆出架势。

接着，他睁大眼睛叫道："原来是你啊！原来你就是骗走我女儿的魔王！！想必你已经有心理准备了吧？"

说完，他启动了超高等爆炎术式，并开始咏唱咒文。

喂喂，这个大叔也太胡来了。

据我所知，超高等爆炎术式是难度最高的术式。

元素魔法中的火焰系从火球开始向火焰大魔球延伸，还有火焰大魔壁（Fire Wall）和火焰大魔岚（Fire Storm）等难度更高的魔法。当然，随着难度的增加其威力与范围也会增加。

至于这个名叫艾拉鲁多的大叔准备发动的术式——超高等爆炎术式，简单来说就是复合魔法。

能将敌人化为灰烬的火焰系与能够轰飞敌人的爆炸系——这两系魔法组合之后会升华为高一级的爆炎系。

说起来，静擅长的就是这一系魔法。不同之处在于静是借用魔精之力。

除非是静那样的高级施法者，否则很难支配魔精。只要能和魔精建立起信赖关系，魔精就会主动帮忙调整力量。

至于超高等爆炎术式，这是难度最高的魔法，必须自己控制，所以十分危险。

但这不是体系化的魔法，因此自由度很高。

施法者可以自己调节发动速度、命中精度、威力大小、影响范围、效果时间等各要素。如果只追求威力的话，可以轻松对城镇造成巨大损害。

这种魔法自然非常危险。

能够操控术式的魔力与能够聚集足量魔素（能量）的精神力——

第一章
人魔会谈

施法者必须具备这两个条件才能发动魔法。而且,如果发动失败,无处宣泄的魔素(能量)可能会失控,将四周化为焦土。

不用说也知道,如此危险的术式不可能广为流传。这是军用的高阶术式,只有级别不低于魔导师级的人才能使用。

这种魔法决不能在城镇中使用。

艾拉鲁多正在咏唱那种危险的魔法。

他为什么那么生气?莫名其妙。

骗走他的女儿到底是什么意思?

我虽然有点混乱,但似乎没必要慌张。

啪——一个声音响起。

与此同时,我听到了爱莲的叫声。

"喂,爸爸!你来这里干什么?!"

爱莲冲到我们中间,一副怒气冲冲的样子。我瞬间明白了状况,艾拉鲁多刚张开嘴,脑袋就被拍了一下。

爱莲出现后,艾拉鲁多恢复了理智。

看样子,艾拉鲁多是爱莲的父亲。在爱莲气势汹汹的说教下,他终于老实了。

他竟然这么容易激动,真会给人添麻烦。他和盖泽尔说话时像个知性的绅士,但之后的行为又彻底颠覆了这一印象。

"啊哈哈,我接到报告说女儿被魔王拐走了,所以慌了神。"艾拉鲁多带着爽朗的笑容说道。

就算这样,也不能在城镇中施放超高等爆炎术式吧。这个父亲太离谱了。

"不,阁下。我报告时说得很清楚,可是阁下不等我说完就擅自下了结论。"

"果然是这样！这就是爸爸的错吧！"

一个秘书模样的人冷静地指出问题所在，爱莲的父亲被爱莲指责得十分狼狈。

他固然可怜，却不值得同情。这是他自作自受，我希望爱莲狠狠地说说他，让他好好反省。

"你个宠溺女儿的笨蛋，一和她扯上关系，你就会失去理智，这毛病你是改不了啊，艾拉鲁多。"

场面稍微平静下来之后，盖泽尔对艾拉鲁多说道。

艾拉鲁多闻言，理直气壮地还口道："我可不是宠溺女儿的笨蛋。是我的小爱莲太可爱了，这有什么办法？"

"这就是所谓的……算了，我再怎么说，你也听不进去。"

盖泽尔都惊呆了。看来艾拉鲁多这人一向如此，估计这人已经无药可救了。

爱莲见盖泽尔和艾拉鲁多的对话告一段落，便向盖泽尔问好。

"盖泽尔国王，久疏问候。"

爱莲虽然是冒险者的装束，但说这话时有大家闺秀的气质。

"你是艾琉恩吗？我都认不出来了，别来无恙啊。一段时间没见，你变漂亮了。"

听到艾泽尔国王的问候，艾拉鲁多叫道："你是萝莉控吗？盖泽尔我可饶不了你！"他又想闹腾了。所幸爱莲甩了他一个白眼，同时那个秘书模样的人堵住了他的嘴，这才熄灭了火种。

盖泽尔只是耸了耸肩没说什么，也许他早就习惯了。

看来只要和爱莲有关的事都能让这个人把其他事都抛到脑后。其他时候倒是很理性，反差太大了。我一定要多加注意。

第一章
人魔会谈

"利姆鲁大人，这位是我的父亲，魔导王朝萨利昂的大公爵艾拉鲁多·库立姆瓦鲁特。"

"鸠拉大森林的盟主、魔物统帅，正如我女儿艾琉恩所介绍，我是艾拉鲁多·库立姆瓦鲁特。请叫我艾拉鲁多。"

接着，爱莲向我介绍了她父亲艾拉鲁多的情况。

这个男人竟然是魔导王朝萨利昂大公爵家的当家。魔导王朝萨利昂也派了一个非常有地位的使者。

他是皇帝的叔父，以他的身份自然可以随便和盖泽尔拌嘴。

简单来说，他的权势在魔导王朝萨利昂中排得进前三。

听到这话，我难掩心中的诧异。

这么说来……

爱……爱莲不就是个超级大小姐吗！！

我只听说她是贵族，但没想到她这么有权势……

她的地位简直和公主差不多。这样的大小姐竟然去当冒险者，这也太随性了。

应该不止我一人认为应该制止爱莲当冒险者，但她本人好像完全没把自己的身份当回事。

我估计有人在暗中保护爱莲。难怪爱莲把魔王觉醒的事告诉我时，她确信自己会暴露。

我大概能理解卡巴鲁和基德跟着她有多辛苦了，下次必须好好犒劳一下他们……

不过现在……

"那么，你来这里只是为了爱莲的事吗？"

他此行应该不只是为了爱莲，我带着这个想法看着艾拉鲁多。

"呵呵呵。当然不只是为了她。我国考虑今后与贵国建交，所以我想亲自来看看。我想看看你这个招我女儿喜欢的人物。看到你这个盟主威风凛凛的模样，很难相信你是史莱姆。我见识到了你们的实力。"

说完，艾拉鲁多露出了阴暗的笑容。

他刚才准备发动的超高等爆炎术式果然是为了试探我们。

他的试探对象包括我身边的红丸、朱菜、紫苑。众干部都十分从容，没有慌乱的举动。这是必然的，因为他们都看得出艾拉鲁多不会发动那个术式。大家都成长了，不像以前那样容易意气用事。

"因为我解析之后，发现你使用的魔素（能量）明显达不到发动术式的最低要求。"朱菜说道。

知道自己假装威胁的演技被看穿后，艾拉鲁多似乎觉得有些丢脸，他苦笑道："唉，竟然被彻底看穿了，看来我还差得远啊。"

"你太谦虚了，你展开术式的速度非常快，而且技量了得，我差点以为你真的要发动魔法。你能如此精细地控制这副人造的身体，实在令人佩服。"听到艾拉鲁多的自嘲，朱菜温和地回道。

"哦？真没想到，你竟然能发现我使用人造人当身体。"

"嗯。看上去你是将精神体依附到那副身体上，不愧是魔法大国。这技术非常先进。"

听到朱菜的话，我也用"解析鉴定"进行分析，发现只有艾拉鲁多用了临时肉体。那些武官都是血肉之躯，但对艾拉鲁多这样的大贵族是有必要多加提防的。

我一直在想他带的护卫太少了，毕竟我现在已经有实力自封魔王。这么看来，矮人王盖泽尔才是反常的。

不过，想不到人造人竟然能做得如此精巧，简直可以以假乱真……

有空的时候，我想去请教制作方法。

第一章
人魔会谈

艾拉鲁多说他的目的是了解该如何与我国来往。他似乎还有其他目的，应该会渐渐揭晓，现在估计也打探不出结果。

反正我估计艾拉鲁多也会参加会议，就让他自己做判断吧。

我也想听听他人对我们今后计划的看法，这也是个好机会。搞不好也许连魔导王朝萨利昂也会与我国为敌，但这事只能到时候再考虑。

哥布塔过来通报会场已经准备妥当。

我们还有很多事有待商议，我本来打算先进行内部讨论，但现在这情况只能作罢，现在只能硬着头皮直接进行会议。

我本来想预先准备好应对提问的资料，然后再邀请各国参加会议。正常来说，外交官会事先进行交涉，商定涉及双方利害的问题。

可是这次各方没有进行事先沟通，各方利益将直接在会场上碰撞。

这次会议会决定我国的未来，称其为唇齿交锋也不为过。

我打起精神走向大会议室。

决定魔国联邦（特恩佩斯特）未来走向的重要会议就这样开幕了。

这场会议被后世夸张地称为人魔会谈。

*

我走进大会议室，发现所有人都在站着等我。

三兽士、菲茨、盖泽尔国王以及艾拉鲁多公爵，各国要员被带往来宾席入座。

等我坐到最里面的席位上之后，其他人也一齐坐下。
会议在这沉闷的气氛中开始了。

首先是介绍与会人员，毕竟在场的成员多与大国无关。
虽然也有人互相认识，但还是应该先把来宾介绍给所有人，免得有人做出无礼的举动。
"首先是介绍来宾。"
我对朱菜使了个眼色，她像接到命令一样高声念出一个个名字。

兽王国犹拉瑟尼亚，代表是兽王战士团的三兽士。
法比欧和苏菲亚脑子里以肌肉为主（简直是塞满了肌肉），因此以阿尔薇思的意见为主。

矮人王国——武装国多瓦贡，代表是国王本人——盖泽尔·多瓦贡。
他刚才想帮我隐瞒我全歼两万军队的事。他似乎有某种打算，我最好配合他的话。
看来他这次也能帮上很大的忙。

布鲁姆特王国。
遗憾的是，该国没派正式代表参加会议。但菲茨是布鲁姆特王国的自由组合支部长（公会会长）。他是布鲁姆特王国大臣贝鲁亚特男爵的至交，所以可以认为他也有一定的权限。
菲茨的意见应该很有价值，他当代表也无可厚非。

第一章
人魔会谈

魔导王朝萨利昂。

虽然是临时加入，但参加者是大贵族艾拉鲁多公爵。

艾拉鲁多虽然是个溺爱女儿的废材父亲，但也是个处事冷静、思维清晰的贵族。

既然他此行的目的是要对我国做出评价，那应该不会蠢到因自己可爱的女儿而做出误判。

这号人物不可小瞧，不能大意。

而且……

魔导王朝萨利昂国力强盛，能以一国之力与评议会抗衡。这是一个体量与武装国多瓦贡相当的超级大国。

如果处理得好，也许有机会和该国建交。

太贪心固然不行，但也应该慎重处理与该国的关系。

一圈看下来，这些来宾个个都不是等闲之辈。

如果开会时只有我们自己人，众人的想法可能会一边倒，容易失去理智。这么想来，有这些人类的参加也值得庆幸。

接下来是介绍魔国联邦（特恩佩斯特）这边的人。

估计有的人他们已经彼此认识了，但我还是让众干部按顺序一一进行自我介绍。

利古鲁德和人鬼族（大型哥布林）长老们现在也相当有威严。他们的服饰也很豪华，一点不输各国代表。

可以说他们气场比我还足，非常靠得住。

各部门代表做完自我介绍之后，森林的管理者树妖精托蕾妮也进行了自我介绍。

看到位于森林顶点的魔物登场，艾拉鲁多也很意外，但他藏起心中的诧异向托蕾妮点头致意。

盖泽尔国王看着这一幕，似乎觉得很有趣，其实他们刚见到树妖精的时候也很吃惊，但这事还是不说为妙。

最后介绍法尔姆斯王国的相关人员，就是尤姆等人，还有缪兰和格鲁西斯。

这些人计划组建新的国家。

我打算在会议上提这件事，但不确定其他人会不会接受……

估计这也是决定这次会议成败与否的重要因素。

站在我身后的紫苑和迪亚波罗也向其他人点头致意，至此所有人都介绍完了。

啊，我差点忘了。

"朱菜，维鲁德拉换好衣服了吗？"

"是。维鲁德拉大人他……"

朱菜话还没说完，我就听到了"啊——哈哈哈"的豪迈笑声。我觉得他的着装不大合适，所以让他去换身衣物，看来他赶上了。

会议室的门开了，维鲁德拉走了进来，看样子他觉得这种场面很少见。我站起身去迎接维鲁德拉，打算把他介绍给其他人。

我在心里祈祷他们的反应不要太大。

"各位来宾，我想向你们介绍一下这一位。估计你们都听过这位的大名，希望各位不要太吃惊……"

我先给他们打一个预防针。

我的部下已经知道维鲁德拉的真实身份，他们咽了咽口水，表情十分紧张。就算是他们，在传说中的邪龙面前也难掩心中的恐惧。

这时，会场一改之前的氛围，陷入寂静之中。

"这是我的盟友维鲁德拉君。"

第一章
人魔会谈

"我是维鲁德拉！也有人叫我'暴风龙'。有机会和我说话的人屈指可数，可以说你们是很走运的。这可是你们的荣幸！！"

听到我说出他的名字，维鲁德拉做出了这样一番自我介绍。他总是这么自大，不过这种态度倒是很适合他。

但在开会的时候，这人会老老实实待着吗？估计他很快就会觉得无聊，然后开始惹事……

"在今天的会议中，你算我的顾问，如果你能老实一点就再好不过了。如果你愿意离开，我也很欢迎，怎么样？"

"哈哈哈哈。利姆鲁，你真无情啊！别把我排除在外嘛。"

"听好了，我们要谈正事，所以你千万别妨碍我们哟！"

"相信我吧！我不可能会妨碍你的！"

听到维鲁德拉这样打包票，我也只能妥协了。最坏的情况下，我还可以把圣典（漫画）给他，一定不能让他捣乱。

我们说话时，会场依然鸦雀无声，所有人都没有动静。

这时……咦？

啪的一声，菲茨和爱莲等人昏了过去。

盖泽尔大叫："利姆鲁等一下，我有话说！！"

不知为何，利古鲁德等人又跪了下来。

会场大为混乱，真不知道该如何收场。

不用说，会议也只能暂时中断。

……其实会议根本就没开始。

*

会场乱成了一锅粥。

没想到他们会慌成这样。真是一场大混乱。

不愧是维鲁德拉，令人闻风丧胆的"暴风龙"果然名不虚传。

想想也是啊。

危险级别最高的"天灾级"魔物突然出现，大骚乱自然在所难免。毕竟他的危险级别比魔王还高。

可这事也可以换个角度考虑。

既然肯定会引起混乱，干脆先进行介绍。毕竟我国今后的行动难免要让维鲁德拉参加。

但各国来宾脸色铁青，一副有气无力的样子。

虽说维鲁德拉已经控制住妖气，但也许还有残余。

红丸、紫苑平时一直收敛着妖气。由于会有弱小的魔物和人类造访这座城镇，所以他们已经习惯收敛妖气了。

至于新来的迪亚波罗，就算我什么都不说，他也会完美地控制住妖气。他做得非常完美，堪称众人的典范。

有问题的就是维鲁德拉，但经过我的特训，他已经能够调整妖气了。

他自信满满地放出豪言说这事很简单，我觉得这是因为他的能力（技能）进化成了究极能力（究极技能）"究明之王（浮士德）"。

所以，我觉得他应该没问题……不过他是不是太不把这当回事了？

毕竟就算在被封印的状态下，他释放的强大妖气也能让 B 级以下的魔物无法靠近。

"利姆鲁，我想和你聊几句。你暂时中断会议，陪陪我。"

盖泽尔带着可怕的笑容拍了拍我的肩膀。

他刚才也这么叫过，看来他是认真的。我的本能告诉我应该听

第一章
人魔会谈

他的。

我宣布会议暂时中断,并站起身。

看来其他人也没有异议。

有的人甚至昏过去了,当然没有异议。

我交代了一下之后的事,然后我们一起去了接待室。

盖泽尔让我把维鲁德拉留在会议室,这应该没问题。

三兽士等一干人都在这里陪着维鲁德拉,我离开一会儿应该没问题。

……

只有盖泽尔和艾拉鲁多进入房间。

我让朱菜为会场的所有人沏茶,红丸和紫苑去收拾会场。

"我先申明,我受到天帝陛下的全权委托,可以决定魔导王朝萨利昂的立场。如果你明白的话就请做个说明吧。"

最先发言的是艾拉鲁多。

他现在是个政治家,是魔导王朝萨利昂的大贵族,刚才宠溺女儿的那副傻样已经荡然无存。

大贵族的威严就是不一样。

对于这次的事,魔导王朝萨利昂打算静观其变吗?

艾拉鲁多那话的意思是魔导王朝萨利昂无意与我国为敌,但今后如何,要视我的行动而定。

我估计还有一层意思是,艾拉鲁多自己必须为女儿爱莲惹出的事善后。

至少他们不是我们的敌人,那我请他们帮忙应该没有问题。

"我明白了。我发誓我也会说实话。"

既然对方愿意说出心里话,那我也应该以诚相待。

我做出这个保证，密谈开始了。

我决定先听听盖泽尔的话。

"你想说什么？"

"你别装傻。暴风龙的复活是怎么回事？"

盖泽尔的叫声听起来有些激动，看来连他也藏不住心中的惊异。盖泽尔是个沉着冷静的人，这表现可不多见，想必他非常吃惊。

我也想过把这事糊弄过去，但这没有意义，所以我决定做个简要的说明。

不过我只说了自己在洞窟中遇到了维鲁德拉，并帮他解开了封印。

听完我简要的说明，盖泽尔抱着头苦吟道："真没想到。你当魔王这事就够麻烦了，你还给我准备了更大的难题……"

啊！你别这么夸我——我本想用这话缓和一下气氛，但还是算了。搞不好会惹怒盖泽尔的。

"那么，利姆鲁阁下。那位真的是——"

听到艾拉鲁多的问题，我点了点头。

维鲁德拉当时是人形，而且还隐藏了妖气，所以他一时难以相信。

"应该是真的。不管是人是魔应该没人会蠢到用邪龙之名行骗。"

他这话很有道理。

爱莲和菲茨一听就信估计就是这个原因。

魔物自不必说，名字对他们意义非凡。就算是人类，以邪龙之名行骗也是有百害而无一利。

从盖泽尔的表现来看，他一开始就没有怀疑。后来我问他原因，

第一章
人魔会谈

他说："因为我读不出来。"他这话等于是承认自己拥有读心系能力。这种能力太厉害了，不过这是题外话。

"现在该怎么办……"

"是啊。我也很头疼，光是为女儿惹出的事善后就够呛了，现在……"

盖泽尔和艾拉鲁多面面相觑。

这两人虽然表面不合，但其实关系不错。

"问题在于这事该公开还是该隐瞒。"

"西方诸国应该没问题。只要把这事报告给天帝陛下，我们魔导王朝萨利昂也没问题。关键是……"

"是圣教会吧？这事瞒不过他们。教会敌视'龙种'，特别是暴风龙，所以只要他一复活，教会就会立刻发现。"

"如果要隐瞒的话，我们也只能当作不知道这事，但这事瞒不住。我估计不管怎样，魔国联邦（特恩佩斯特）都会被认定为'神敌'。"

那两人就这样交换意见，讨论该如何处理这事。

我？我只要在一旁附和就好了，很轻松。

"利姆鲁，你在听吗？"

"是啊。我们被牵扯到你的问题之中，现在头疼得不得了。如果你不认真想想办法，我们可就难办了！"

啊，他们生气了。

这时候就老老实实地反省并阐述我的意见吧。

"反正维鲁德拉的事也瞒不住，所以我打算公开。估计圣教会是道绕不过的坎，船到桥头自然直。"

"嗯。既然你决定了，那我也无话可说。"

盖泽尔毫不犹豫地选择支持我。

"魔王与龙种联手，这玩笑可开大了。老实说，这问题比我预想的要棘手，但反过来说也是一种幸运。因为我现在能在这里参加这次会谈，所以我得到了可以决定我国立场的至关重要的情报。"

艾拉鲁多露出坏笑，站在一个大国的立场上阐述了他的意见。换而言之，我国既有灾祸级的魔王也有天灾级的龙种，挑战这样的国家太愚蠢了。盖泽尔也重重点头表示同意。

论国力魔国联邦（特恩佩斯特）远不及大国多瓦贡和萨利昂，但如果只看军事力量的话，我国何止是与那两国比肩，简直是凌驾于他们之上。盖泽尔和艾拉鲁多的话暗示了这一点。

"你刚才的话是不是意味着就算我国与圣教会为敌，你也会站在我们这边？"

听到我的问题，盖泽尔苦闷地答道："你连这事也要问吗？利姆鲁啊，我劝你最好多少学学怎么听弦外之音。"

盖泽尔一脸不快地说："幸好这是密谈……"接着诚恳细致地给我做了说明。

矮人王国没理由与我国为敌，所以理应让国家避开危险，在圣教会不占理的情况下更是如此。

盖泽尔向我保证矮人王国会像之前一样维持中立立场继续与我国来往。

那就剩艾拉鲁多那边……

我国和魔导王朝萨利昂本来就没建交，可是这人非常支持我国。

"有盖泽尔的协助我就放心了。话说艾拉鲁多先生，阁下，请问你为什么会如此关照我国？"

听到我的问题，艾拉鲁多不快地答道："在这里，'先生'也

第一章
人魔会谈

好,'阁下'也好,随便你怎么叫。不过利姆鲁阁下,在公开场合请在我的名字后面加上头衔。你也是一国之主,完全没必要在公开场合对别国的要员保持谦恭的态度。如果你想成为别国的附属国的话就另当别论。总之,我先回答你的问题……"

他特地告诉我这些以免我丢人,看来他也有亲切的一面。

于是,我向他道谢,结果艾拉鲁多看着我长长地叹了一口气。接着,艾拉鲁多开始说自己来此行的原因,似乎是为了转换心情。

事情的开端是他女儿爱莲。

据说由于爱莲将魔王觉醒的情报透露给我,所以魔导王朝萨利昂要追究她的责任。因为爱莲导致了新魔王的诞生,国家不能对此置之不理。

可是,大公爵艾拉鲁多有他的打算。他想把问题压下来,只让天帝知道结果,之后他再把握状况随机应变。

虽然用魔法进行监视极其困难,但艾拉鲁多还是得到了我成为魔王的情报。

如果我没能进化为魔王的话,他就装作不知情把这事糊弄过去,但我已经成功了,所以他不能坐视不理。他要看清我的本性,甚至考虑过在最坏的情况下要派出讨伐部队。

"所以我希望别再有人知道这事,这就是我亲自来这里的原因。"

至此,艾拉鲁多结束了这个话题。

总而言之,如果他断定我是邪恶之人,估计他会毁灭一切,当作什么都没发生过。

"那你的判断是……"

"正如我刚才所说,我选择和你们友好相处,不想与你们为敌。"

原来如此,我明白了。也就是说他判断我不是邪恶的,我有些开心。

"这是理所当然的选择。"

"是啊。我国承认宗教自由，不用只信仰一神教露米纳斯教，自然不会不顾国家利益选择殉教。"

"哼，艾拉鲁多，虽然我不喜欢你这人，但我们对这件事的看法是一致的。我国也与圣教会理念不合，而且从一开始就打算支持友邦魔国联邦（特恩佩斯特）。"

说完，盖泽尔和艾拉鲁多相视而笑。

"不过，这不代表这事没有问题。利姆鲁阁下歼灭了法尔姆斯王国军队，虽说这是战争，但牺牲者太多了，而且起因是我女儿的提议……"

艾拉鲁多面露难色。

这才是他的真实目的吧。

我邪不邪恶无关紧要，问题在于不能让西方诸国知道战争造成的损失，无论在谁眼里，能造成两万牺牲者的魔王都是邪恶之徒。圣教会的论调会得到广泛支持，我国也会成为神敌。

我懂了，如果他们成了与邪恶的魔王（虽然是我）交好的国家，那与他们建交的其他国家也会因此惹上麻烦。

唔——这该怎么办？我开始头疼了。

"放心吧。我有个办法。"

啊！难道是……

盖泽尔刚才提过法尔姆斯王国军队因不明原因不知所踪，难道是这个？

"尸体已经全部消失，没有证据。恐怕一个生还者也没有吧？"盖泽尔笑道，"那这件事就随你怎么说了。"

第一章
人魔会谈

没必要将真相告诉民众和其他国家。只要把话说得好听点,就皆大欢喜了。

"哦,我对这事非常感兴趣。当然可以让我也改一改事情的经过吧?"艾拉鲁多再次摆出一副政治家的样子说道。

估计他想借机把魔导王朝萨利昂洗白。相信这是为了爱莲,进而也会使他自己的国家受益……

那我也拿出决心吧。

"利姆鲁,看来你已经有清浊并容的决心了。没错,就是要这样,为王者不能后悔。"

木已成舟,后悔也没用,那是不可或缺的通过仪式(Initiation)。

"我早就下定决心了。盖泽尔,你打算怎么对外说明?"

"哼,那就好。"

盖泽尔看我的眼神中带着一丝关怀。

接着,我们抓紧时间详细讨论了细节。

……

我们回到会场之后发现这里已从混乱中恢复了井然有序。

现场十分平静,昏迷的人也不用人照顾了。

冲击性的意外令场面一度混乱不堪,但这也在所难免。

过去的事就让它过去,我应该向前看。而且还有盖泽尔他们帮我出主意,现在想来那是一段宝贵的经历。

菲茨和爱莲等人有气无力地趴在椅子上。

"你们没事吧?现在感觉怎么样?"

听到我这么问,他们都怨恨地看着我。

"那么重要的事怎么都没提前告诉我……"

"喂，你是不是太过分了！我也从没听你提过……你有和我说过你和维鲁德拉……先生……是朋友吗？"

各式各样的抱怨朝我飞来。

现在说这些又有什么用呢？

他被我吞进了"胃"里——这种话我也说不出口，而且估计我说了你们也不会信。

"咦？我没说过吗？我还以为和你们提过，难道是我记错了……算啦，过去的事就让它过去吧？言归正传，我们开会吧！"

我带着爽朗的笑容说道，但这终究还是不管用。

"别若无其事地转移话题——！！"众人齐声吐槽道。

"哈……哈哈哈，说得也是呢——"

我笑着糊弄道，同时尽力劝慰他们。

但这些家伙也太随便了。我现在是魔王，可他们对我的态度还是老样子。

我挺开心的，我可不希望我们的关系因此疏远……可我希望他们能多几分敬意……

"你在听吗？请你好好反省反省！"

"老爷，你真是的。"

"就是啊，这样对心脏非常不好……"

他们根本没把我当魔王。

爱莲他们一向如此，菲茨也没变。

"啊，可是……我该怎么向上头报告……不对，我是公会会长，想这些干吗？"

他那副目中无人的样子把这句话写在了脸上，看来他已经接受了现状。

第一章
人魔会谈

他们之前对维鲁德拉的畏惧像是假的一样。如果我之前没提醒他们先去厕所的话,估计他们的裤子早湿了。

"太好了!"

我拍了拍他的肩,他瞪着我说道:"你啊,完全一副置身事外的样子……我要一字不漏地向上面报告这件事,我的精神遭到了重创,之后会向你提出损害赔偿!"

我的忠告帮他保住了颜面,我还以为会听到他的感谢,结果他反而生气了。

算了,算了,毕竟在我的玩笑之下,菲茨已经恢复到平时的状态。

就这样,所有人都接受了维鲁德拉的事。
又过了一小时,会议终于重新开始了。

*

会议现在正式开始。

与克雷曼开战的事是我们的内部问题,所以之后再说。

苍影向我做了简单的报告,不过他还没发现克雷曼的总部。令我在意的是克雷曼正在调动军队,苍影还在继续监视。

既然这事也急不来,那我先和各国首脑进行会谈。

虽然麻烦,但还要再复习一遍。

发生了许多事,我觉得一次性向所有人说清细节更省事。我决定先说明情况,好让所有人心里都有个数。

我从自己遇到维鲁德拉的事说起,顺便提到我是"异世界人"的事,事到如今隐瞒也没有意义。

反正我的部下都知道了，就算让盖泽尔和艾拉鲁多知道也无所谓。

就算魔王曾是"异世界人"也不会有什么影响，毕竟魔王莱昂也曾是"异世界人"。

我爽快地说明了我们和猪头帝的战斗以及我们在这里建立城镇的事。

分享情报很重要。

他们接受情报的态度不同，表现也各不相同。

城镇建成之后又发生了许多事……接着又说了我主动前往英格拉西亚王国的事。

我省去了我在城镇中的生活以及优树的委托，但提到了和日向的战斗。那家伙很难对付。如果换作别人，估计已经没命了，就算是红丸和苍影也一样。

她的剑技不比白老差，而且还会用未知的魔法，特别是"圣净化结界"十分危险。

也许还有小范围针对个人的类型，所以我用"思维传递"将自己的记忆与对这个结界的认识告诉所有人。

我也知道，就算他们对这个结界有所了解也束手无策，但总比不知道好一点。这至少能让他们认识到日向的可怕，说不定他们还有机会逃命。

"坂口日向啊，那个女人简直是个可怕的杀手，一眼就能给人留下强烈的印象。可据我们掌握的情报，事实其实有所不同。例如，她一定会对求助者伸出援手，愿意接受帮助的人就能得救。但不听她劝告的人，她也不会再理会。她非常理性……"

菲茨说明时很向着日向，也许他们认识？

第一章
人魔会谈

我也不想与日向为敌，我会和她动手只是因为她完全不愿和我沟通……

不会帮助无视自己话的人，这还真像她的作风。还有一堆人等着救助，无视那种蠢货倒也能够理解。

那家伙似乎是个彻头彻尾的合理主义者。

优树也说过日向是个现实主义者，我觉得这个情报不会有错，而且菲茨的消息很灵通。

我正想着，盖泽尔也点了点头开口道："嗯。不愧是以情报工作见长的布鲁姆特王国公会会长。你准确把握情报的能力可与我国的暗部匹敌。这份情报和我掌握的一样。"

盖泽尔证实了菲茨那番话。

"可那家伙根本听不进我的话。"

是的，她一开始就想置我于死地。她似乎是受人唆使，但完全听不进别人的话也……

"这个嘛，露米纳斯教的教义中有一条是'禁止与魔物交涉'。"

没想到会是艾拉鲁多回答我的疑问。看来就算在魔导王朝萨利昂中，日向也是个名人，没想到她的名号会传得那么远。

不，作为一个国家自然要去搜集圣教会最强骑士的情报。

难道是因为日向是个美女，所以才那么出名——有一瞬间我冒出了这个疑问，不过还是保持沉默为妙。

听了菲茨他们的说明后，日向的形象也渐渐清晰起来。

日向以冷酷且理智的行动闻名，但她绝对不会违反教义。她简直是所有骑士的典范。也就是说，日向是纯粹的法律与秩序的守护者。那她到底为什么不去阻止各国的召唤仪式？

进行简易召唤很可能会召唤出孩童，不管怎么看这都是国家级的恶行……

"关于那件事，你是不是想不明白她为什么会对各国的召唤行为视而不见？"菲茨问道。

我确实很困惑……

"你应该知道召唤'异世界人'的召唤魔法在明面上是禁断的秘仪。在西方诸国评议会中这被指定为禁止事项，而且国家也不会轻易承认这种行为。只要国家否认，这事就很难追查。圣教会的权限确实很大，但也无法随意干涉内政。"

举个例子，就算是法尔姆斯王国那类将"异世界人"当作武器使用的国家也可以谎称自己是偶然发现"异世界人"，并加以保护。只要没有确凿的证据，圣教会也无权干涉。在这种状况下，责怪日向怠慢确实很没道理。

对了对了，优树说过这样一句话——我也无法理解她。

说不定日向正在用她自己的方式阻止这种行为。如果是这样，那继续为这事纠结也没意义。

"总之可以确定，日向是个麻烦的家伙。如果有可能的话，至少应该找机会尽力和她沟通，避免与之为敌……"

如果我国被圣教会认定为神敌，估计就要和日向战斗了。

我想尽量避免事态发展到那一步，现在也只能走一步看一步。

"呵呵呵呵，那就让我去解决她如何？我可以去铲除危险分子吗？这也是为了消除后顾之忧。"

听到我的牢骚，站在我背后的迪亚波罗说出了这样一番话。

没想到他这么有自信，也可能是因为他是新人，所以急于表现自己。

"喂喂，日向很强，连我也输给……不对，是和她打成平手。

第一章
人魔会谈

就算让你去，你也没那么容易解决她！"

真是的，希望他说话能过过脑子。

"迪亚波罗，利姆鲁大人说得对。与其让你去，还不如让我去解决。利姆鲁大人请下令！！"

我说吧，都怪迪亚波罗说了多余的话，现在连紫苑也开始说傻话了！

"紫苑小姐，你告诉我秘书的心得算是对我有恩，我很感激你，所以我不想说难听的话……但遗憾的是你赢不了那个日向。"

"哦？这话的意思是你比我强咯？有意思。那我们就来一决高低……"

"那就来吧！"

没想到迪亚波罗是个看似冷静的战斗派。他对我十分恭敬，对前辈却没有敬意。这个新人也太没规矩了。

他的行事风格总能煽动别人来找碴，紫苑又是个耿直的人，这两人简直水火不容……

"哈哈哈哈，那就该轮到我出场了吧？好，那就让我走一趟……"被这两人一闹，坐在我身旁的维鲁德拉站了起来。

"没必要去找她！如果日向来找事，我们自然不能不理，但我们没必要主动招惹她。我再说一次，我也不想和圣教会为敌！"

我暗暗叹了口气，慌忙制止了维鲁德拉。

太糟糕了，这里全是问题儿童。

不不，大家都还在成长，今后应该重视教育问题。

仔细想想，红丸和苍影就很冷静，理智的克鲁特也很靠得住；加维鲁虽然有轻率的一面，但他分得清轻重，所以不会给我惹麻烦；岚牙在我的影子里仔细聆听，比其他人可爱多了。

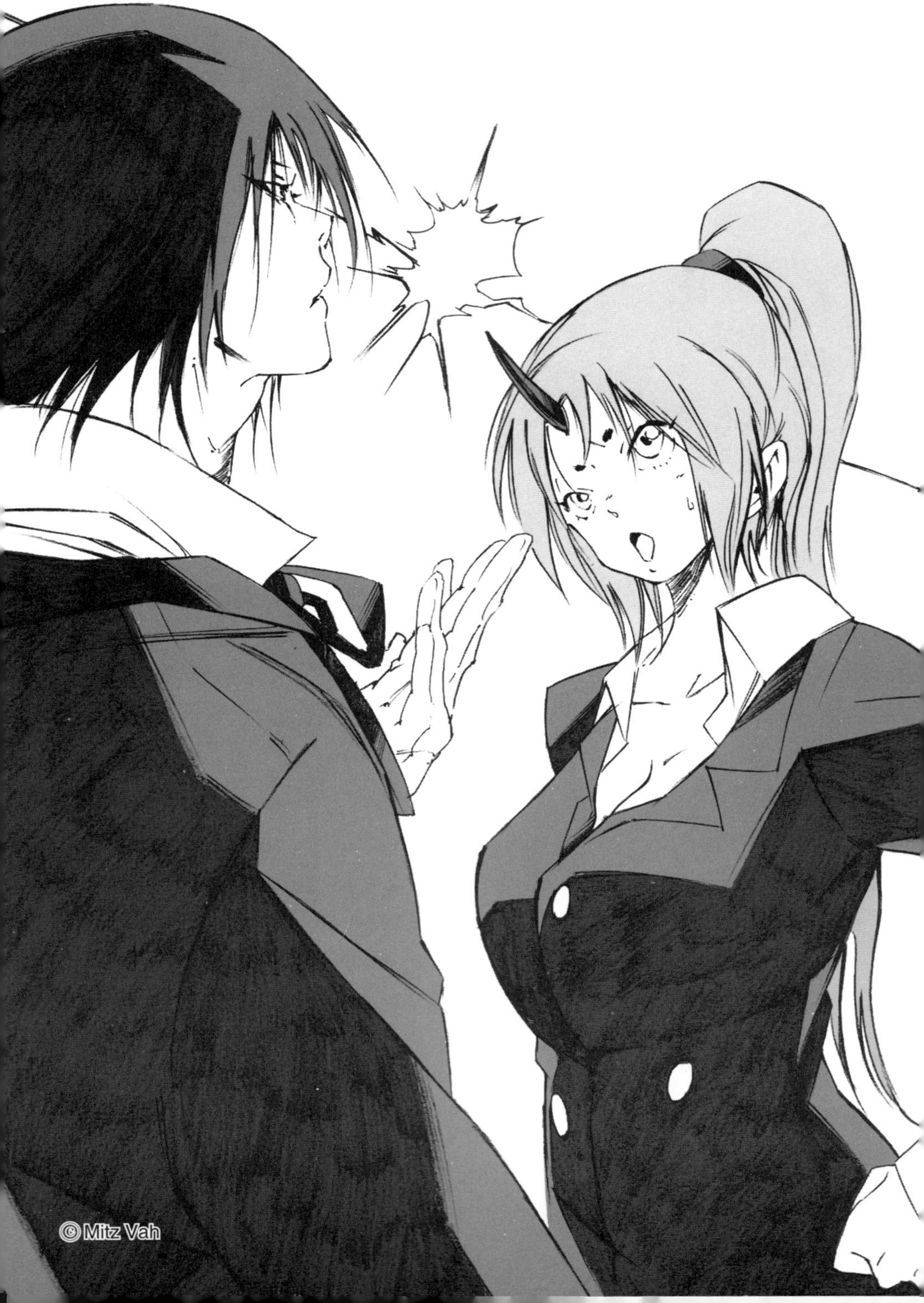
© Mitz Vah

第一章
人魔会谈

　　有问题的果然是紫苑、迪亚波罗和维鲁德拉这三人。让这三人掺和进来很危险，他们会让我更操心，今后对待这三人时一定要多加注意。

　　"总之，日向和圣教会的讨论到此为止。我们是否开战要视对方的态度而定，但我们要静观其变谨慎应对！"我宣布道，为这个话题画上句号。

　　但我们不能忘记有人在背地里搞鬼，日向知道我的事，她说有人告密，我"杀了"静的事很少对人提起，知道这事的人类很少。

　　虽然很难确定，但这事很可能牵扯到我认识的人：卡巴鲁、爱莲、基德三人，菲茨和布鲁姆特王国的几人，还有优树，除此之外就只有居住在这座城镇中的伙伴了。

　　这么看来……

　　智慧之王（拉斐尔）分析出了一个可疑人物。

　　是啊，我也认为肯定是那人，不过也不能排除是我不认识的人所为……

　　我不想凭臆想行事，也不想在没证据的情况下怀疑别人。我只想暂且保留这个推测，多留一个心眼。

　　说起来那人让我和日向战斗的目的是什么？解决我或日向？阻止我回城镇？引出日向？

　　"也许，这些全是那人的目的。"

　　真的假的？那也太贪心了吧。

　　那人在利用我，我却不知道那人的想法，这着实气人，但我现在应该忍耐。

总之,这件事暂且搁置。

我决定接着往下讲。

我说了自己摆脱日向回来之后发现城镇遭到袭击的事。法尔姆斯王国派来的"异世界人"在城镇中蛮横闹事。为了尝试复活因此牺牲的人,我才选择成为魔王……

我还没做进一步的说明,爱莲就抢先暴露了自己。

"反正爸爸迟早会发现的吧?说起来,你来这里就是因为这事吧?"爱莲低着头抬着眼睛问道。

老实说,她很狡猾,这样子太可爱了。

这样一来,估计艾拉鲁多那个宠溺女儿的笨蛋父亲一下就会沦陷。

"我的小爱莲……这事被爸爸发现也没关系,但没必要让别国的人也知道。"

艾拉鲁多叹了口气,举手投降。

我理解他的心情。这是爱莲不对,她彻底无视了成人世界的种种问题,但艾拉鲁多也猜到事情是这样。

"估计是我女儿爱莲主动把魔王进化的事告诉你的吧。阻止她的唯一办法就是强行把她带回去,如果这么做的话,我会被她讨厌的,所以只能出此下策。"

他自己也不确定这个决定是明智还是糊涂。事情都在他的预想之内,这应该算明智吧……

我和盖泽尔互相使了个眼色,心里仍无法释怀。

看到盖泽尔点头后,我决定按照之前商量好的计划往下说。

"所以我将法尔姆斯王国军队作为牺牲品,我就这样顺利成了

第一章
人魔会谈

魔王。"

就这样，我说出了自己成为魔王的事。

*

那么，我的情况已经说明完毕，接下来要进入主题。

"我刚才说明的是事实，但在对外公布时要稍做修饰。"

听到我的话，所有人一齐露出了困惑的表情。

公布，也就是对各国的解释要加以修饰——也难怪他们会困惑，对魔物而言，力量就是一切，所以在他们看来，这么做没有意义。

但话术在政治中十分重要。

"你为什么要修饰实情？你对外要怎么说呢？"

红丸代表众人提出了疑问，于是我开始解释之前商定的内容，好让所有人都能理解。

我会自称魔王，但要隐瞒已经觉醒的事，这么做的大前提是各国都不知道实情。他们查也没法查。

所有人都消失了，一个目击者也没留下，除了我们，只有三人知道真相。

法尔姆斯国王贪得无厌是众所周知的事实，所以我们正当防卫的理由可以成立。军队被魔王独立歼灭是个可怕的消息，相比之下，军队战败的说法更容易被人接受。综上所述，我们决定将事情说成大量战士解开了最可怕的封印，当时地上血流成河令沉睡的邪龙苏醒了——也就是维鲁德拉的复活。

我这个鸠拉大森林的盟主决定成为魔王，并与英雄尤姆联手说服了维鲁德拉，但魔物中也出现了大量牺牲者。我们平息了维鲁德拉的怒火，并将其奉为守护者。这就是我们商量好的说辞。

把事情的经过改成这样之后，我当魔王的事也有了意义。这是为了把罪名全加给法尔姆斯王国，为我们自己塑造正义的形象。

"想想看，人会惧怕自身无法理解的事物，并躲得远远的。就算你说要和人类友好相处也没人会相信，毕竟你是凭一人之力歼灭两万大军的怪物。"

这是盖泽尔的话。

菲茨和尤姆听后发出低沉的声音表示理解。

就连这些和我较为亲密的家伙都是这种反应，很明显不认识我的人肯定会是盖泽尔说的那种反应，搞不好西方诸国会全体与我国为敌。

"如果这两万人的军队不知所踪的事是暴风龙干的，那就比较容易理解了。毕竟暴风龙已经是'天灾'了。"

听到盖泽尔的解释，众人恍然大悟。

只有维鲁德拉在说："呵呵呵，这男人知道我是天才，很有眼光嘛。"

他把天灾听成了天才，显得非常高兴。不过，这完全可以无视。

"我也支持这个说法。与其让利姆鲁阁下因为我女儿的错而成为魔王，并受人惧怕、遭人怨恨，不如把利姆鲁阁下说成为了能与暴风龙交涉而当魔王，受到世人感谢。"

艾拉鲁多笑容满面，仿佛在说"怎么选不用我教你们吧"。他瞪着眼睛对四周施压，避免出现反对者。

估计这男人为了女儿什么事都做得出来。

"爸爸……你真不愧是老奸巨猾的贵族，太狡诈了……"

爱莲发出了不知是褒是贬的感慨……我觉得艾拉鲁多有点可怜。

第一章
人魔会谈

等到会场再次静下来之后，我继续解释道："而且这对我还有其他好处。不被人类畏惧提防也很重要，其他提防我的魔王可能会误以为他们的威胁只有维鲁德拉。"

这样，我行动起来也更方便。

我国大胜法尔姆斯王国之后，魔王克雷曼应该会提防我。如果我放出流言说这是维鲁德拉所为，那他也会对我放松警惕。而盖泽尔也希望与矮人王国交好的国家有个良好的形象。

我也希望给西方诸国留下一个好印象。而且，我也不想暴露自身的实力，这样可以让潜在的敌人放松对我们的警惕。

我认为与其让敌人处处提防我们，不如让敌方轻视我们，这样对我们更有利。

"而且，如果放出我们能和维鲁德拉进行交涉的流言，应该也能减少别国对我国出手的可能性。其他国家很可能会有所顾忌，不会对圣教会言听计从。"

这可能是最大的好处。

就算不考虑盖泽尔的提议，维鲁德拉复活的事迟早也要公之于众。既然这样，那就应该抓住最佳时机，将利益最大化。

我们接下来要对付克雷曼，如果开展双线正面作战会分散战力，我要尽量避免这种情况出现。

我要最大限度地减小他人对我的戒心，与此同时还要最大限度地提高他人对魔国联邦(特恩佩斯特)的戒心,让他人不敢轻举妄动。

我以盖泽尔的草案为基础，并经过智慧之王(拉斐尔)修改完善。

完善后的方案能让三方利害关系一致，在今后的作战中也能加以利用。

不愧是智慧之王（拉斐尔），进化为究极能力（究极技能）之后,他的智谋也有长进。

"原来如此。这么说来,你就有理由照料我的生活起居了吧。"

维鲁德拉重重地点点头显得很满意。

喂喂,这人彻底把事情往对自己有利的方向想了……

他误会了……算了,反正我要让他陪我们演这场烂戏。

先不管维鲁德拉,我那些部下的反应都很好。

"这样,外人确实能接受,我们就可以保持原有的方式继续与外界交涉。"

利古鲁德重重地点点头,似乎稍稍放下心来。他一副如释重负的样子,他之前似乎在担心今后的贸易会受到影响。

看来利古鲁德在担心魔国联邦(特恩佩斯特)今后的经济问题。

"不愧是利姆鲁大人!这个主意非常棒!!"

"哪里哪里,这是盖泽尔国王的提议,我只是整理他的意见而已。"

听到紫苑的赞赏,我简单搪塞道。只要她能准确理解我的话,我就心满意足了。

"谢谢你,盖泽尔国王。我们行动时,也期待利姆鲁大人能派遣援军!"苏菲亚带着狰狞的笑容向盖泽尔表示感谢。

法比欧和阿尔薇思也附和着,看来三兽士也赞同这个提案。

"呵呵呵,原来如此。这样,我们就能集中对付克雷曼。如果这样都赢不了,那我就太无能了。"

红丸嗤了一声,十分期待与克雷曼的战斗。

真可靠!你一定要大显身手啊!

苍影和克鲁特也是一副按捺不住的样子。

希望你们再等一会儿。这场会议结束之后,有的是机会让你们

第一章
人魔会谈

施展拳脚。

我对部下们点点头在心中说道，那些部下都满腔热情地看着我。

*

大家都接受了我们对外公开的情况说明，我们接下来要围绕这份说明讨论今后要如何行动。

首先是告诉他们我们俘虏了法尔姆斯国王和圣教会大司祭的事，接着再说明我关于拥立尤姆为新国王制订的计划。

听到我的说明后，菲茨发出了低沉的咆哮。

接着他沉默了一会儿，似乎正在整理自己的思绪。

盖泽尔闭着眼睛默不作声。他的同伴正在积极交换意见，但他们没有定论，看来意见无法统一。

艾拉鲁多没有吭声，估计他正在冷静地分析魔导王朝萨利昂该如何行动才是上策。

我边观察他们的那些反应，边继续说明。

首先是释放法尔姆斯王国现任国王，让他为侵略我国的事进行赔偿。

但这只是一个名头，我的真实目的是利用这个赔偿问题引发法尔姆斯王国的内战。

万一国王再次率领众贵族进行反抗，他到时候就死定了。就算对方是一国之王，我也不会给他第二次机会。

如果法尔姆斯王国这时候老老实实地进行赔偿，拥立尤姆的计划就前功尽弃了。智慧之王（拉斐尔）推测不会出现这种状况。

就算法尔姆斯王国想履约进行赔偿也难以做到。法尔姆斯王国已经损失了多达两万人的资源，恢复国力也少不了资金的支持。唯一的办法就是向贵族征集资金，想必那些贪得无厌的家伙不会老老实实地缴纳，他们应该会百般推托，无视赔偿要求。

这时候，尤姆就可以向他们发难，以信用和义气为由发动武装政变。

国王也有可能强制征税，但这必然会引发内乱。

战败的责任自然要由生还者承担。而幸存的国王非但没有主动承担责任，还要强令贵族交税，这样一来……王的权威将荡然无存。

赔偿问题将成为导火索，这会让国王与贵族间的关系破裂。

只要国王失去影响力，各派系必将无所顾忌。国王的子嗣尚未成年，不难想象他们会成为贵族的傀儡，如此必将出现王位之争。

等发生内乱之后，尤姆再站出来，疲惫的国民应该会支持这位英雄。

无论局势如何发展，法尔姆斯王国终将灭亡。

魔国联邦（特恩佩斯特）与尤姆关系亲密，当然会公开支持他。只要尤姆宣布成立新王国，我国就会予以承认，并且会正式与其建交。

现在位居国家管理层的贵族应该会联合起来反对尤姆，但我已经有对策了。

从一开始就支持尤姆的人可以留下来，其他人全部放逐。对于执意反对的人，很遗憾，只能让他消失。

我国会成为阻止贵族联合的威慑力，防止尤姆与贵族产生直接的武力冲突，并分辨那些贵族的立场。

我计划让尤姆花一些时间，通过政策赢得国民的信赖，等到尤姆的声望提高之时，再一口气击溃反抗势力。

第一章
人魔会谈

不能急于在短期内建国，至少要有两三年的缓冲时间观察局势才行。

如果国王做出最坏的选择，那尤姆发展壮大的速度就会加快……

这就是计划概要。

具体时间会受状况影响，但尤姆必将成为国王。

"我也不想蹂躏法尔姆斯王国的国民。但他们放任自己的统治者为所欲为，从这一点来看，他们也不能算无辜。所以，我要让他们面临一定程度的内乱，并努力复兴。"

所有人都在默默地思考，第一个做出反应的是盖泽尔。

"也行。我对这个计划本身没有异议。不过利姆鲁，尤姆这个男人当国王的事另说。"

说着，盖泽尔站起身瞪着尤姆。

我在远处也能感受到他可怕的压迫感。我也曾直面过这种压迫感，非常理解尤姆现在的心境。

"呃……"

尤姆喘着气，咬着牙，苦苦坚持，但仍用目光与盖泽尔对峙。

"哼，唯独毅力值得肯定。他的本性如何？能心系国民，拿出决心背负那份苦楚吗？"

这话让会场静了下来。

"哼，谁知道呢？我也不想当国王。可是，利姆鲁老爷这么信任我，把这个重担托付给我，如果我拒绝就太不是男人了！！"

"哦？"

"我不想片面下定论，也不想还没做就放弃。而且我也想在自己喜欢的女人面前表现一番，既然要做就要尽全力做好。"

尤姆坚定地说道，没有半点犹豫。那话虽蠢，但不可思议的是很有说服力。

"笨蛋……"缪兰嘟囔道。

"这就是尤姆的风格。矮人国王，我也能保证。这家伙虽蠢，却不是不负责任的人。他会对自己接下的事负责到底。我格鲁西斯也发誓会陪他到最后！"兽人格鲁西斯也苦笑着说道。

缪兰闻言也点点头，那两人和尤姆一起直面盖泽尔的目光。

"这样啊，那就好。如果有事可以来找我。"

说着，盖泽尔夸张地点点头，解除了威压。

看来尤姆他们顺利通过了盖泽尔的考验。武装国多瓦贡是个大国，有了这个后盾，将会事半功倍。

接下来……

盖泽尔笑着说："我发现了一个有趣的男人。"

艾拉鲁多抱着肚子笑道："想不到他是为了自己喜欢的女人而当国王。"

法比欧拿格鲁西斯寻开心道："格鲁西斯，真有你的！没想到你会在我们面前堂堂正正地宣布背叛卡利昂大人！"

会场一片哗然，不过这些都是善意的话。

笑了一阵之后，盖泽尔用严肃的口吻对尤姆说道："尤姆，我国希望你能生产农作物。我也不是要干涉你的内政，但请你听我一言。像法尔姆斯王国那样只倒卖我国的产品也能过得很滋润，可这不是长久之计，法尔姆斯王国的结局已经验证了我的话……"

法尔姆斯王国确实对进口商品征收重税，榨取中间利润，对矮人王国而言，他们算不上优质客户。

第一章
人魔会谈

而现在建成了新的道路，有了新的商路，法尔姆斯王国失去了自己的优势。在这状况下，国家必须拥有新的特色才能生存下去。避免在已有的领域与别国竞争，开拓新的领域更有利于互惠互利。

我曾听说矮人王国的问题在于粮食自给率很低，所以很理解盖泽尔这个提议。我国也不能只依赖森林的恩惠，想增加谷物的进口来源，可以说盖泽尔的提议非常理想。

"我也想请你生产农作物，但谷物的具体种类必须经过协商！"

我也从旁附和盖泽尔的提议，同时不忘争取利益。

"连老爷也这么说……交给我吧。法尔姆斯王国的农业也很发达，说不定这个提议很容易被接受。"

就这样，盖泽尔和我的利害关系一致，而且尤姆也答应我们在他登上王座之际在农业领域提供协助。

朱菜给众人端来茶点，大家稍做休息。

我们转换心情，继续会议。

尤姆得到了认可，众人都接受了建立新王国的计划。

这是最大的难关，之后的讨论会很顺利。

"那我代表布鲁姆特王国提一个提案。听了盖泽尔陛下和利姆鲁阁下的话，我认为我国也能为这个计划提供帮助。法尔姆斯王国的贵族谬拉侯爵和赫尔曼伯爵与我国交情甚好。我国可以与他们交涉，如果他们能加入我方阵营，估计能为我们提供许多便利吧？我认为尤姆阁下起兵之时，他们也能成为后盾。"

菲茨阐述了布鲁姆特王国的意见。菲茨是公会会长，他有这个权限吗？

菲茨似乎看出了我的疑问，他苦笑着解释道："正如我一开始说的我代表布鲁姆特王国，请您理解我现在站在国家的立场上。刚才的话我是以工匠员的身份说的，不是公会会长。"

细问之下，我才知道菲茨还在布鲁姆特王国情报局中任职。他不是普通的工作人员，是情报局的统括辅佐。

就算这样，他也不能随便做如此重要的决定……

于是，我说出了自己的疑问，结果菲茨的话令人震惊。

据说我刚才进行密谈的时候，菲茨直接将事情告知了布鲁姆特国王，国王给了他全权代理的委任状。因为是小国所以反应速度很快，这也证明了菲茨有多受信任。

他说在我说出情况之后，自己发现布鲁姆特王国已经掌握了几个事情已经结束的证据。

如果胁迫这家伙交出证据的话……我只是稍微想一想，这事还是保密为妙。

菲茨似乎利用自己的身份搜集了许多情报。

在听我说出计划之前，他就搜集了他需要的全部情报。他很机灵，实在很有能力。

谬拉侯爵和赫尔曼伯爵似乎是布鲁姆特国王那一派的。

谬拉侯爵是法尔姆斯王国的大贵族，所以不会把自己和布鲁姆特王国的亲密关系表现出来，据说他们背地里交情甚好。

其实他和布鲁姆特国王是远亲，两人关系很好。而谬拉侯爵对赫尔曼伯爵有恩，所以赫尔曼伯爵不会背叛他。

"喂喂，连那种秘密都吐露出来，没问题吗？"

"哈哈哈，没关系。就算我不说，盖泽尔陛下也知道吧？因为武装国多瓦贡暗部的能力可与我布鲁姆特的情报局匹敌。"

第一章
人魔会谈

菲茨说，矮人王国应该掌握了邻国的情报。

盖泽尔听后只是单眉上扬，没有别的表现。站在他背后的美女有了反应。她是暗部首领（暗夜刺客）安莉耶塔，实力之强甚至能得到苍影的认同。

"呵呵呵，你过谦了。布鲁姆特王国是情报国家，一直在贩卖情报。情报局是贵国的中心，当然比我的手下优秀吧。"

安莉耶塔奉承道，从那表情来看，这肯定不是她的真心话。

"哈哈，还是你们厉害。我们的战斗能力远不及暗部。但在搜集情报这一点上，也敢说自己是一枝独秀。"

菲茨也是一副不甘示弱的样子。

正因为布鲁姆特王国是个小国，所以才会积极网罗各国的情报。这是本国自卫最强的武器。

既然是菲茨说的，那这份情报应该不会有误。那就应该把那两人拉拢到我们这边。

"尤姆，你听到了吧？"

"嗯，交给我吧。"

尤姆的事就这样决定了，就以英雄的身份凯旋，来一场华丽的演出吧。

没必要在这场会议上讨论细节，所以之后的事就交给尤姆他们自己，转入下一个议题吧。

*

"好！英雄尤姆起兵的事就是这样。"

听到我的话，所有人都点头表示同意。只有尤姆一人显得很尴尬，我就当没看到吧。

这件事算是谈妥了。接下来……

我正打算进入下一个议题时，一直在听我们说话的艾拉鲁多笑出了声，他显得很意外。

"噗，哈哈哈哈！有意思，真让人愉快。这里的每个人都肩负着本国的使命，却没有疑虑、推心置腹地进行讨论……这样一来，我这个一直心存戒备的家伙岂不是显得很滑稽？"

他笑着说出这番傻话，但目光依然锐利。

现在的艾拉鲁多不是那个宠溺女儿的笨蛋父亲，而是一个货真价实的大贵族。他是绝不会在人前吐露心声的魔导王朝萨利昂的大公爵艾拉鲁多。

艾拉鲁多突然气场大变，盛气凌人地站了起来，似乎想说什么，所有人都紧张地等着他的话。

寂静降临了，会场只剩下维鲁德拉看漫画时翻页的声音。

喂！大叔，你干了什么？我还没把漫画给你，你这是从哪儿搞来的……

算了……反正他从一开始就没想听别人说话。

既然他能安安静静地待着，那我也没什么好说的。

维鲁德拉的举动缓解了我紧张的心情，于是我放松心情，等着艾拉鲁多开口。

艾拉鲁多咳了一声，把注意力移回到自己身上，然后郑重地开口说道："我问你，那边的男人，是叫菲茨吧？你真的相信利姆鲁这个魔物吗？"

"你这话……什么意思？"

第一章
人魔会谈

"就算魔物们自行建立国家,别国也可以不予承认吧?而且有必要和魔物国家建交吗?就算是考虑到国家的地理因素,也应该更加慎重地钻营取巧。"

"这……这是因为……"

艾拉鲁多绝不是要故意挑事,感觉他只是纯粹地提出自己的疑问罢了。所以菲茨才显得很犹豫,不知该怎么回答。

"换个说法,如果是我的话,我应该会只与魔物国家保持贸易往来,同时观察圣教会的态度。我会暗地里通知圣教会,把一切问题交由圣教会判断。我会只享受利益,不会站到任何一边,免得埋下祸端。这才是最符合小国利益的做法吧?"

艾拉鲁多这话仿佛化作利剑刺入了菲茨的胸膛。

菲茨嘟囔了一句:"可恶,为什么我要……"

他似乎感觉到在场的其他人也和艾拉鲁多一样把视线投向了自己。

接着……

"知道了,我知道了!那我就说实话吧!"菲茨挠着头叫道,他似乎下定了某种决心。

菲茨变回了平时那种目中无人的态度。尽管对方是大公爵艾拉鲁多,但他抛开了郑重的说话方式。

"艾拉鲁多大公,我的看法和你一样,我也向上司提议过。我当时是和熟识的贵族一起去说的,可是这个提议却被驳回了……"

接着,菲茨说出了他和那个上司的对话。

菲茨也向他的上司提过艾拉鲁多刚才说的做法,可是被他的上司驳回了。他的上司说:"如果布鲁姆特王国和魔国联邦(特恩佩斯特)间发生战争的话要怎么办?"

这是我造访布鲁姆特王国之前的事，当时我们和暴风大妖涡（卡律布狄斯）的战斗刚结束。

我国有多名高阶魔人，并且击败了猪头帝和卡律布狄斯。菲茨的上司说布鲁姆特王国一旦和这样的国家开战，瞬间就会灭亡。

布鲁姆特王国对露米纳斯教的信仰不够坚定，圣教会也不会全心全意帮忙，搞不好这反而会招致灭国。

他们的结论是抵抗没有意义。

"我们的策略是博得对方的信任，建立起互相信赖的关系。为此，我们要不遗余力地提供帮助。这就是我国高层得出的结论。矮人王国和贵国是大国，可以放心大胆地做出选择，但我国只要走错一步就全完了。反正都要赌，与其向圣教会求助，不如相信魔物盟主。这就是我这么做的原因。"菲茨叹着气说道。

菲茨曾经的想法竟然被人指了出来，仔细想想，这个男人的处境挺让人同情的。可以说，布鲁姆特王国弱到连那种风险都冒不起。

这就是事实……好坏对错都不重要，他们孤注一掷地选择了相信我。

不，不对。他们的结论是，这是他们唯一的选择，就算要冒灭国的风险也只能这么做。毕竟我一人就能匹敌一支军队，被视作威胁也是在所难免的。与其敌对不如并肩作战——合情合理的选择。

掌握情报，依附大国生存，对于小国而言，这也是一种战略。所以他们才会相信这是正确的选择，并为此竭尽全力。

这确实是孤注一掷的行为，但也许从某种意义上说也是有效的一招。

这招对我很有效，因为我已经确信布鲁姆特王国值得信赖。

艾拉鲁多似乎也得出了同样的结论。

第一章
人魔会谈

"你们行事还是很果断。我们换个话题，你好像是来支援利姆鲁阁下的，这也是你那个上司的决定吗？"

"是的。上司命令我说既然双方签订了安全保障条约，我们就必须执行。就算国家不履约，我也会来，因为我是自由人。我本来就是自由组合成员，不归国家管，我本来不应该来参加这种会议。可我现在也在布鲁姆特王国的情报局任职，也许我的好运到头了……"菲茨嘟囔着，"我为什么会接受这项工作？"

他太率直，但现在说什么都晚了。

我没想到布鲁姆特国王会这么守信义，他竟然抱着不惜与法尔姆斯王国开战的决心遵守和我国的条约……

我本以为那项协议对我国没多少好处，但能知道他们的心意也值得庆幸。

遵守约定是人际关系的基本。国家间的关系也一样，不遵守约定、协议的国家也信不过。

这次的事证明了布鲁姆特王国值得信赖。他们相信我国会获胜，并赌上了自己的命运。不过他们怎么也想不到我会一人全歼敌军。

"这真是一场豪赌，你口中的上司难道是……"

"没错，就是我国的国王陛下本人。"

听到我的问题，菲茨啼笑皆非地点点头。

这样啊，那个国王看似一个老好人，其实他相当有心机。当一国之王果然要有决心。

"事情就是这样，这个选择是正确的。没想到利姆鲁阁下一人会歼灭法尔姆斯王国两万大军。至于暴风龙的复活，现在不是考虑这事真假的时候。高层给我全权代理的委任状的速度之快已经刷新了纪录。"

菲茨一副精疲力竭的模样。看样子是高层硬把决定国家存亡的责任压到他肩上，所以就算他发发牢骚，上头也不会追究。

"原来是这样啊。我很抱歉，菲茨阁下。多亏了你，我才能充分理解布鲁姆特王国的想法。"艾拉鲁多的态度缓和下来，他对菲茨轻轻点点头说道。

盖泽尔对艾拉鲁多说道："你还是这么爱耍小聪明啊，艾拉鲁多。你没必要用这种手段试探别国。既然我信任利姆鲁，那你应该也不会怀疑吧？"

"盖泽尔，话不能这么说。与魔物国家建交是件大事，我不可能轻易做决断。我现在很敬佩布鲁姆特国王。"

"哼，别装傻。正因为你从一开始就已经做出决断，所以才会亲自过来吧？策士艾拉鲁多，你的结论是……"

艾拉鲁多轻松接下了盖泽尔的威压。

这不是因为他使用人造人当身体没有后顾之忧，而是拜他自身过人的胆识所赐。

"这个嘛，我自己已经有结论了。但在回答之前，我可以再问一个问题吗？"艾拉鲁多这次转向我说道。

"我说爸爸，你别装腔作势了，赶紧回答啊！"

"喂，大小姐，可不能这么说！"

"是啊！公爵大人偶尔也想在女儿面前表现一番，他现在非常努力！！"

爱莲那三人将这紧张的氛围一扫而空。

"策士也会名声扫地啊……"盖泽尔说道。

我有点同情艾拉鲁多，于是装出了一副严肃的样子。

我释放出"魔王霸气"："你问吧，艾拉鲁多。"

第一章
人魔会谈

"哦！！"我的部下们一阵骚动。

"嗯？"盖泽尔和他的同伴哼了一声。尤姆等人和菲茨，甚至连三兽士也吃惊地流下汗。

我已经把威力调至最低，没想到还如此猛烈。

毕竟我的"魔王霸气"中统合了"威压"和"魔法斗气"等各项能力（技能）。这项能力还能用于攻击，如果使用不当会很危险。

即便如此，我可能也演不好一个国王。

演技的诀窍是要面无表情地说话。只要隐藏自身的感情，冷淡地说话就能令对方胆怯。

静那美丽端庄的容貌和史莱姆那通透的细胞，这二者结合之后会产生一种绝妙的神秘感，再加上"魔王霸气"就完美了。

做到这样就够了。不过，我一表露感情露出本性，这份神秘感就会崩塌。

这种修养很重要，我以前只是个普通人，所以我认为自己能做到这样已经算不错了。

因此，艾拉鲁多也成功被我唬住了。

"呃，真有你的。那么……魔王利姆鲁，我想问你一件事，你打算如何运用魔王的力量？"

原来只是这个事啊。

很简单。

我想按照自己的想法，创造一个能安逸生活的世界。

我想创造一个富足的世界，尽可能让大家在欢笑中度日。

这是我最真诚的期盼，所以我毫不犹豫地把这想法告诉了艾拉鲁多。

"就是这样。但这事应该没那么顺利，失败也是有可能的。"

"这……这简直是天方夜谭，你觉得这现实吗？"

啊，他现在这副吃惊的样子可不是演戏。

我成功让这个从不在人前表露感情的大贵族慌了神。

"这就是力量的作用。没有力量的理想是戏言，没有理想的力量是空虚，不是吗？我是很贪心，但我无意追求没有理想的空虚力量。"

我改了改别人的名言来表达自己的想法。

不过，这是理所当然的吧？有想做的事就应该为之努力，我认为这才是人类的本质。

"哈，哈哈哈，哈哈哈哈哈！愉快，真让人愉快啊！魔王利姆鲁，你是个罪孽深重的魔王！！我终于也理解你觉醒的原因了！！"

艾拉鲁多开始大笑。我没有制止，一直等到他笑够为止。

艾拉鲁多笑够之后，向我行了使者之礼。

"失礼了，魔王利姆鲁。我是魔导王朝萨利昂的使者，我国希望与贵国——鸠拉·特恩佩斯特联邦国建交，请务必应允！"

会场再次陷入寂静……

只有翻书的声响……

认真就输了。如果转向那边，将会糟蹋这个气氛。

一个废材男（维鲁德拉）懒散地躺在休息用的长椅上，喝着冰红茶看着圣典（漫画），也不知道他什么时候又让人拿了冰红茶来。

看向那边也只会引起混乱而已。

"我国也想与贵国建立友善的关系。这个提议我国求之不得。"

"呜哦——！！"

会场洋溢着欢呼声，全员起立欢庆两国这值得纪念的第一步。

就这样，今天又有一个国家接纳了我国。

第一章
人魔会谈

我国与第三个人类国家魔导王朝萨利昂建交了。

消灭法尔姆斯王国之后,那里应该会诞生一个由尤姆主导的新国家,这将会对我国越来越有利。

事态的发展越来越快,已经超出了我最初的预想。

第二章
菈米莉丝的通知

Regarding Reincarnated to Slim

第二章
菈米莉丝的通知

会议也已接近尾声，我正想做最后的总结时……

啪！！

门被打开，有人闯了进来。

接着……

"你们的话我听到了！这个国家要亡了！！"

来者是一个娇小的女孩。

她是十大魔王之一"迷宫妖精"菈米莉丝，不过那副模样和这个身份一点也沾不上边。

她突然飞进来说什么胡话？

什……什么？我应该这样回答吗？

菈米莉丝径直朝我飞来，贝雷塔跟在她身后恭恭敬敬地关上门，看来他是个爱操心的家伙。

不，想必他十分辛苦吧，感觉他一直被菈米莉丝耍得团团转。

一个身穿高级管家服的人挡在了菈米莉丝面前，是迪亚波罗。

他之前一直站在我身后默默观察情况，看来他不会容许外人擅自闯入。

迪亚波罗不费吹灰之力就抓住了菈米莉丝，就像是捏住一只蜻蜓。

菈米莉丝手脚乱蹬大喊着："喂，喂，你干什么？"

真是个有趣的家伙，菈米莉丝会让人不禁露出微笑，身上没有一丝魔王的威严。

© Mitz Vah

第二章
菈米莉丝的遭遇

"利姆鲁大人,我抓住了可疑分子,要如何处置?她竟然说这座城镇将会灭亡,这胡话倒是可以不予理会,现在要怎么处分这人?"迪亚波罗回到我身边恭敬地问道。

我看着菈米莉丝,她手脚乱蹬想挣脱迪亚波罗。

"哇!我使出全部魔力都逃不掉?这……这家伙不简单啊!什么啊,你干什么啊!你说我干了什么!"

这家伙还是那么吵闹。

老实说,菈米莉丝的魔力根本无法与迪亚波罗相比,她想逃走估计非常困难。

她这样也算魔王吗?

估计就是因为她,我才会认为魔王没什么大不了的。

"利姆鲁阁下,你认识那个妖精吗?"菲茨问道。

啊,会议中断了。

会议只剩下最后的确认,如果这家伙再晚一点进来就好了……她还是这么不识趣。

"嗯,我们认识,这个妖精名叫菈米莉丝。别看她那副模样,姑且也算魔王哟!"

"你这家伙!那副模样是什么意思?就算这样,我也是令人闻风丧胆的十大魔王中最强的一个!"

菈米莉丝在迪亚波罗手中得意地挺起胸膛。虽然没有一丝威严可言,但她本人似乎没有发现。

"咦?魔王……"

"呃,就她?"

这样的声音接连不断,参会的人反应平淡,并不怎么吃惊。

"咦?哇——什么?你们应该表现得非常震惊才对吧?我可是

魔王！'迷宫妖精'菈米莉丝就是我！为什么所有人的反应都那么平淡？"

不不，就算是魔王，你现在也被抓住了。

我估计所有人都呆住了。

尽管我心里这么想，但说出来就太伤人了。

"不是，因为……利姆鲁阁下也是魔王，所以就算他认识魔王也没什么值得大惊小怪的……"

"暴风龙的复活才令人吃惊，相比之下，大多数事情都不足为奇了……"

聊到这里，众人都点头表示认同。

原来如此，这话确实很有道理。

菈米莉丝正相反，她似乎对这种反应很不满。

"哈？暴风龙维鲁德拉复活了？你们被骗了！维鲁德拉曾经被我一拳打倒！那家伙也没什么大不了的。那家伙的时代已经结束了。就算要怕也要怕我，从今天起你们就敬畏我吧！"

她喋喋不休，说完大笑了起来。

真是的，她只有嘴上功夫厉害，这也算个优点。

我从迪亚波罗手中接过菈米莉丝，带到维鲁德拉身边。

"维鲁德拉，打扰一下，你可以陪陪这孩子吗？她姑且也算魔王，说不定你们能成为朋友。"

"嗯？我现在正忙着破大案。"

维鲁德拉嫌麻烦，想要拒绝，但我不会允许他这样做。

"啊，这事啊，犯人是○○，现在这个案子破了吧？那她交给你了。"

我无情地指出犯人，接着回到自己的位置上。

第二章
菈米莉丝的通知

维鲁德拉睁大双眼，一副备受打击的样子，仿佛在说"喂！你干吗要指出犯人"。我这么做有点对不住维鲁德拉，可现在正在开会。我这么做也是希望他能反省，现在不能纵容他。

而菈米莉丝一看到维鲁德拉就晕倒了。

这样一来，两个问题儿童就都老实了，我们可以继续会议。

*

首先是确认我们该做的事。

"红丸，敌人是克雷曼，你要击溃他！"

"我等的就是这个命令！"

红丸露出自信的微笑，眼中闪着邪恶的光芒。

不只是那些鬼人，我的部下都很开心，好像不知不觉间所有人都变成了战斗派。

我觉得在场的这些人前几天才刚大闹过一场……算了，士气高昂是好事。

"那么，三兽士及众兽人战士也……"

"不必多言，我们所有人都听利姆鲁大人指挥。"

这边也是斗志昂扬，阿尔薇思妖艳地嗤了一声。

法比欧和苏菲亚也一样，看来都不用问了。

"利姆鲁，你能赢吗？"

"能赢。那家伙惹怒我了。"

"这样啊，那我就相信你。"

说着，盖泽尔露出了苦笑。他低声说道："你这个师弟的成长太快了……"估计这话只有我能听见。

"可不能对这个魔王克雷曼掉以轻心哟！他有许多魔人部

下……"

艾拉鲁多担心地问道,不过……

"没关系。战斗靠的不是数量,是质量!"我理直气壮地用这违反常识的话堵住了他的嘴。

"哎呀哎呀,我好像听到了一句能打破我常识的话……"

艾拉鲁多呆呆地说道,从那表情来看,他明显对我们很感兴趣。

我也觉得这话有问题,但这是不争的事实。

正常情况下是人多的一方有优势,但这并不适合这个世界。猪头帝的事就是很好的例子,击败首领之后,部队就是一团散沙,接下来就看个人战斗能力的高低了。

而且这次在数量方面,我们也不会输给对方。

我预计这场会议耗时很长,于是让苍影先报告了克雷曼的动向。

准确的数量仍在调查之中,但他的军队移动缓慢,现在仍在米莉姆的领地里。估计苍影的"分身"很快就会回来,等到那时候再做判断也来得及。

针对克雷曼的作战会议之后再进行,先确定对付法尔姆斯计划吧。我会让谬拉侯爵和赫尔曼伯爵在我释放国王之后追究其责任。尤姆是否起兵要视国王的反应而定,不过……

"战斗方面的事由我们自己解决,希望你们这次相信我,所以请各位帮助我们将尤姆推为新时代的英雄王。"

听到我的话,各位来宾都点头答应。

人类社会的事交给他们应该会比我们自己处理来得稳妥,这事可能少不了他们的帮助。

"首先是菲茨君,我想请你秘密联络缪拉侯爵和赫尔曼伯爵。"

"嗯,交给我吧。"

第二章
菈米莉丝的通知

菲茨点头接受了我的委托，真是可靠。

细节的调整估计要留到日后会面时商讨，但大体流程已经定好了。

首先是尤姆等人演一出营救国王的戏，之后谬拉侯爵出面接收并保护国王。之后，谬拉侯爵就会成为尤姆的后盾。

到时候，我就会释放三名俘虏，不过……

"我说紫苑，对三名俘虏的调查顺利吗？他们有没有把有用的情报全部告诉我们？"

这事不是很重要，所以我没放在心上，俘虏的事全部由紫苑负责。

"呵呵呵，利姆鲁大人，那是自然！"

哦？紫苑自信满满。我有种不好的预感。

我把视线转向和她一起问话的尤姆和缪兰，结果他们尴尬地转向别处。

那两人开始报告，但始终没有直视我。

"嗯，老爷，调查……盘问……总之他们说出了情报。"

"嗯，是的……不过，我们没进行调查，那也称不上盘问……"

我懂了，希望你们别往下说了。

不用怀疑，肯定是紫苑做过头了。但她有我的许可，我也没什么好说的，而且也不想说什么。

而且他们没法阻止紫苑乱来，当时我正窝在洞窟里联系不上。要追究起来这责任在我，所以我就假装不知道吧。

对不住啦，法尔姆斯的各位。是你们自己先动手的，怪不得别人。能活下来你们就该庆幸了。

因此，我生擒的三名俘虏在紫苑的盘问……不对，应该是调查下，说了很多。

"首先是艾德……艾德喏呦噜……艾德……"

"是艾德玛利斯吧？"

看到紫苑苦苦思索，朱菜轻声在她耳边提醒道。朱菜真能干啊。

相比之下，紫苑没问题吧？她好像连国王的名字都没记住……可那名字很拗口，也怪不得她。

"艾德玛利斯接见过一个商人，那个商人给国王带了我国的许多商品，据说这激发了国王的欲望。而且国王担心我国会成为今后的主流商路，所以才有了这次的事……"

紫苑接下来的说明都在我的意料之内。一定要说的话，我怀疑那个商人是有意煽动艾德玛利斯行动。

"知道那个商人的真实身份吗？是御用商人吗？"

"这事……还不清楚。"

紫苑一副垂头丧气的样子，我慌忙安慰她。我只是突然想到而已，这也不是什么重要的事。

"这事无所谓，教会方面呢？"

我决定问问雷西姆大司祭提供了什么情报。

"有收获！我查出了幕后黑手。那人的名字是……"

怎么还不说？难道她忘了……

"元凶是枢机主教尼古拉斯·修贝鲁塔斯。"

看到紫苑求助的眼神，缪兰替她说了。

紫苑能问出情报倒是很好，之后的事就不行了。她好像记不住专有名词，下次还是别把这类事交给紫苑了。

幸好这次有缪兰在。尤姆好像也不适合做这事，缪兰这个助攻真是漂亮。

计划将该国定性为明确与神敌对的国家，并将其剿灭——那个

第二章 蔻米莉丝的通知

什么尼古拉斯说过这话。

计划……这终究是个计划。

"原来如此。雷西姆大司祭想摘得剿灭神敌的荣誉,以此提高中央对自己的评价。"菲茨想明白后低声说道,其他人的看法似乎也和他一样。

"不管怎么说这只是一个想法,圣教会还没做出决定性的判断,说不定还能通过交涉避免与之敌对。"

"那就让我去交涉。"

菲茨主动提出帮忙,他计划要将评议会也卷进来。

他想让评议会发出声明正式承认魔国联邦(特恩佩斯特),以此动摇圣教会的计划。

布鲁姆特王国会在评议会中大肆宣传,让西方诸国将目光聚焦到新商路的中转站魔国联邦(特恩佩斯特)身上。

城镇居民是魔物倒是一个问题,但这些魔物不排斥人类,双方可以交流,应该说人类和魔物肯定可以和睦相处。

这已经得到了证实,甚至可以说魔物的进化令人震惊。我的目标是争取到矮人或长耳族(精灵)那些与人类相近的亚人种一样的待遇。

盖泽尔国王也会做出行动,从旁支援菲茨。矮人王国会促进与我国的贸易,大力宣传魔国联邦(特恩佩斯特)。

圣教会的教义是视魔物为敌,他们应该很难接受这件事。但武装国多瓦贡和布鲁姆特王国已经与魔国联邦(特恩佩斯特)建交了。圣教会无权进行干涉。而且只要我国如此光明正大地与人类国家来往,我估计这必然会勾起其他国家的兴趣。

而这时,魔导王朝萨利昂会正式宣布与我国建交。

我们就这样一口气决出胜负。

"我也知道自己说这话不合适，但与魔国联邦建交是一把双刃剑。请各位谨慎行事，避免伤及自身。"

不出所料，说这话的是菲茨。他说得对，布鲁姆特王国的处境最为艰难。而武装国多瓦贡和魔导王朝萨利昂这两国不受圣教会的影响。他们任一国的国力都足以和整个西方诸国抗衡。相比之下，布鲁姆特王国则是个小国，该国将直面各国的压力。

不过，这是过去的情况。

"呵呵，你叫菲茨吧？你放心吧。现在别国可以从布鲁姆特王国经由魔国联邦（特恩佩斯特）与我们矮人进行贸易。这会巩固贵国的地位，贵国在评议会中也会有举足轻重的地位。"

我认为盖泽尔说得对。

武装国多瓦贡和魔导王朝萨利昂这两个拥有迥异文化与技术的国家将通过魔国联邦（特恩佩斯特）进行交流，这意味着这座城镇将以迅猛的势头发展。估计那里将会萌发新的文化。

至于技术，萨利昂杰出的魔道科学和多瓦贡积累的精灵工学分属不同的技术体系，这两大技术会在这里结合——这将掀起一场梦幻般的产业革命。

布鲁姆特王国可以最先引进这一切，他们权衡得失之后应该能发现这能带来巨大的利益。

在尤姆的带领下获得新生的法尔姆斯王国将会转变为一个农业国家。新的国家将会成为这一带的粮仓，并萌生出新的饮食文化。

他们必须要合理分配资源，避免出现特产的竞争——我打算在暗中提供帮助。

究极能力（究极技能）"智慧之王（拉斐尔）"的运算能力轻

第二章
菈米莉丝的通知

松凌驾于量子计算机之上。它可以轻而易举地算出经济效果，而且比超级计算机"地球模拟器"更准确。

这样一来，我就和在暗中操纵世界的黑手差不多，不过我本来就是魔王，这又有什么问题呢？

我也理解菲茨的担心，布鲁姆特王国太小，估计他担心自己的国家会被大国压榨。

评议会会承认小国的权利，所以布鲁姆特王国才难以下决心脱离评议会。

他有这个担心也在所难免。

事实上，布鲁姆特王国继续留在评议会中，也许可以获得更大的短期利益。如果布鲁姆特王国能够完全发挥出自己情报战的能力，应该可以推动圣教会对我国发动全面战争。

如果他们一遇到我时就做出这个选择，说不定我现在已经被消灭了。但布鲁姆特王国的人没有这么做。他们选择相信我，与我共同进退。

种瓜得瓜，种豆得豆。

布鲁姆特王国已经选择了我，所以我可以给他们一点暗示。
因为共赢才是我的理想。

"菲茨，希望你回去之后帮我给布鲁姆特国王带句话，告诉他我有事相托。"

"有事相托？又是麻烦事吗？"

"你真无礼啊。细说起来要花不少时间，而且我估计你很难理解，所以我下次会亲自上门进行说明。"

"老爷你这话也很失礼啊！你这不是在说我脑子不好使吗？"

"不不，我可不是那个意思。可是，菲茨，你了解经济吗？"

"唔……我明白了。我会转告国王，定个时间会面。"

"嗯。"我点点头，这个问题到此为止。

布鲁姆特王国的工作是推算各类商品的交易量，我想让他们调查各国的出口品目和进口品目，将必要的东西送到必要的地方去。我想让他们成为这个世界的第一家综合贸易公司。

如果这个设想能够实现，布鲁姆特王国将不再是之前那个小国。它会拥有巨大的影响力，并诞生超国家企业的概念。

鉴于布鲁姆特王国的地理位置，我希望它能成为将来的流通中心——前提是我们的所有计划都能顺利完成——我国打倒克雷曼；尤姆建立起新国家；菲茨及布鲁姆特王国操纵情报驱使评议会牵制圣教会，至少要牵制到我国可以确保胜局。

我国在意的是圣教会。我推测圣教会不会立即采取行动，但有必要对其进行牵制。圣教会以及神圣法皇国露贝利欧斯不会承认魔物国家。

布鲁姆特王国要尽可能拖延它们与我国发生冲突的时间，让我国证明自身对人类有用且能与人类和睦相处。

就算万一开战，我也想尽量避免形势愈演愈烈……从日向的反应来看，这可能很难。

不会都那么顺利，这一切全看我们今后的行动了。

*

那么，把那三名俘虏……嗯？艾德玛利斯国王、雷西姆大司祭，还有一个是谁？

第二章
菈米莉丝的通知

想起来了,是在我的攻击下活下来的家伙。

把那么强的家伙放回去不会出事吗?

"紫苑,俘虏有三个吧?他能在我的攻击下活下来,估计非常难对付吧?"

"嗯?啊,是有三个。你是指那个差点被吓破胆的男人吧。"

吓破胆?难道他只是侥幸活下来,其实没什么本事?

"哦?有个男人撑到了最后啊?我猜是骑士团长弗尔根。"

既然盖泽尔认识他,估计那人的实力相当强吧。嗯,如果是这样,也许释放他会有后患。

我转向迪亚波罗问道:"那人实力如何?估计相当强吧?放任不管会出事吗?"

迪亚波罗闻言,保持着笑容答道:"利姆鲁大人,他不强,只是个掀不起波澜的小人物。以人类的标准来看,他的魔法技术还不错。"

他是魔法师?这么说来,他应该不是那个名叫弗尔根的骑士团长。

"紫苑,你知道他的名字?"

听到我的问题,紫苑挺起胸膛大声答道:"知道!他叫拉面!"

拉面啊。说起来,我已经很多年没吃过拉面了。通宵之后的杯面特别美味。真怀念啊。下次让人试试做拉面吧。

我沉浸在以前的回忆之中,这时……

"拉面?法尔姆斯有这号人物吗?"

"没印象啊。而且擅长魔法?魔法!说到魔法,法尔姆斯有一个魔人拉森吧……"

"英雄拉森啊,可不能忽略这个男人。"

菲茨、艾拉鲁多、盖泽尔三人依次说道。

"英雄拉森，我听过这个名字。这个男人是大国法尔姆斯的守护者，被称为睿智的魔人，就连兽王国也知道他的大名。"

"我也知道。这男人是人类，但精通魔导师级以上的魔法。我一直想和他较量一次！"

"在近身战斗中应该是我们赢，但毫无疑问不能对这个人类掉以轻心。"

想不到连三位兽士都认识他。

想不到法尔姆斯王国中竟然留着这样的家伙……

那个名叫拉面的男人倒是无所谓，可是那个拉森不得不防。

"紫苑，你确定那家伙叫拉面吗？"

"哈……这个……大概……不过他是个年轻人！而且是袭击我们城镇的人之一，不是大家说的魔法师！"

紫苑的话前半段很可疑，但后半段很肯定。

呃，可是，这不对劲吧？

迪亚波罗说他是魔法师……

我觉得不对劲，于是再问其他人。

迪亚波罗捉来的肯定是袭击这座城镇的年轻男性"异世界人"。这一点，所有人都很肯定。

"迪亚波罗，你该不会是为了得到利姆鲁大人的褒奖，随口乱说的吧？"紫苑挑衅道。

"没想到你会说这么伤人的话。只是打败那种弱者就想得到利姆鲁大人的褒奖也太愚蠢了。我只是完成交办的任务，期望利姆鲁大人能同意我为他效劳而已。"

这么说来，迪亚波罗虽然说过想为我效力，但从没说过对方很

第二章 菈米莉丝的通知

强，反而是一副瞧不起对方的态度。

这么看来……

"对了，说到那个'异世界人'，我和克鲁特把他逼上绝路的时候，有一个实力很强的魔法师救走了他。我记得'异世界人'曾叫他拉森。他准备充分，随时都能使出核击魔法，我担心我们会有重大伤亡，所以就没追他……"白老想起这事，向我报告道。

那人不是拉面，是拉森？

那个令人不得不防的拉森也参加了这一战？

"提示。使用精神系魔法秘仪可以更换肉体。"

啊，就是这个。

"会不会是那个魔法师拉森占据了年轻人的身体？"

"咦？"

听到我这话，紫苑开始慌了。

她似乎对俘虏的名字很没自信，我的猜测应该没错。

"呵呵呵呵，确认一下名字很快的吧？"

迪亚波罗乘胜追击，紫苑的眼泪都要出来了。

结果那个男人是拉森，没有什么拉面。真好啊！

事情就是这样，还是别继续责备紫苑了。这也是没办法的事，毕竟是紫苑嘛。需要动脑筋的事交给紫苑基本是以失败告终。

接着……

"他竟然击败了那个拉森？"

"难以置信。他可是支持了法尔姆斯王国数百年的英雄……"

"就算从魔导师的角度看,他的实力也和我相当,甚至在我之上,这样的人类可不多见。可是……"

等等……所有人都无话可说。

众人的震惊都是因为迪亚波罗。

仔细想想,这个迪亚波罗也是个谜。

他为什么要为我效力呢?他说这是免费的,所以我也没理由拒绝。

他竟然会那么肯定地说那个受众人忌惮的男人是个掀不起波澜的小人物,看来这家伙确实有实力,而且这还是在我给他命名之前的事……

他现在对紫苑炫耀自己战果的样子很孩子气。紫苑咬牙切齿,一副懊恼的样子,估计她正为自己刚才主动挑事后悔吧。

这也怪不得别人。要不是紫苑擅自将迪亚波罗视为对手,也不会有任何问题。废材秘书与万能管家的关系难免会成为嫉妒的温床。

好,决定了!

"尤姆将带着三名俘虏一起行动,迪亚波罗也一起去。"

听到我这话,迪亚波罗慌忙看向我。

我看到紫苑得意地笑了一下,可我这命令不是为了紫苑。

这个决定也是经过斟酌的,我们将对克雷曼发动战争,保护这座城镇的事交给维鲁德拉,我一直在为支援尤姆的人选头疼。支援尤姆的人要有一定的头脑,同时还要有强大的实力应对任何问题,而且还要能够迅速移动。

苍影倒是很合适,但战场才是他的舞台;红丸是主帅;紫苑不在考虑范围之内;白老不会"潜影移动"或"空间移动",移动很花时间;克鲁特和加维鲁的相貌在人类社会中太显眼了,而且他们

第二章
菈米莉丝的通知

的性格也不适合出谋划策。

只有迪亚波罗满足所有条件。提出让迪亚波罗协助尤姆颠覆法尔姆斯王国，他应该不会有意见。

而且，让迪亚波罗去监视拉森那个棘手的男人正合适。

"有劳你了，迪亚波罗！"

"哦，我明白了，利姆鲁大人！"

得到我的命令后，迪亚波罗露出了开心的微笑。

他似乎产生了某种误会，不过只要他答应就没问题。估计迪亚波罗现在的实力仅次于我和维鲁德拉。不管出什么事，他应该都能应对。

"这事也许要花上几年，你要有耐心。如果有事就用'思维传递'通知我。"

"没问题。无须那么长时间，我很快就能解决，请拭目以待。"

他非常自信啊，他们可是要颠覆一个国家。不过正因为这样我才放心把这事交给他。

这样一来，我就没有后顾之忧，可以倾尽全力对魔王克雷曼发动全面战争了。

就这样，整体计划也已确认完毕，与各国首脑的会议姑且算结束了。

我正想最后确认一下是否还有问题，这时有人举手了。

是艾拉鲁多。他看着我，似乎有话要说。

"请讲。"

听到我这话，艾拉鲁多开始说了，他似乎一直在等这机会。

"我国魔导王朝萨利昂与这魔国联邦（特恩佩斯特）间的森林与连绵的山脉十分碍事。如果两国能以直线相连，应该能省下许多路。如果能修通两国间的道路，两国间的来往就方便了……"

说完，艾拉鲁多瞄了我一眼。

我明白他的意思了。

既然魔导王朝也要与我国建交了，那就修建一条直通的道路吧。这事自然要做。

通了道路之后本来要几经辗转才能购得的商品也可以直接购入，这是一件很便利的事，所以修路一开始就在我的计划之内。

说到修路，自然少不了砍伐树木、开凿隧道等土木工程，此外还有路面的铺设工作，开展这些工程消耗巨大。就算是大国也无法轻松拿出那么多的资金，估计艾拉鲁多从公爵角度做了不少考量之后，想把这件事推给我们。

"艾拉鲁多，你太自私了。这工程规模那么大，利姆鲁也没法轻易接受。"盖泽尔说道。

你等一下。之前魔国联邦（特恩佩斯特）到矮人王国间的道路全部是我们修建的吧！

"盖泽尔，你开什么玩笑！要是利姆鲁阁下还好，我唯独不想从你嘴里听到这话！！"

啊，原来艾拉鲁多也知道这事。

矮人国的路是我们主动揽下的，现在拒绝艾拉鲁多没问题吧？

老实说，我觉得我们揽下这事也没关系。光是能换来矮人王国的承认就已经很划算了。

如果现在轻易许诺，我担心今后和我们建交的国家也会有样学样。人类是狡猾的生物，会像布鲁姆特王国那样耍心机。

所以，我要拿出态度，先把话说清楚。

"我明白艾拉鲁多公爵的意思了。修路的事我国也不是不能接

第二章
菈米莉丝的通知

受,但是……"

"但是?"艾拉鲁多看着我咽了咽口水。

他也太紧张了,我又不会提什么过分的要求。

"但是我希望贵国将道路的保安及旅店的运营也一并交给我国。当然,我国也会收取一定的通行税用以填补经费。"

我提出了这个要求。

简单来说就是高速公路的过路费。我们还会每隔一段距离设置一个岗亭,往来者路过时要支付一定的费用,这能给我国提供长久的收益。虽然从短期来看是亏损状态,但应该能创造长远的利益。这就是所谓的利权。

我国也承担了道路的修建,所以这也算是应得的报酬。

"原来如此,是个好提议。这要求非常合理。关于通行税,我国希望能每隔几年进行一次交涉。"

哦?艾拉鲁多也很有一手,他一下就看出了我的想法。

通行税确实要双方协商决定,要是定太高就没意义了。我接受了这个提议。

"OK。就这样吧!"

"这么爽快?"

一旁的菲茨显得非常吃惊,可我不关心这事。

在外交上,决断力高于一切。

"克鲁特,下一个工作要提上日程了!"

"遵命!我求之不得。我的部下中有人觉醒了新的能力(技能),有在工程作业中协作的能力(技能),搬运资材的后勤能力(技能),操纵泥土的能力(技能),等等。利姆鲁大人给我们的任务会为我们积累经验,这将成为最好的练兵场!"

咦？啊，原来这样啊……

原来他们是抱着这种想法在工作啊。

我本以为克鲁特是个中规中矩的人，看来他也是战斗派啊。我太意外了，一时说不出话来。

"哦，哦，既然这样，那就尽快结束战争，争取早日动工吧。"

"是。请务必检阅我们日常训练的成果！"

克鲁特很有干劲，想必他在与克雷曼的战斗中会很活跃。

没人有其他意见，至此，会议终于结束了。

不同的国家带着各自的想法出席会议，为创造人魔共存的世界进行激烈的讨论。

这场临时会议意义重大，堪称历史的转折点。

我们又向理想迈进了一大步。

*

与各国首脑的会议已经结束，会议内容终于可以转向针对克雷曼的作战问题了。

我让苍影准备进行报告，有必要让其他人也听一听。

我好像忘了什么事……想起来了，是菈米莉丝。

那个吵闹的妖精刚才到底想说什么？

说起来，她还没醒过来吗？

我有些不放心，于是来到维鲁德拉身边查看情况……

这是什么情况？菈米莉丝正津津有味地看着漫画！！

我还在想，要是再不管她，她就要哭了，看来我的担心是多余的。

第二章
菈米莉丝的通知

"喂——你是来干什么的?"

没办法,只能我主动问了。

"你先别吵。现在正是精彩的时候,等下再说。"菈米莉丝头也不回。

这家伙到底是来干吗的?她不是有重要的事吗?怎么注意力全在漫画上?

我估计她醒来之后还想闹腾,但她还没发作就发现了长椅上散乱的漫画,应该是这样。接着她就被漫画吸引,津津有味地看到现在,连会议结束她都没发现。

菈米莉丝和维尔德似乎很合得来,两人一起享受着贝雷塔的服侍,刚才的昏迷好像从来没发生过。

这一幕真让人无语。

我转向贝雷塔……

"恭喜您进化为魔王。我也受到了您进化的恩泽,心中万分感激。我也因此从'魔将人偶'进化成了'圣魔人偶(Chaos Doll)'。"

说完,贝雷塔恭恭敬敬地向我行了一个礼。

贝雷塔进化成圣魔人偶之后,同时具备了圣与魔两种相反的属性。

他获得了专属技能"天邪鬼(双面人)",看来这特殊的属性就是这项技能造成的。

据说这项能力(技能)能够令拥有者自动获得截然相反的另一种性质。贝雷塔是恶魔族(Demon),所以他现在也拥有天使族的力量。

贝雷塔体内产生了新的"魔精核",并与原来的"恶魔核"融合,结果形成了"圣魔核"。圣属性本是贝雷塔的弱点,可是他有了这个圣魔核的力量之后,他连圣属性都能操控。

应该不止我一人觉得这种能力强得没道理。几乎所有的物理攻击和魔法都奈何不了他那强固的魔钢制肉体。现在,他连弱点都消失了,可以说已经无可强化了。

这项专属技能"天邪鬼(双面人)"的发现似乎也和我有关。

大概是因为贝雷塔曾感受到我浓浓的焦虑。

我被"圣净化结界"困住时,魔力被封锁,感到非常无力。我估计就是受此影响贝雷塔才能发现这力量。

魔将人偶的动力是魔素,我估计在那个结界中,他连动都动不了。而这次的进化算是防备这一情况的对策。

无论是专属技能"天邪鬼(双面人)",还是"圣魔核"都是非常好的研究素材,我很感兴趣。

"提示。已将专属技能'天邪鬼(双面人)'统合进究极能力(究极技能)'誓约之王(拉斐尔)'。可用其力量进行全属性的'法则操纵'。此外,生成'圣魔核'需要满足特定条件并准备素材——"

什么?

智慧之王(拉斐尔)报告的语气十分平淡,但它真的很有才能。

对了,原来是"食物连锁"啊!

有了究极能力(究极技能)"暴食之王(别西卜)"的"食物连锁",我就可以得到同伴能力(技能)的原型。

贝雷塔也是我的同伴之一。

第二章
菈米莉丝的通知

接着，我和贝雷塔聊了一小会儿。看来贝雷塔过得也很开心，没有什么不满。

他说他们在迷宫中做了许多实验。出了这次的事故之后，他也发生了进化，于是他知道我这边有某种异变。

"不管怎么说，大家平安就好。等这件事结束之后，我们好好聊聊吧。"

"哈哈，求之不得。我很期待。"

"嗯。你似乎也很听菈米莉丝的话，这我就放心了。只要不是胡闹的命令，你都要认真执行。"

"交给我吧。我一定不负您的期待！！"

"嗯，好好干。说起来，你们来这里干什么？"

我把目光转向菈米莉丝，她一点儿也没有放下书的意思。

"这……这个……"

贝雷塔似乎想起了他们的目的，慌忙到菈米莉丝身边劝她。

"菈米莉丝大人，现在可不是做这事的时候，必须尽快把那事告诉利姆鲁大人。"

"你真烦！我现在正忙得不可开交呢！"

"请你想想我们来这里的目的。"

"听！好！了！这可是我命运的邂逅！在这本名为漫画的美妙书籍中，这位少女主人公到底会选谁呢……"

菈米莉丝强调自己现在非常忙，看来贝雷塔真的很辛苦。

如果一直这样下去，那贝雷塔就太可怜了，只能用那招了。

我大致知道她在看什么，于是叹了口气，决定威胁她。如果不这么做，就真要等到她全部看完了。

顺带一提，那是多达四十多册的大长篇，即便我是公认的好脾气，也不可能等到她看完。

"喂，菈米莉丝，你赶紧告诉我你们此行的目的，否则我现在就说出那个女主角最终和谁结为连理！"

没想到我这威胁会有立竿见影的效果。

"是！"

她慌慌张张地举起手跳了起来，似乎想起了自己的目的。

看她那么优哉，肯定没什么大事，估计只是她的表现太夸张了。

各国来宾已经做好了回国的准备，一直在闲聊，他们这时才想起了菈米莉丝，停了下来。估计他们打算听菈米莉丝说完再回去。

菈米莉丝挺起坦荡的胸膛，抱着胳膊重重地点了点头，估计她对这一幕很满意吧。

接着……

"我再说一次！这个国家要亡了！！"

她抛出一句莫名其妙的话。

"什……什么——？！"

我用不带感情的声音附和道。

菈米莉丝听后十分得意，强调自己的施恩。

"哼哼！我也不想看到这种事，所以我特地过来通知你。感谢我吧！"

如果顺着她的话说，估计要扯很久，我就当没听见吧。

"魔国联邦为什么会灭亡？"

"这个嘛，在告诉你之前……"

说到这儿，菈米莉丝顿了顿，表情变得十分严肃。她环视各国要员思索了一小会儿，然后点了点头继续说道："算了，这事也不是和人类无关。好吧，你们也一起听听。在魔王克雷曼的提议下，

第二章
菈米莉丝的通知

发动了魔王飨宴！"

"魔王飨宴？"

"对，就是魔王飨宴。这是一场特殊的聚会，所有魔王将齐聚一堂。"

原来是这样，听到发动，我还以为魔王飨宴是一种大魔法。我们本打算主动出击，要是被他抢了先机，我们可能会乱了阵脚。

菈米莉丝详细解释之后，我才知道魔王飨宴就是所有魔王齐聚一堂。

发动魔王飨宴至少要有三位魔王同意，一旦发动就有巨大的强制力。这是为数不多的魔王间的协议，即便是我行我素的魔王也会受其约束，不能缺席。

也有散漫的家伙不出席，委派他人全权代表自己。

"说起来，这事资料上有记载，说是魔王齐聚掀起大战，后来圣教会把那一天命名为魔王飨宴。"

据艾拉鲁多说这是千年前的文献中留下的记录。那个时代的大战十分惨烈，造成了伤亡，并将灾厄散播至整个世界。

被圣教会命名后魔王飨宴的事在人类社会中广为人知，人类对其的认知是"魔王飨宴会给世界招致混乱与破灭"。

大战指的应该是曾发生过数次的世界大战。

这应该是指众魔王碰面并发生了大战，还是指他们联合起来准备发动大战？

"也就是说，魔王正准备掀起大战？"

"才不是！我也没那么闲，战争那么麻烦，我也不想参与。"菈米莉丝淡淡地否定了我的疑问。

不管怎么看，菈米莉丝都很闲……不，算了，仔细想想这家伙也是魔王之一。而且她活了非常久，就算参加过千年前的会议也不足为奇。

接着，艾拉鲁多对菈米莉丝点了点头，说道："魔王菈米莉丝的话是真的。大战的正式名称是'天魔大战'，各方势力将会争夺霸权。话虽如此……"

据艾拉鲁多说，大战每五百年发生一次，大战的原因是天军进攻地面。

天军，即天使族。天使族似乎应该是魔的天敌，其实他们会进行无差别攻击。

准确地说，不知为何，他们特别仇视发达城市。虽然不知道此举的目的，但事情就是这样。

"这也是我们一直在地底不出来的原因。"

这是盖泽尔的话。

矮人王国十分发达，想必相当显眼，这个决定非常明智。

魔导王朝萨利昂也和矮人王国差不多，所以他们在巨大神树的洞中建造都市。盖泽尔对艾拉鲁多说的那句"藏在神树怀里的都市"就是揶揄这件事。

这两国都是大国，在本国的防卫问题上似乎无懈可击。

至于西方诸国……

西方诸国评议会的成立是为了对抗魔物。此外，也是为了在大战中求生。

评议会成员国会互相协作。多瓦贡和萨利昂这两大国不会对他们出手，敌人只剩天使族——事实并非如此。

大战时，魔物也会变活跃，仿佛在配合天使族的入侵。这也都是有智慧的魔物，也就是魔人。

第二章
菈米莉丝的通知

据说也有魔王企图利用大战侵略人类国家，千年前的那次状况十分悲惨。而且人类也是必须提防的敌人。

天、魔、人的这种大混战就是"天魔大战"。

这么说来，魔王导致大战爆发的说法应该是谣言。

我也不想做那种事。

不过天使族会盯上发达都市啊。

我一直想大力发展我们的城市，让这里成为非比寻常的繁华都市。看来这事也许应该先缓一缓。

明智的做法也许是起码先完善重要设施的防卫措施，之后再进行开发。

总之这是今后的课题，先把这事留在心里吧。

现在的重点是魔王飨宴。

"这个魔王飨宴到底是什么？所有魔王聚在一起到底有什么目的？"

既然说魔王飨宴与大战无关，那应该会有其他目的……

啊，难道是那事？米莉姆说过，擅自以魔王自居会受到其他魔王的制裁，难道他们想决定由谁来解决我？

"唔——你好像有误会，所以我要先申明一点。"

菈米莉丝接下来的话和我的猜测不同。

"魔王飨宴经常进行。只要有至少三位魔王同意就能发动，要满足这个条件非常简单。这和以前我、奇伊、米莉姆三人一起开的茶会类似。"菈米莉丝接着说道，"魔王飨宴其实就是魔王聚会报告近况或闲聊，并没有人类说得那么夸张。"

她透露了这件事。

看来这家伙没把魔王飨宴当回事，但其他魔王未必是这么看的。

我觉得她的话听一半就够了。如果全信的话估计要吃苦头的，真可怕啊！

我得狠狠地说说她。

"你个笨蛋！为什么只是开个茶会，这个国家就会灭亡？"

就算温厚如我也是会生气的，真是的。

这个小不点太不会说话了。

"啊，不对！魔王飨宴本身不是问题，关键是这次的议题！！"

菈米莉丝慌忙改口。

议题？这么说来，魔王聚会的目的果然是要对付我……

菈米莉丝说这次赞同克雷曼发动魔王飨宴的有两人——魔王芙蕾和魔王米莉姆。再加上克雷曼，就有三名魔王提议发动魔王飨宴，因此这个提议通过了。

而这次的议题正是"鸠拉大森林中诞生了新势力，且其盟主已经自封为魔王"。

克雷曼说的肯定是我。

"你……已经自称魔王了？"

"嗯。我既不后悔，也不会反省哟。"

听到菈米莉丝的问题，我点了点头，没有任何隐瞒。

"唔——既然是你，我倒也不意外。我估计会有不少麻烦事，既然你有这个实力，那也没什么问题。"

菈米莉丝说得很轻松，完全是一副事不关己的态度。不，这本来就与她无关。

算了，反正我本来就有这个心理准备。

"魔王飨宴应该是要制裁我？"

我以为那些魔王肯定是要制裁我，但菈米莉丝不是这么说的。

第二章
菈米莉丝的通知

"虽然这是发起魔王飨宴的名目,但我们这行默认的规矩是可以随意对你进行制裁。克雷曼这次发起魔王飨宴的理由是魔王卡利昂的背叛。而且克雷曼还嚷嚷着说他的部下魔人缪兰被杀了。"

"魔王也是一个职业吗?你们这行到底是干什么的啊?"

我的吐槽被无视了。

克雷曼说杀害缪兰的凶手是"自封为新魔王的利姆鲁",恐怕克雷曼的目的是……

"提示。推测其目的为吞并魔王卡利昂的领地并压制鸠拉大森林。"

是啊,我也是这么想的。

这就是克雷曼出动军队的原因吗?

克雷曼似乎想先下手为强。

想不到啊,看来对付魔王克雷曼需要处处留心——

"我说你!你看起来好像非常冷静,但这可是件大事啊!据我所知,卡利昂已经被米莉姆打败了。而且克雷曼似乎也打算让他那些魔人部下开展军事行动。换句话说,这不是制裁,已经是战争了!因为克雷曼打算借此发难解决你们所有人!!"

听到她的话,大会议室的众人出现了动摇。

看来就算是对大国而言,一位魔王遭到攻击也是个大问题。

这也难怪。因为这有可能破坏魔王间的战力平衡。

这事在我的预想之内,但在各位来宾眼里这事来得非常突然,看来这个问题相当重要。

而且……

"他说卡利昂大人背叛？简直血口喷人——！！"

"决不能放过克雷曼。他竟然如此自大，我要粉碎他的野心。"

"虽然卡利昂大人不在，但我军毫发无伤。我们不会让克雷曼的部下为所欲为的！"

不用说也知道，特别激动的那些人就是三兽士。

这也难怪，因为他们反而被当成了背叛者。

而且从菈米莉丝的话来看，卡利昂的领地也是克雷曼的目标。

我们晚了一步啊，没想到克雷曼的行动如此迅速……

他似乎没安什么好心，必须尽快解决他。

"菈米莉丝，你冷静点。我确实已经宣布自己是魔王了，但缪兰不是我杀的。"

"你这话什么意思？"

"没别的意思，就是说克雷曼根本就是信口雌黄。我已经料到克雷曼要把杀害缪兰的事嫁祸给我了。"

而且……

"等……等一下！？你有证据吗？"

当然有，毕竟……

"打扰一下，魔王菈米莉丝大人。请让我说几句，克雷曼口中那个被杀害的部下魔人缪兰就是我……"

克雷曼没有得逞。

从我制造缪兰死亡的假象的那一刻起，我就知道克雷曼迟早会行动。

我只是假装上当，引诱克雷曼咬钩。

这事与其他魔王无关。

第二章
菈米莉丝的通知

缪兰报上姓名之后，菈米莉丝显得非常意外，但她很快就冷静了下来。

"哈？咦？也就是说……我明白了！犯人肯定是魔王克雷曼吧！！"菈米莉丝得意扬扬地宣布道。

我觉得这事谁都知道。

真可悲啊，任谁都能轻松得出那个结论，她竟然还那么得意。

"喂，我也赞同你的看法，不过我有些问题。"

她太可悲了，我就稍微附和一下吧。

我刚好有个疑惑，正好顺便问一问。

"嗯，什么？说给我名侦探菈米莉丝听听吧。"

糟糕，我本想附和一下，结果她太得意了。

名侦探是怎么回事？

这家伙自己看漫画的同时也在瞄维鲁德拉看的那本？不过现在不是关心那事的时候，赶紧问吧。

"这种情况下，其他魔王会怎么做？"

虽然没什么值得期待的，但还是想问一下。

如果我要长期当魔王的话，这也许也能当一个参考。于是，我提出了这个问题……

会场又静了下来，所有人都在等待菈米莉丝的回答，看来其他人也对我的问题很感兴趣。

但菈米莉丝并不关心其他魔王的动向。

"嗯？我不清楚他们的事。我只是接到通知说我们要围绕那个问题进行一次飨宴。"她满不在乎地答道。

这家伙果然指望不上。

她终究是个孩子，光是能来通知我就已经很好了。

下一个问题……

"菈米莉丝，那魔王飨宴是什么时候？你知道准确时间吗？"

就算是为了攻击克雷曼的计划，我也需要掌握这个情报。

"嗯，我没说过吗？唔，我记得是……三天后的新月之夜。"

三天后啊！没想到会这么快。

要在三天内击溃克雷曼实在太困难。

唔——既然这样……就在魔王飨宴之后决一胜负？

这事要和其他人一起商议。

现在，我想问的都问完了。

菈米莉丝此行的目的应该就是这些，估计也问不出别的情报了。

我突然想到一件事，于是提出了最后一个问题。

"那你为什么要来通知我？"

"嗯？这个嘛，因为我不知道你被杀对我的贝雷塔有什么影响，所以有些担心。所以我决定站在你这边，于是就来了。我想在这里创造一个进入迷宫的入口，应该可以吧？"

"怎么可能可以？话说回来，这事和迷宫的入口有什么关系？你要创造的迷宫入口又是什么？"

我很高兴她能来通知我，不过一码归一码。

"咦？这有什么关系嘛，细枝末节的事，你就别在意啦！"

菈米莉丝自顾自地说着，根本没听进我的话。看那态度，这事好像已经在她心里定下来了。

这个妖精实在太我行我素了。

"我会在意啊，你也别不把这当回事！而且你是不是若无其事地把贝雷塔说成是你的所有物？"

第二章
菈米莉丝的通知

我决不能让菈米莉丝擅自把这事定下来。反正创造那个迷宫的入口之后，肯定不会有什么好结果。贝雷塔的事也一样，我也不能单方面决定，他自己的意愿也很重要。这些事都不能随便决定。

我还以为有什么特殊原因，一问之下，她竟然提了这么离谱的提议。

我们吵得不可开交，一直没有结果，真是头疼。

总之，现在先解散来宾。

我也很忙，不能一直陪菈米莉丝胡闹。

菈米莉丝也继续埋头看漫画，看来她也没别的事了。

我也向各国来宾保证，一有新情报就立即通知他们，他们也接受了。接着，参加会谈的人各自离去。

菲茨会在旅店住一晚再回国。

"这次这个国家也是那些魔王的目标，你最好做好心理准备。魔王真的非常危险，虽然我也很清楚利姆鲁阁下的实力有多强……"

他很担心我。

我明白菲茨的意思。毕竟，在最坏的情况下，我可能要和多名魔王为敌。

十大魔王之中不会与我为敌的是……

魔王卡利昂不知所踪。

菈米莉丝保证过会站在我这边，也可以排除。

米莉姆……我最担心这家伙。我估计她被骗了，但也必须做好最坏的打算。

最坏的情况是我要与八位魔王为敌。重点是米莉姆，如果她视我为敌的话，我最好全力考虑如何逃命。

"没事，总会有办法的。"

我让菲茨放心。

艾拉鲁多也想和爱莲多聊聊，他缠着我说要多住几天再回去。

我可不能让他住旅店，于是让人带他去了宾馆。这是我国引以为傲的设施，如果能得到公爵的好评就再好不过了。

说起来这个艾拉鲁多公私两面性格完全不同。看样子就是因为他太关心女儿，爱莲才会躲着他，希望他别再惹爱莲烦了。

盖泽尔也选择留宿，所以我让人带他去艾拉鲁多住的宾馆。从这两人的话里猜得出他们是旧识。据说他们曾并肩作战，艾拉鲁多的本体是个本领高超的魔法师。

虽然有些意外，但他们今后会通过我国进行交流，希望这两人能和睦相处。

说起来各国的核心要员都在这里。估计这些首脑今后在人类国家中很有影响力。这么想来，我和他们的地位是对等的。

虽然在最后一个随性的妖精闯进会议室捣乱，但这次成果颇丰。

*

虽然我们也想休息，但现在还不行。

我可不想被那些魔王盯上，现在必须制订对策。

饭后，我们再次在会议室集合，外人只有三兽士和缪兰。

尤姆和格鲁西斯已经开始做出发的准备了。格鲁西斯本来也想参加会议，但三兽士中的法比欧把他轰了回去。

他们的任务很重要，所以一定要全力以赴。

虽然我也想让缪兰去做准备，但只有她了解克雷曼的情报，所以我就把她请来参加会议。

第二章
菈米莉丝的通知

不知为何,迪亚波罗也来参加了。

"呵呵呵呵,我没必要进行准备。"

既然他这么肯定,那就这样吧。反正让他参加也没什么,就随他吧。

而且不知怎么回事,菈米莉丝也在。

"啊,我说你!怎么回事?这到底是怎么回事?"

我刚走进会议室,她就比画着说个不停。

"你说什么啊?"

结果,她红着脸开始抱怨。

菈米莉丝是这么说的,她在休息时间让人带去了食堂。

我彻底忘了,有人一直在找菈米莉丝。

没错,就是树妖精托蕾妮她们。

菈米莉丝还是魔精女王的时候,她们就一直追随着菈米莉丝,所以她们一眼就认出了菈米莉丝,还殷勤地请菈米莉丝吃了顿饭。

"这不是很好吗?"

"是很好啊!简直太棒了!!所以,利姆鲁,我也决定要住在这里了。"

看样子菈米莉丝很喜欢这座城镇。她是个没有部下的光杆魔王,所以很享受这种被人捧着的感觉。

总之,托蕾妮她们带菈米莉丝游览了这座城镇。

菈米莉丝被这里的景象迷住,决定住在这里。

"我不是叫你不要擅自做决定吗?而且托蕾妮她们还是鸠拉大森林的管理者。你要住也不是住在我这儿啊,况且她们也不能一直陪着你。"

树妖精三姐妹现在仍跟在菈米莉丝身后,一副幸福的模样。我用余光看着这一幕，对菈米莉丝说教道。

菈米莉丝根本没听进去。

"小气小气——没事啦，如果你遇到什么事，最强的菈米莉丝小姐还会来帮你的！"

我估计你帮不上——不，还是算了。

要是说出实话，菈米莉丝会哭的。

"利姆鲁大人，我们会负责照顾菈米莉丝大人，请您往好的方面想。"

"拜托了！！"

不仅是菈米莉丝，托蕾妮她们也提出了这个请求。

不管怎么看，她都是个爱惹麻烦的家伙，今后我国与人类会积极进行交流，菈米莉丝四处乱逛实在太显眼了。

唔——这事以后再谈。

"明白了，我会考虑的……"

"真的？不愧是利姆鲁，你很懂事嘛！"

至于菈米莉丝来我们城镇之后要怎么做，今后再慢慢考虑吧。

现在还有个问题要优先解决。

现在菈米莉丝也不闹腾了，可以开始作战会议了。

"今天一直在开会，想必各位也很辛苦，只能请各位克服一下。这次的议题有两项，分别是'与克雷曼作战'和'魔王飨宴'。多亏这位菈米莉丝的通知，我得知自己已经被人盯上。我们先来听听苍影的报告，并考虑作战计划。苍影，报告克雷曼军队的动向。"

"是！"

我的开场白结束后，苍影做了报告。

第二章
菈米莉丝的通知

他说我们开会时克雷曼的军队又有了新动向。

克雷曼让军队在米莉姆的领地休息，并组编军团，而且……

"领军的那人应该不是克雷曼本人。那人率领着许多魔人，且魔素量（能量）明显高出其他人一截，但也就和三兽士差不多。如果那人就是魔王克雷曼，那也太离谱了。"苍影断言道。

不过这家伙也会过于自信……

"克雷曼的部下中，能与三兽士匹敌的应该有三名……"

原来有那么多啊，不管怎么说他也是个魔王，实力弱不到哪里去。

那三人是克雷曼引以为傲的五指中的三个，分别是中指雅姆萨、食指亚达鲁曼、拇指九头兽（Nine Head）。

顺带一提，缪兰是无名指。

还有一个小指皮洛涅，那家伙负责搜集情报，极少露面。

我在意的是中庸小丑连，可缪兰对此一无所知。

"克雷曼这个魔王不相信部下。所以，就算他会派人专门监视作战行动也不足为奇。"

也就是说，那些人和人偶剧的观众差不多。

中庸小丑连的人可能会和猪头帝那时一样，在克雷曼的部下不知情的情况下采取行动，必须加以防备。

"缪兰，那个指挥官是谁？"

苍影见到的将领是个瘦魔人，"思维传递"真的很方便，所有人都能知道那人相貌。

"这人是雅姆萨，冰结魔剑士雅姆萨。他卑鄙残忍，是个坏事做尽的小人，但他的实力确实是货真价实的。他向克雷曼宣誓效忠，和我的关系不好。"

指挥官是雅姆萨，缪兰说他是五指中最强的魔人。

克雷曼给了他一把拥有冰结之力的昂贵魔剑，他因此成了知名的冰结魔剑士，也就是说他自身的能力是个未知数。

克雷曼的军队由这个雅姆萨率领，共有三万魔人。

那些魔人的实力各不相同。

据苍影估算，B级的人占八成，剩下的基本是 A^- 级。实力到达 A 级的强者也有，但充其量也就是格鲁米德的水平。

克雷曼的军队比被我歼灭的法尔姆斯军强，虽然有些棘手，但也不足为惧。

唯一的问题就是指挥官雅姆萨，不，我觉得有点不对劲。

"这支军队太弱了吧？"

现在，我国接受的兽王国难民有两万多人。其中有近半可以战斗，也就是约一万人。据说这些人平时就有 B 级的实力，兽化之后至少也有 A^- 级，这个战斗集团的实力令人惊叹。

就连法尔姆斯王国骑士团的平均实力也在 B 级上下。这是经过魔法强化之后的水平，由此可见兽王国的战士有多强。

人类与兽人间存在先天差距。

即便这样，这也是一份巨大的战力，但兽人应该还留有战力。从王都撤退时，他们召集来附近集落的人，并分散至各地。兽王战士团的勇猛之士将那些人重新组编，并率领他们潜伏在暗处。兽人保留的战力少说也有一万多人。

实力相当于 A^- 级的战士共计两万人。卡利昂不愧是魔王之一，这份战力十分了得。

"确实不对劲。无论雅姆萨这个魔人有多强，我们三兽士都不会输给他。虽然士兵人数不及克雷曼的军队，但在作战训练和单兵

第二章
菈米莉丝的通知

战斗能力上，我们有着压倒性的优势。"

"是啊，在带兵方面，我可是很有自信的。"

"难道他们认为卡利昂大人死了，就可以瞧不起我们？克雷曼应该不会那么蠢才是……"

阿尔薇思也同意我的看法。

法比欧和苏菲亚也认为克雷曼的军队没多大威胁。

这么看来……

这时，红丸低声说道，"等等！难道克雷曼的目标不是我们的城镇？"

对啊，说不定我们真的搞错了。

克雷曼老是盯着我们城镇，而且菈米莉丝也说过克雷曼的目标是我，所以我们一直误以为克雷曼的目标是这里。

我本来计划只要趁克雷曼的军队离开兽王国犹拉瑟尼亚时前后夹击就能取胜……看来这个如意算盘落空了。

"难道他的目标是兽王国？留在那里的是避难的民众和一万多名战士。虽然兽人战士的单兵战斗力更强，但双拳难敌四手！"

是的。

据苍影报告，克雷曼的军队正停留在米莉姆的领地中，军队已经重组完毕，估计明后天就能攻到兽王国犹拉瑟尼亚。

估计他们今晚不会行动，但有必要考虑到这个可能性。

"说起来，也有可能是因为克雷曼还没发现我们正在提防他，不过……"

克鲁特语气十分严肃。我认为不能存有侥幸心理，行动时应该考虑到最坏的情况，这样才有余力应对突发状况。

"就算克雷曼的目标是这座城镇，他也不会对背后的危险视而不见。他一定会先杜绝后患，再开始行动。"缪兰断言道。

是啊，换作是我也一样。

这么看来，嗯，杜绝后患？

"喂，你的意思是说……克雷曼打算杀光兽王国的战士？"

如果他只杀战士倒还好……

"说明。已对魔王克雷曼的行动进行推测，其目的为让自身觉醒为'真魔王'的概率为百分之百。推测这座城镇不在其计算之内。其手段幼稚且拙劣，其可能因为错误的推论而计划收割兽王国犹拉瑟尼亚全境的生命。"

这样啊，他果然是要消灭所有人。

这话从我口中说出来不过是伪善，但他那不择手段的做法实在让人看不下去。

克雷曼行事处处小心，估计离开这座城镇，处处都在他的监视之下。如果是这样，我国一派出援军他就会发现。

在这之前……

"克雷曼的情报搜集能力很强，所以他应该清楚三兽士和卡利昂军队的主力正在这座城镇避难，而且从这里赶回兽王国最快也要两天……"

我们彻底陷入了被动的局面。正如阿尔薇思所说，一切尽在克雷曼的掌握之中。

估计普通状态下相当于 B 级的战士就算不眠不休地赶路也来不及。我打算让部下全员参战，但估计他们抵达战场的时候，兽王国已经没有活人了……

第二章
菈米莉丝的通知

如果克雷曼顺利消灭所有人，那他会觉醒吗？

"说明。即便效率低下，他也能获得大量灵魂。克雷曼觉醒的成功率为78%。此外，如果他此后能在短期内继续收割新的灵魂，成功率还会上升。"

真麻烦，一定要阻止他，就算不为兽王国那些素未谋面的居民，也要为我自己。而且那些素未谋面的居民也和我们结下了友谊。

信赖是最大的财富，为人就是为己，所以我方要介入其中，没什么好犹豫的。

"红丸，阻止克雷曼。"

听到我强硬的命令，红丸微微一笑答道："嗯，交给我吧——不，请交给我！！"

红丸也是个耿直的家伙，他一激动就忘了礼貌用语。

他知道公私有别，要在公开场合维护我的形象……不过我认为没必要在意这种事。

被人看扁的感觉确实不好，不过从防患于未然的意义上讲，他这么做对我很有帮助……但我认为这个国家里没人会看扁我。

打个比方，如果后辈的风头比前辈更盛，那双方的关系就会很尴尬，社会人应该要明白这一点。所以我也应该坦然接受，昂首挺胸地对红丸下命令。

"嗯。接下来我们要制订兽王国犹拉瑟尼亚防卫战的计划。以红丸为中心，各抒己见，夺取胜利！"

"遵命！！"

所有人一齐低下了头。

三位兽士也和其他人一起低下了头，看来我现在很有威严。

想不到克雷曼那家伙竟然如此狡诈，估计三天后晚上的魔王飨宴也全在他的计划之内。

他先虐杀兽王国的所有人，事后再进行报告，以免受到其他魔王的干涉。

兽王国整合分散于各地的战力也需要时间，他只要将那些战士各个击破就行。估计兽王国无力抵抗。之后，手无寸铁的居民会被残忍地杀害……

我已经决定要阻止他，现在所有人正踊跃发表意见。

所有人都想立即赶过去，大家的心情是一样的，但谁都没有说出口。因为在场的所有人都深知情报的重要性。

我在宣布要打败克雷曼之后没有立即行动也是为了等待苍影的报告。而且现在物资也已经调集到城镇的广场上，士兵也换上了全新的装备。

凯金、伽卢姆和特鲁特运用各自的技术打造了新的武器防具。全员都换上了新装备，为战斗做好准备。

这事急也没用。

我要掌握敌人的位置，士兵的构成、数量还有目的。不搜集这些情报就莽撞出击，是不会有多大成果的。

现在，讨论进入了收尾阶段。

"双方战力就是这样。只要能赶得上，我们就能赢，问题在于行军。我们无论如何也赶不上，所以必须争取到时间。"

"让狼鬼兵部队（哥布林骑兵）和加维鲁的部队提前赶去，发动游击战怎么样？"

第二章
菈米莉丝的通知

"这没意义。我了解过兽王国的地形,那里多为平原和平缓的丘陵,无处藏身。从高空发动奇袭倒是有效,但百人左右的规模不过是杯水车薪。"

红丸已经恢复了冷静。

说到隐蔽之处就是大河畔的果树园,但广阔的丘陵地带不易积水且无处藏身,部队的位置一目了然。这样的地形不适合部队隐匿。

红丸一下就否决了白老的提议,他对状况的判断很准确。

苏菲亚低声嘟囔道:"喂喂,他什么时候调查了我们国家的地形……"

其实我也很好奇。

我估计红丸之前作为使节团团长出使兽王国的时候让人进行了调查,也不知道该说他精明还是该说他可靠……

看样子苏菲亚也没把这当回事,我就无视这话吧。

"以速度见长的兽人部队也有约四百人。鸟兽形十分罕见,还不足百人,就算让他们提前赶去也是白白送死。"

阿尔薇思也很头疼。

就算能飞也会累,鸟兽形兽人加上加维鲁他们数量也不足两百,让他们提前赶去完全没意义。

能掌握地形倒是好事,不过部队人数太少也难有作为。

最终这个作战回到了基本问题上。我们只能竭尽所能看清局势,力争做到最好。

要通知各地的战士尽可能召集居民让他们去避难。

只要他们能进入魔国联邦(特恩佩斯特)境内,就能得到托蕾妮她们的支援,存活概率应该会大幅提升。而且以速度见长的部队可以展开游击战,掩护居民逃亡。

同时让行动迟缓的部队朝兽王国方向进军，他们可以沿途吸纳逃亡者，并迎击克雷曼军。

大致计划就是这样。

这是一场与时间的赛跑，运气的影响很大，但我们没有更好的方案。

因此，我们也要向敌人发起进攻，以阻止最坏的情况发生。

部分干部（红丸、朱菜、苍影、紫苑、克鲁特以及岚牙）学会了高阶技能"空间移动"，他们可以操纵"空间门"连接空间。

迪亚波罗原本就会这项技能，但他要和尤姆共同行动，不能来这边。最坏的情况下，我会把他叫来，但我打算先靠我和另外六人想办法。

虽然我们每个人的战斗力都足以匹敌军队，但决不能蛮干。

特别是朱菜，她不适合实战，因此我想让加维鲁和白老随行护卫。

"看来这是唯一的办法。只要我们齐心协力争取时间，应该有办法避免出现牺牲。如果有传送魔法把全员送过去就好了……"

我嘟囔着放弃了那个想法。

如果有能让部队瞬间移动的魔法，问题就能解决，但即便我用"空间支配"也无法传送万人的军队。

然而……

"说明。运送魔法能以较低的消耗运送物资。该魔法可以通过以空间连接目标地点的坐标，但在这一过程中，传送对象会暴露在大量魔素中，不适合传送有机物。但处于结界保护下的人不受传送的负面影响。这就是转移魔法的原理。"

第二章
菈米莉丝的通知

那么……

物资运送和人员转移原理的不同之处在于是否包含保护传送对象的术式，这也是两种魔法消耗魔力不同的原因吗？

咦？这么说来……

"也就是说，由于魔人和魔物对魔素也有抵抗力，因此可以用运送魔法转移能够独力展开结界的人，不会有问题，或者也可以使用完全传送术式保护运送对象。"

也就是说，只要足够强大，保证暴露在大量魔素中不会死亡，就可以穿过那个异空间。说起来，高阶技能"空间移动"就是利用这个原理，本来应该注意到的。

简单来说，只要使用能够完全保护运送对象的术式，传送活人也没问题。不不，这就是转移魔法的做法，所以应该是可行的，但魔素（能量）的消耗岂不是大得离谱？而且，现在要将其改良成军团魔法传送数万人的军队来得及吗？

"说明。术式早已开发完成。此外，已成功研究出该术式和高阶技能'空间支配'并用以大幅降低魔力消耗的方法。"

太棒了！

智慧之王（拉斐尔）能有如此的成长真是个惊喜。都不用我提，它就主动帮我开发能力（技能）和魔法。

说起来，我觉醒为魔王时，能力（技能）也有大幅进化，但我还没掌握所有技能。如果没有智慧之王（拉斐尔），我那些技能估计就埋没了。

智慧之王（拉斐尔）的术式开发恐怕是"能力改变"的效果，毕竟我没提过那个要求。但这术式正是我现在求之不得的，所以我也没什么可抱怨的。

"利姆鲁大人，用传送魔法输送军队风险太大了。"

朱菜忠告道，看来她也清楚传送魔法的危险性，但现在那个问题已经解决了。

"嗯，朱菜说得对，但我刚刚成功开发出了新的术式！"

我有点同情克雷曼，如果我没进化，也许赢的会是他。

"哇！！"

"什么？"

"刚刚？"

所有人都吃惊地看着我，我也点点头询问他们。

"之后就看你们的决心了。我的新术式可以一次性将全军送过去。但这是我第一次行使该术式，尚未确认安全性，现在也没时间给我们做实验。你们会相信我吗？"

我相信智慧之王（拉斐尔）。既然它说能做到，那就肯定没问题。他们到底会怎么做呢？

他们会相信我，并把自己的性命交到我手上吗？

"这还用想吗？我的忠诚属于你。我是利姆鲁大人忠诚的家臣，你让我去死，我也不会犹豫。我非常清楚你不会给我们下无意义的命令，我甚至觉得你对我们的关心有些过分。"红丸带着无畏的微笑说道。

其他干部也同意他的看法，就连新来的迪亚波罗也带着妖冶的微笑点着头。

第二章
菈米莉丝的通知

而三兽士也……

"我们相信你。是我们来请你帮忙的,我们不可能怀疑利姆鲁大人。"苏菲亚毫不犹豫,肯定地说道。

"我曾被你救过一次。我的部下也知道这件事,事到如今,我不会有半句怨言。"法比欧一开始就相信我。

"哎呀呀,看这样子,我也非同意不可了。而且我的部队行军最慢,还得仰赖利姆鲁大人的帮助。"

阿尔薇思带着疑惑与迷茫,但最终也选择了相信我。

我点点头:"你们的性命由我负责!这样一来,克雷曼的计划就落空了。之后就看你们的了,一定要赢!!"

"是——!!"

所有人都露出了狡诈的微笑。

只要全军及时赶到,那胜利必将属于我们,而且不管克雷曼对道路盯得多紧,都无法察觉我军的动向。

胜利已是我们的囊中之物,因此众人自然变回了从容不迫的状态。

我让红丸重新制订作战计划,这时苍影有了新的报告。

他说祀龙之民与克雷曼军会合了,数量只有一百人。

"一百?这点人应该不成问题……"

红丸知道祀龙之民的情况吗?

"苍影,祀龙之民是什么人?"我不清楚情况,于是问道。

"祀龙之民也就是供奉龙公主米莉姆的人。"

原来是米莉姆的部下啊。不对,米莉姆说过自己没有部下,也许那些人只是自己一厢情愿地敬重米莉姆而已。

这些人的国家连名字都没有，但总数约十万人，平时总是默默地与自然和谐相处。

感觉一百人与克雷曼军同行是为了进行监视，毕竟克雷曼军要在他们的领地通行。

苍影掌握的情报只有这些，祀龙之民的事暂且不用费心。

我命令苍影继续监视克雷曼军，并寻找我方布兵的最佳场所。

就这样，"与克雷曼作战"的议题结束了。

*

接着进入下一个议题，讨论菈米莉丝的通知——"魔王飨宴"的事。

三兽士提前离开了会议室，他们要把刚才的决定告诉兽人战士。他们必须向自己的部下说明他们选择相信我并进行传送的事。

缪兰也离开了。接下来是我们自己的问题，也没必要参考缪兰的意见。缪兰的工作是辅佐好尤姆。

现在这里全是自己人，所以我也放松了不少。因此现在不必像刚才那样顾虑那么多事，我们可以随意说心里话。

"如果能找出克雷曼的所在，那用'空间转移'冲进他家把他揍一顿就完事了。"

现在他的军队已经出动，大本营的防卫更是薄弱。如果能找到他的所在，也许就没必要为迎击的事头疼了，我和众干部一起过去就能了结这事。

反过来说，我在进攻其他地方的时候也不能忽略这座城镇的防卫。

这一点可不能忘。

第二章
菈米莉丝的通知

"十分抱歉。有个地方笼罩着魔素浓度很高的雾气,我认为那里很危险,所以没往里走。"

苍影道歉道,但这没有任何问题,就算他有"分身"也应该谨慎行事。万一我方的动向被敌方掌握就不妙了。

估计敌人的总部就在那里面,能掌握这么多情报已经足够了。

"敌人总部现在防卫薄弱,能不能派几人去找出其所在?"

"可是克雷曼不是要参加魔王飨宴吗?他应该不在总部。"

红丸提出了这个意见,但朱菜一脸平淡地否定道。

红丸的表情有些不快。

"公主说得对。要是因为轻敌导致失败就糟了。红丸大人可得好好带兵。"

白老叮嘱红丸要断了这个念头。

"还有其他意见吗?"

总之,先听听所有人的看法。

"我!"紫苑中气十足地举起手看着我。

我让她起来说。

"我们闯进那个魔王飨宴,把克雷曼以及其他对你有所不满的魔王全部了结怎么样?"

紫苑两眼放光。

是我的错,我不该问这个笨蛋的。

我额头上的青筋直往外冒,好不容易才忍住没发火。之前是不是也有过类似的事?

"紫苑,你说说该怎么了结?你就不能提点现实的意见吗?"

如果只是克雷曼倒还好说,但再和其他魔王起冲突可不行。我严厉地向紫苑解释基本原则是各个击破。

听到我的话，紫苑沮丧地垂下了头。

真是的，稍微给她打打气吧。

不管怎么说，我也比较纵容紫苑。

"不过闯进魔王飨宴也许是个好主意。"

紫苑抬起头一脸期待。

这家伙变脸真快。

"我说菈米莉丝，我也可以参加吗？"

我问菈米莉丝，她的经验很丰富。

"咦？利姆鲁，你想参加吗？"

"我就是想问一问做个参考。克雷曼会出席会议，我觉得我也参加好像会很有趣。"

既然我已经被盯上了，主动出击也许也不错。

先发制人是基本，如果我出其不意参加魔王飨宴（Walpurgis），估计克雷曼也会措手不及。

在沟通交流的场合兵戎相向可能不大好，但这等去了之后再考虑吧。

"唔——我觉得应该没问题。不过，最多只能带两人随行！"

不能带太多部下参加，因为这可能会引起不必要的麻烦。

据说以前有个新晋的魔王为了彰显自己的武威带了百名部下参加。碰巧当时有个魔王的国家被彻底毁灭，正在气头上，这一行为触碰了他的逆鳞。估计那个魔王并不在乎自己的发泄对象是什么，一并消灭了那些魔人连同带他们来的魔王。

在那之后，魔王飨宴便禁止弱小的魔人参加。众魔王经过协商，决定最多只能带两人随行。

这也意味着过去在魔王飨宴上曾有过争斗。所以，估计我动手

第二章
菈米莉丝的通知

也没问题。

也许我们可以认真探讨如何在魔王飨宴上找克雷曼的麻烦。

"你怎么看？参加魔王飨宴也很有趣吧？"

"呵呵呵呵，这个提议非常好。届时，请务必让我随行。"

"迪亚波罗，你这蠢货！跟利姆鲁大人去的人是我。这事我绝不妥协！！"

这两人又开始吵了。

带这两人参加魔王飨宴无异于自杀，我从一开始就没打算带上他们。

我正想着……

"如果免不了与各位魔王一战，那就击败他们。说起来，魔王只要有利姆鲁大人一个就够了吧？"

连迪亚波罗也这么说，紫苑重重地点了点头，看来这话正合她的意。

"你说得对！我本以为你是个笨蛋，看来你这个新来的也有点能耐！我刚才也想这么说！！"

也不知道他们的关系是好是坏。一定要说的话，没有任何考量的人应该是紫苑……在击败其他魔王这一点上，这两人倒是意气相投。

为什么会这样？

我看了一圈，似乎也有几人同意这个意见。

虽然也有谨慎派，但也有人干劲十足，甚至可以说是杀气腾腾，不知什么时候多了不少战斗派。

这也太鲁莽了，我慌忙把话题拉回正轨。

"等等，你们别着急，现在还没决定。而且迪亚波罗你要负责法尔姆斯王国的事,不管怎样,我都不能带你去。"

"是……是啊。我明白了。"

看样子迪亚波罗没把颠覆法尔姆斯王国的事当回事。他非常有自信,希望他不要因轻敌而失败。

迪亚波罗答应道,他的表情很复杂,既有不甘,又有得到工作的开心。

"不过这很危险吧?"朱菜担心地说。

没错,我等的就是这句话。

"有道理。没必要去参加魔王飨宴,趁克雷曼不在攻陷他的本部是不是更有效?"

克鲁特对朱菜的话表示赞同,他也很谨慎。

避开危险、稳中求胜,这个意见无疑是正确的。

克鲁特也是战斗派,但他并不鲁莽。能听到谨慎的意见,我很高兴。但我考虑参加魔王飨宴是有原因的。

我很在意一件事。

"其实利姆鲁大人担心的是魔王米莉姆大人的动向。我认为米莉姆大人不会背叛,但不能排除她被克雷曼控制的可能性。也许她也有她的打算,但她击败魔王卡利昂大人也是事实。我认为在魔王飨宴上探探她的真实意图是个不错的办法。"

"是啊。连魔王米莉姆大人也联名发动魔王飨宴确实令人在意。她应该有某种打算吧?"

没想到红丸会说中我的心思,苍影也准确地指出了问题所在。

不愧是红丸和苍影,看来他们的想法和我一样。

"是啊,首先米莉姆对克雷曼言听计从就是不可能的。毕竟米莉姆是个任性的家伙!"

第二章
菈米莉丝的通知

菈米莉丝，你有资格说这话吗？我不禁在心里吐槽，但我也认同她的话。

"米莉姆大人绝对不会背叛利姆鲁大人的。虽然这是毫无根据的直觉，但我可以确信！"紫苑断言道。

原来她也没根据啊。

其实我也觉得米莉姆不会背叛。

智慧之王（拉斐尔）的推测也一样，它说目前数据不足无法断言，但只要没有变故，米莉姆就不可能背叛我。

我决定相信米莉姆。

"我也认为米莉姆没有背叛我。这么看来，就是出事了。刚才菈米莉丝说过犯人，或者说始作俑者是克雷曼，我认为这也很有可能。所以我想采用红丸的意见，参加魔王飨宴尽量探探情况……"

这种情况应该是出了什么事。

最坏的情况下，我可能会在魔王飨宴结束的同时受到米莉姆的攻击。

这也是我产生不安的原因，所以我才认为置之不理十分危险。

如果只是克雷曼倒是无所谓，但我想避免与米莉姆为敌。

"我没说错吧？是吧是吧！名侦探菈米莉丝小姐的推理果然是正确的。那把克雷曼狠狠地揍一顿不就好了？"

我引导得很好，已经成功让她静下来了——我刚冒出这个想法菈米莉丝又开始胡说八道了……

"说起来，这是怎么回事？为什么这里到处都是这么强大的魔人？既然你有这么多强大的部下，那让贝雷塔做我的部下又有什么关系呢！"

她又提这事了。

菈米莉丝那家伙越说越来劲。她发现我的同伴都很强,结果连她自己也翘起了尾巴。看来贝雷塔的事,她还没放弃。

这要尊重贝雷塔的意愿,不能单凭菈米莉丝喜好做决定。

接着,我的部下中也有人的看法和菈米莉丝一致。

"原来如此,这话确实也有道理。好,就让我去轻松干掉克雷曼吧。"

"呃,等等,紫苑,你冷静点!还有红丸和苍影,你们别做出发的准备啊!"

真是的。

我一说要参加魔王飨宴,他们就这样。

红丸还要和克雷曼军作战,苍影也一样。

我们要进行双线作战,所以必须谨慎选择随行的两人。

这么看来,应该带……

一个视线从背后戳来,让我感受到了物理层面的压力。

不用说也知道那是紫苑。

如果不带她去的话,估计她会闹翻天的。估计红丸很难控制住紫苑,那就由我来照顾紫苑吧。

而且紫苑差点被克雷曼的阴谋给害死了(准确地说,她真的死过一次)。说不定此行会有机会让她报仇雪恨,所以我打算带她去。

因此,紫苑是其中一个。

至于另一个人选也让我很头疼,就岚牙吧。

我本想让他潜伏在我的影子里,但如果那里有类似"圣净化结界"的特殊结界就麻烦了。

我感觉到岚牙正满心期待地竖着耳朵,就决定是他了。

第二章
菈米莉丝的通知

岚牙这个护卫非常可靠。

于是，我决定带紫苑和岚牙一起去。他们两个都会"空间移动"，在紧急情况下也方便逃走，这也是理由之一。

我从"圣净化结界"得到灵感开发了新型结界，虽然还没用过，但我有自信在最坏的情况下也能逃走。

所以，我下定决心带上紫苑和岚牙一起闯入魔王飨宴。

米莉姆受到控制是最坏的情况，如果是这样，那下一个被毁灭的很可能就是这座城镇，唯独这件事无论如何都不能让它发生。

我不想让这座城镇再受到伤害。

"我还是参加吧。我带紫苑和岚牙去。菈米莉丝，你可以帮我探探其他魔王的口风吗？"

"嗯，好啊！"菈米莉丝欣然答应。

接着，她用类似魔王专用线路的东西告诉全体魔王我会参加飨宴。这好像是非常高端的术式，能通过空间干涉同时与多方进行通话。

我看着她在心里感慨，这时，一个人大笑着朝我走来。

是维鲁德拉。估计他已经看完漫画，听到了我们的对话。

"哈哈哈哈！看来你已经有干劲了啊！利姆鲁，你太见外了。我也一起去怎么样？只要我跟你去，那些魔王根本不足为惧！！"

维鲁德拉充满自信地放出豪言。

我刚才彻底把他给忘了，不过我不想带维鲁德拉去。

"维鲁德拉，你别急。我想请你镇守这座城镇。"

"什么？我说我也要去。我可不比那些魔王弱！"

维鲁德拉十分惊愕，看样子他没想到我会这么说。

这座城镇的防卫也是重要的工作，可以说这是最重要的事。

这次与克雷曼的战斗我们会全军出动。留在城镇里的只有利古鲁出使时率领的少量警备部队和紫苑的部下。

这一部署要在维鲁德拉留守的情况下才能成立。

只要有维鲁德拉在，万一圣教会派出讨伐部队，也不成问题。

"所以要请你镇守这里。"

"唔……"

看来他还不愿接受。

没办法，那就把真正的原因告诉他吧——我正要开口时，菈米莉丝结束了通信，开始嚷嚷了。

"我说利姆鲁！你可以参加，不过你是不是太过分了？让师父以我部下的身份参加嘛。这样，我的安全也有保障！"

这话乍一听倒也有道理。

我已经看穿了她的心思，她只是想带着贝雷塔和维鲁德拉去耍耍威风。

估计维鲁德拉也看出来了。

"不行，我去又不是想保护你。"维鲁德拉淡淡地拒绝了。

"咦？别这样……你太冷淡了，师父！"

说起来，这个"师父"是怎么回事……

菈米莉丝和维鲁德拉好像在不知不觉间成了同好。

他们的关系确实不错，但考虑到实力问题，看起来像是菈米莉丝单方面地和维鲁德拉套近乎。

别管这事了，重点是那些魔王同意我参加了。也许那些魔王嫌跑到人类城镇附近很麻烦，但对我而言这是好事。

"维鲁德拉，其实我正准备放出关于你的传闻。这事在之前的会议上讨论过，你知道吧？"

第二章
菈米莉丝的通知

让他当菈米莉丝的护卫，一开始就带他在众魔王面前亮相也是个方法。但我想尽量让其他魔王放松对我的警惕，所以我想让人以为维鲁德拉不会跟我来。

"嗯，嗯，我当然知道。"

啊，他之前没听。

虽然他装出一副知道的样子，但他当时肯定沉迷于看漫画，什么都没听到。

要说服他应该很简单。

"估计克雷曼那家伙会这么想，利姆鲁那家伙只是借维鲁德拉逞威风的小人物罢了。"

"什么？我决不能放过那个克雷曼！！"

"哼，不自量力的臭虫，果然应该让我去杀了他。"

"我说你们冷静点。利姆鲁大人不过是打个比方。"

我话说到一半，紫苑和迪亚波罗就激动起来。

这些家伙太沉不住气了吧。

有一瞬间，红丸也差点爆发，但他选择了劝说那两人，看来他恢复了冷静。

"红丸说得对，这不过是个比喻。带维鲁德拉去参加会议会引起克雷曼的警惕，那就没意义了吧？"

"哦？原来是这样啊。"

"原来如此，不愧是利姆鲁大人。"

"呵呵呵呵，从小瞧利姆鲁大人的那一刻起就不能放过他。我真想亲手处理他，但还是交给前辈（紫苑）吧。"

"你想让对手放松警惕，在交涉中取得优势吧？"

维鲁德拉点了点头，一副了然于心的样子。紫苑在赞赏我，好像什么都没考虑。迪亚波罗说了一件危险的事，看来他打算把打败克雷曼的工作交给紫苑。红丸正为自己看出我的意图而感到高兴。

"可是，你们是不是应该尽量避开危险？"朱菜问道。

克鲁特和加维鲁也点点头，像是在表示同意。

"即便敌人防着我们，我们也应该重视安全吧？"

白老向我提议，苍影点头表示赞同。

其他人的担心确实很有道理，不过我已经想好了。

"没问题。其实我的能力（技能）'暴风龙召唤'可以召唤维鲁德拉。这也算是随从吧？我会在突发状况下求助，所以希望维鲁德拉老老实实地镇守这座城镇，等我的消息。"我得意地说道。

众干部一齐露出了钦佩的表情。

"啊——哈哈哈！原来如此。那我就是等到关键时刻才登场的英雄！"

维鲁德拉在心里给自己加了很多戏。既然他喜欢，那我也没什么可说的。

"这是不是太狡猾了……"菈米莉丝嘟囔道。

"不是这样，菈米莉丝。我希望你管这叫聪明。"

菈米莉丝显得有些不满，维鲁德拉反应过来低声吼道。

我趁这机会再推一把："而且这样一来，你不就可以再带一人随行了吗？"

听到这话，其他干部和菈米莉丝眼中闪着期待的光芒。

"你很懂事嘛，利姆鲁！那你要让谁跟我一起去？"

看来只要有两人随行，菈米莉丝也不会抱怨。话说回来，她似乎真的只是想向其他魔王炫耀。

只要她没意见就好。

第二章
菈米莉丝的通知

至于最后一个人……

我感觉到之前没被选上的人都看着我咽了咽唾沫，但遗憾的是我必须选择强者。

其实我想选红丸，但我不在时，战场要由他指挥，所以只能选别人。

也就是……

"虽然对不住各位的期待，但白……"

"请等一下！！"

白老的名字还没说完，就被站在菈米莉丝身后的女性——托蕾妮打断了。

"利姆鲁大人，请一定交给我——！！"

"托蕾妮，你这孩子真是的！"菈米莉丝开心得眼眶湿润了起来。

没办法，那就这么定了。

"好。那就有劳托蕾妮了。"

我答应了托蕾妮的参加请求。

参加魔王飨宴的成员就这样定下来了：紫苑和岚牙以我部下的身份参加；贝雷塔和托蕾妮以菈米莉丝部下的身份参加。

我的撒手锏是召唤维鲁德拉。

其他魔王同意我参加是我侥幸，和我有瓜葛的魔王莱昂·克罗姆威尔也在。不过这次和他照个面就行。

我不能无视静的嘱托，但我这次的目标是克雷曼。

猪头帝之乱的账不能忘记，还有缪兰的事。最重要的是，我很担心米莉姆。

搞不好我可能还会和米莉姆交手。我已经做好和克雷曼战斗的心理准备了，但我不想和米莉姆交手……

我想利用这个机会，想办法和克雷曼进行决斗，最好能在魔王飨宴上解决这事。

如果不行，那就到时候再说。

克雷曼，你是我的敌人。我还不至于天真到轻易放过自己的敌人。

既然要做，就要拿出决心。既然你要对我的同伴出手，那就必须让你付出相应的代价。

啊，我也被紫苑的肌肉脑袋传染了。

我在感慨的同时，也有些高兴。

因为……我已经看清了自己该怎么做，不用再为琐事烦恼。

设计草图

阿尔薇恩

苏菲亚

第三章

会战前夜

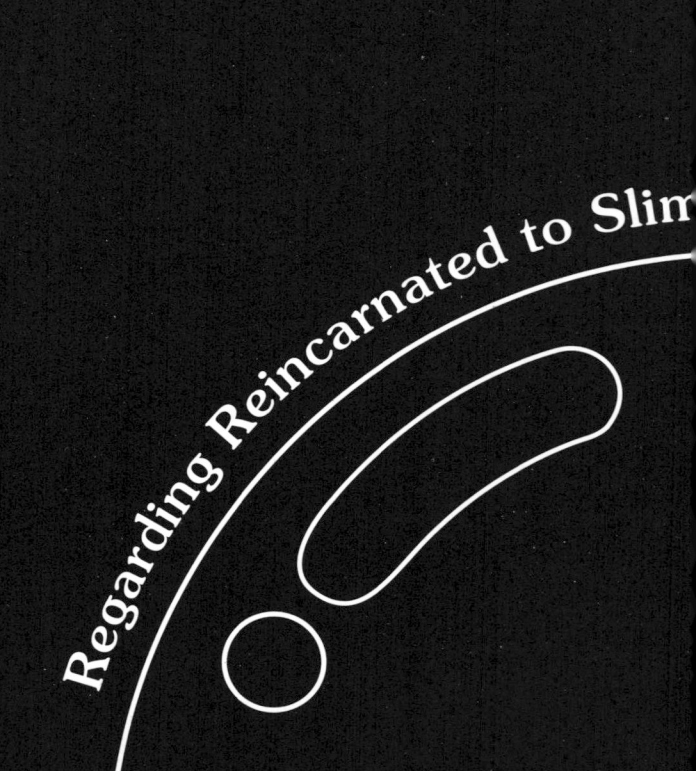

Regarding Reincarnated to Slim

第三章
会战前夜

虽然举办魔王飨宴是克雷曼的提议,但他没想到其他魔王会答应得如此爽快。

他提了一个冠冕堂皇的理由——"魔王卡利昂的背叛"。

卡利昂违反了不可侵犯鸠拉大森林的条约,魔王米莉姆向其施予制裁——这是克雷曼对其他魔王的解释。

这明显是个借口,但其他魔王没有戳穿,也许他们想把所有话都留到魔王飨宴上说。不过到那时,一切都结束了。

这是克雷曼的判断。

克雷曼预计自己会在魔王飨宴开始之前觉醒为真魔王,得到巨大的力量。

而且还有米莉姆在。只要让其他魔王看到米莉姆对自己唯命是从,他们应该不会对克雷曼说三道四。

这是克雷曼的想法。为此,他一定要让这次军事作战成功。

他要在其他魔王插手之前迅速结束战斗。

他已经准备好借口了。这次军事行动师出有名,也就是魔王卡利昂违反了协议。

克雷曼行动就是为了掌握其证据。

克雷曼做好万全的准备立即开始行动。

他派军队穿过魔王米莉姆的领土,去兽王国犹拉瑟尼亚。指挥官是真心向克雷曼宣誓效忠的雅姆萨。他知道克雷曼的真实意图。

雅姆萨率领三万魔人军出发了,他的目的是在魔王飨宴开始之前收割至少一万个灵魂。

●

"呸，那些家伙太可恶了，竟然叫我们提供帮助，太瞧不起人了！！"一个秃头大汉愤慨地叫道。

他是这座位于祀龙之民都城中的神殿的神官长，名字是米多雷。他也是崇拜米莉姆的人的首领。

"可是米多雷大人，我们不遵从也不行。那个名叫雅姆萨的指挥官不是带着米莉姆大人的敕令书吗？"一个亲信轻浮地提议道。

他名叫赫尔梅斯，是辅佐神官长米多雷的亲信，也是神官团的一员。

他总是一副轻浮的态度，让人觉得他够严肃。

大概是因为那种态度，米多雷怒吼道："赫尔梅斯，你闭嘴。不用你说，我也知道！"

赫尔梅斯默默地看着怒气冲天的米多雷，在心中感叹。

不过他也能理解米多雷生气的原因。昨天来的那些魔人，他们正暂住在这里。那些人旁若无人地来到这座被遗忘的龙之都。

那些魔人是魔王克雷曼的部下，这支军队要去调查魔王卡利昂的领地，据说他违反了魔王间的协议。

米多雷想拒绝，却推不掉。

他怒气冲天，却无能为力。

因为消灭魔王卡利昂统治的兽王国犹拉瑟尼亚的，就是赫尔梅斯他们崇拜的魔王米莉姆。

既然这事和他们的主人有关，那他们自然要协助克雷曼的部下

第三章
会战前夜

搜集证据。不仅如此，如果找不到证据，反而会对米莉姆不利。

估计米莉姆自身不会在意，但赫尔梅斯他们就头疼了。

"米莉姆大人真让人头疼啊……"

赫尔梅斯心想，米莉姆大人我行我素倒也没什么，不过如果能稍微（真的只要一点儿就够）为他们想想就好了。

"赫尔梅斯，你太不敬了！不得置疑米莉姆大人的行为！！"

"你说得也是……"

赫尔梅斯心想：就是因为你这样纵容她，我才会越来越辛苦。但他没说出口，因为说出来也只是惹米多雷生气罢了。

（但这真的很让人头疼啊。）

赫尔梅斯在心里抱怨道，他想起自己从昨天开始就一直忙得团团转。

昨天有人提前过来申请通过他们的领土，但那人居高临下的态度令人十分不快。

那人完全是高高在上的态度，很明显请求协助只是一个名头。那根本就是命令。

祀龙之民居住在被遗忘的龙之都，总人口不到十万。他们没有建立国家机器，只是在生活中互相帮助。所以他们也没有武装力量，魔王米莉姆的庇护足以保障他们的安宁。

知道这个国家的人都是这么看的，不过这种看法对错参半。

这个国家确实没有政治机能。他们所有人都将自己产出的资源集中到中央神殿，再由神官长进行平均分配。

有人会想如果人人都想吃大锅饭，这种结构就会瓦解，但事实并非如此。无论是否劳动都能得到基础资源，但劳动者在此基础上会得到额外资源。

这和现代社会的基础所得保障制度类似。

这种制度的问题在于由谁来判定个人的贡献……米莉姆全权委任米多雷进行这项工作。拥有这项权限意味着米多雷掌握了绝对的权力，但他没有滥用权力。

原因很简单，辅佐米多雷的神官有权罢免神官长。

神官长滥用职权会被罢免。正因为米多雷明白这一点，他才没变成暴君。

他们的主人米莉姆是个真正的暴君，所以也没人想变成她那样，数万民众意外地有序。

还有一点，外人以为祀龙之民战斗能力较弱——但这完全是误解。

他们不仅服从指挥，井然有序，而且成年人拥有接近 C 级的强大实力。

这些人都是和平主义者，所以不太引人注意，但他们其实是相当难对付的战斗集团。

神官团的实力特别突出，他们人数只有一百就是证据。只有优秀的人才能成为神官，他们相当强。

他们每天都会向米莉姆祈祷（其实是战斗训练），所以拥有卓越的战斗能力。

其中，米多雷和赫尔梅斯甚至有实力当米莉姆本人的对手。所以，克雷曼部下那高高在上的态度令他们十分不快。

而且他们还藏着更大的秘密，那才是……

又过了一天。

第三章
会战前夜

这几天，克雷曼的部下一直在仓库中肆意搜寻粮食。

米多雷额头冒着青筋，强忍着怒火。

"说起来，米莉姆大人为什么不回来呢？"米多雷尝试用这个话题转移自己的注意力。

"是啊，这是为什么呢？"赫尔梅斯随口应道。

这一问一答他们已经重复了十多次，他越来越不耐烦了。

"我们辛辛苦苦准备了大餐……米莉姆大人在外面不会饿肚子吧？"

"不，她肯定不会吧。"赫尔梅斯断言道。

这一点，他很肯定。因为米多雷口中的大餐叫"自然恩惠什锦拼盘"，其实就是一大盘蔬菜，而且还是生的。

赫尔梅斯之前和米莉姆一起吃饭时偷偷观察过她的表情。米莉姆面无表情默默地咀嚼着，看不出一丝感情。

（那可不是大餐。那明显是拼命忍耐的表情，她可不觉得那些东西会好吃。）

赫尔梅斯非常肯定。

他们拿出烤肉的时候，米莉姆会显得开心一点，所以这肯定错不了。

所以，赫尔梅斯曾向米多雷提议："我觉得米莉姆大人更喜欢烹饪过的菜。"

这个建议被驳回了。

让她直接享用丰盛的自然恩赐才是最好的款待——米多雷坚持自己的理念。

（就是因为这样，米莉姆大人才很少回来。）

. . .

© Mitz Vah

第三章
魔盔来袭

赫尔梅斯很想说出心里话，但这只会惹米多雷不快。

赫尔梅斯曾外出巡游诸国，也吃过美味的料理，其他神官没有这种经历。其他人都认为食物就应该保持自然的状态，所以赫尔梅斯放弃了，他知道自己的意见肯定会被驳回。

"是吗？那就好。克雷曼那家伙竟然让米莉姆大人写命令书……"

那么难看……不对，那自成一派的字绝对是米莉姆的笔迹，错不了。

所以他们才会遵从，但他们的忍耐也是有限度的。

"是啊，这是米莉姆大人的命令，所以也只能这样……第三粮食库也被搬空了。现在只剩七座粮食库，要熬到下一个收获期可够呛……"

"可恶！！"

米多雷光秃秃的头上布满青筋，简直和哈密瓜一样，一眼就能看出他的火气有多大。

赫尔梅斯见状，差点笑了出来，看来这家伙的神经也相当粗大。

这时，他们看到令他们烦躁的罪魁祸首，克雷曼军的总帅朝自己走来。

"喊！赫尔梅斯，要克制。"

"明白。"

赫尔梅斯边答边想：这应该是我的台词。

赫尔梅斯希望能直接和他擦肩而过，但遗憾的是，那个男人的目标是赫尔梅斯他们。

那两人闭着嘴等着那个男人——雅姆萨。

雅姆萨是克雷曼军的总指挥官，可谓是魔王克雷曼的心腹。

他不胖不瘦，动作轻盈，是个重视速度的战士。

准确地说，他不是战士，是剑士。他是超一流的剑士，其剑术被人喻为疾风。

克雷曼赐给了他一把特异级（独特）的冰结魔剑（Ice Blade），可以无须咏唱直接施放元素魔法：水冰大魔岚（Ice Blizzard）。

冰结魔剑士雅姆萨是掌控剑与魔法的 A$^+$ 级魔人。

"哎呀，米多雷阁下，粮食的援助太感谢了。我们有三万大军等着吃饭，无论有多少都不够吃。"

雅姆萨带着和善的笑容，但他眼中毫无笑意。他慎重地观察着米多雷的反应。

雅姆萨看都没看赫尔梅斯，根本没把他放在眼里。瞧不起人类的魔人经常摆出这样的态度。

这确实令人不快，但赫尔梅斯只能照米多雷所说，克制自己。和雅姆萨起冲突没有意义，他决定暂且忍一忍。

"哈哈哈，能帮上你的忙是我们的荣幸。但遗憾的是，我们难以继续提供援助。如果民众食不果腹，米莉姆大人会忧伤的。"

"你说什么！这还不是因为那个魔王米莉姆肆意妄为。我军是来给她擦屁股的，你们难道不该尽到礼数吗？"

米多雷稍做推辞，雅姆萨就被激怒了。不对，这是演技。雅姆萨是故作生气观察米多雷的反应。

雅姆萨明显已经计划好了，如果米多雷生气顶嘴，他就会以此为借口毁灭这座都市。

"啊，失礼了。我只顾考虑我们自己，忘了你们的情况。我们会竭尽所能提供帮助，如果有需要尽管说，请别客气。"米多雷为

第三章
会战前夜

了平息雅姆萨的怒火，谦卑地说道。

即便那个雅姆萨一副高高在上的态度，米多雷也没表现出任何怒意，还保持着笑容与雅姆萨周旋。看到这一幕，赫尔梅斯无限感慨。

（真不愧是米多雷大人。他的脑袋没像刚才一样变成哈密瓜。如果我这么无礼，早就被他给砍了。）

赫尔梅斯想着，觉得这事和他一点关系都没有，然而……

"是吗？我就等你这句话了。虽然我军已足以扫平兽王国，但也可以给你们一个提供帮助的机会。搬运物资这点事，你们应该帮得上忙吧？"

雅姆萨说着，露出了得意的笑容。

赫尔梅斯忍不住回嘴道："请……请等一下！你们抢了粮食还不够，还要向我们要劳力，这……"

赫尔梅斯没想反抗，只是忍不住说出了自己的想法，他的左臂瞬间传来一阵剧痛。

"好痛！"

"给我闭嘴，你这人类！"

这时候，雅姆萨才第一次转向赫尔梅斯，他凶狠地眯着眼，视线寒气逼人。

赫尔梅斯按住被砍断的手臂，咬着牙瞪着雅姆萨。

"哦，你搞不清自己的身份吗？看来你急着去死啊。"

雅姆萨带着残忍的笑容，用染血的剑指着赫尔梅斯。

（这个混蛋简直欺人太甚——）

赫尔梅斯被激怒了，他即将爆发之时受到了猛烈的冲击，仿佛被一头猛兽撞到。

他被踢中了。

米多雷那一脚如一把利刃剜进赫尔梅斯的腹部。

"雅姆萨阁下，屡次冒犯多有得罪。我一定会狠狠教育这个蠢货的，请看在我的面子上放他一马吧。"

米多雷低下头请求雅姆萨。

"哼。有这么蠢的部下，你也很辛苦啊。下不为例，我们明天一早出发，你让所有神官尽快去准备！"

在米多雷的劝说下，雅姆萨收起了剑。他们也付出了沉重的代价。雅姆萨命令祀龙之民的领导层——神官全体从军。

雅姆萨甩下这番话后就离开了，看来他没别的事了。

雅姆萨一开始就没想要兵员，他的目的是那些会用回复魔法的神官。赫尔梅斯节外生枝的话正中雅姆萨的下怀。

雅姆萨离开后，米多雷叹着气为赫尔梅斯治疗。

"你这蠢货，你以为我为什么要给你忠告？"

"抱歉，我一时冲动……"

赫尔梅斯按住被砍断的手臂并处理伤口。

神圣魔法"伤病治愈（Recovery）"让赫尔梅斯的手臂恢复如初。他流失了大量血液感觉很难受，但体力回复之后就没问题了。

"算了，就算神官团不在，民众也能靠自己维持一阵。重点是那个男人……"米多雷瞪着雅姆萨离开的方向说道，之前藏在心里的怒火全都从脸上表现出来，"他竟然损害到了米莉姆大人的财产。"

米多雷指的是雅姆萨砍伤赫尔梅斯的事。

米多雷难以容忍这种暴行，却对自己踢赫尔梅斯的事只字不提。

（不不，你那一脚也对我造成了巨大的伤害……）

第三章
会战前夜

虽然心里这么想，但赫尔梅斯也清楚米多雷没有恶意，所以没有抱怨。毕竟米多雷信奉的是米莉姆，所以脑子里也长了不少肌肉。

不仅是米多雷，这个国家的所有人都有这个毛病……

"呀，说真的，我可以杀了他吗？"

"蠢货，你赢不了他。"

赫尔梅斯的话立即被挡了回来，但这话也没错。

正如米多雷所说，赫尔梅斯赢不了雅姆萨。

"是啊。那把剑很棘手，而且那个男人似乎还藏着其他手段。"

"嗯。克雷曼是个卑鄙的魔王，那个男人又是克雷曼的心腹，应该不会轻易展露自己的本事。是男人就应该堂堂正正地决斗……"

不，这么做也太蠢了——赫尔梅斯想道，但他的想法和这个国家的主流观点格格不入。

赫尔梅斯无奈地装作同意，然后回到自己的工作上。刚才突然决定明天要离开，他现在要把堆积如山的工作解决掉。

还有两天就是魔王飨宴，克雷曼军继续他们的侵略。

●

会议之后的早晨，我熬夜到早上，身体困倦。

不过这只是精神上的感觉，我依然精气十足。

在这种时候，无须睡眠的身体很方便。

昨晚，会议之后苍影联络了我。

他的真身在参加会议，但他放出的"分身"正在兽王国内四处搜集情报。

苍影的部下——苍华那五人也很活跃，她们又搜集到了几个详细的情报。

克雷曼军在原地戒备，没有动静。

他们趁那时候寻找适合我们布兵的地点，却发现了问题。

兽王国的居民四散在各地避难，无论在哪里布兵都难以及时救助所有居民。因为克雷曼军的进攻路线让我们很被动。

"提案。将正在避难的居民传送至一处更有效率。"

哦，原来如此。不，就是这样。

除了军队，其他对象也能进行传送。

我可以用"空间支配"自由穿行于各地，而且可以立刻转移到苍影的分身或苍华等人的所在之处。我只要在过去时使用新型"传送术式"将难民集中到一处就行。

所以，会议结束后我忙得不可开交。

首先是让克鲁特的部队先过去修建野营地用以接收难民。

我打算把他们传送到被米莉姆夷为平地的兽王国首都。那里变成了一片广阔的荒野，身处其中十分显眼，但那里也是最适合布兵的地方。

接着，我又奔走于各地传送难民。

我在昨天夜里完成了所有人的传送，现在筋疲力尽也是在所难免的。

话虽如此，但我还是很精神的。

所幸当时法比欧跟着我，所以我没受到难民的怀疑。

拜此所赐，法比欧也快累趴下了。

我们分别时，法比欧说："我们传送得这么频繁，为什么你连

第三章
会战前夜

大气都不喘？而且你竟然能连续使用那么大规模的传送魔法，太离谱了。"

看那眼神，他已经把我当成了怪物，真是失礼的家伙。

我当然也很累。

估计法比欧现在正在克鲁特的部队搭的某座野战帐篷中呼呼大睡。

啊，法比欧的事无关紧要。

估计军队已经准备就绪，我得隆重地送他们出征才行。

我朝无人警戒的广场走去。

利古鲁德连夜在这里做好准备，他正活力十足地东奔西走。

我把利古鲁也叫了回来，他正跟着利古鲁德奔走，提供协助。

我剩下的工作就是将集结于此的人传送到兽王国的野营地。

这事结束之后，我计划为后天晚上的魔王飨宴做好各项准备。

我来到广场后看到士兵们正列队等着我。

三兽士苏菲亚和阿尔薇思率领着一万兽人。他们穿着不统一的零散装备，但这是没办法的事。我们改造了多余的装备提供给他们。

毕竟兽人基本都会"兽身化"，所以零散的装备比全身铠更适合他们。

我的部下列队在那些兽人旁边，他们将作为援军前往兽王国。

和与暴风大妖涡（卡律布狄斯）战斗时相比，我的部下无论是规模还是战力都有大幅提升。

红丸看到我后，站到我的身旁。

接着，他趁此机会向我说明了其他人的进化结果。

我进化之后，其他人自然也有变化。

"世界通知"说过会授予我灵魂系谱中的魔物祝福，这指的应该是被我命名的魔物。

对居民进行调查时，他们也有肉眼可见的变化。

红丸说道："我询问了城镇的居民，男性说自己体力有所提升，女性说自己皮肤变得滑嫩有光泽。我觉得这些事无关紧要——应该说是莫名其妙，不过也能看出他们变得更有活力了——"

众人列队时，红丸报告了居民的状况。有些人甚至明显变年轻了，大家都很感谢我。

他们都不是战斗人员，所以这次没机会出场。居民全部留在城镇里。

接下来就听听众战士的情况吧，他们才是关键。

专职战斗的人获得的能力（技能）各不相同，各部队都获得了具有自身特色的能力（技能），产生了不同的变化——实在令人期待。

首先是最早追随我的部下。

哥布塔当队长的狼鬼兵部队（哥布林骑兵），那些人鬼族（大型哥布林）骑的星狼族只有在特殊条件下才会出现。

他们真的是大型哥布林吗？

他们的种族肯定叫大型哥布林，但我觉得他们本质上已经是另一个种族了。

他们竟然获得了高阶技能"同化"，这是一种稀有能力（稀有技能）。

这项能力（技能）可以让大型哥布林直接和星狼合体，这不是人马一体那种形态。他们使用"同化"之后，可以用四肢进行高速

第三章
会战前夜

移动，成为强大的战士。

合体之后，他们的实力能到 A⁻ 级。

这是专门用于对付个体的形态，虽然评定等级不到 A 级，但战斗能力非常高。如果有数人协力，就算是对阵 A 级的魔人也能赢。

重点在于狼鬼兵部队（哥布林骑兵）是一个整体。

他们在沟通方面有保证，而且训练有素。毕竟他们是由白老亲自指导的。

这支部队由一百名能够紧密配合的强大战士组成，其恐怖可想而知。

他们的战斗力非常值得期待，可惜无法用人类制定的等级来划分。

接着是红丸的亲信。

我当了鸠拉大森林的盟主之后，有战斗能力的魔物也增加了不少，值得一提的是三百名大鬼族（大鬼族）。

其中战斗力较高的是最初向我求助的村子里出身的年轻人。据说他们一直很崇拜红丸，于是在得到祝福后进化了。

这事太令人意外了。

也有命名的战士主动报名加入。他们的实力与低阶魔人相当，非常靠得住。

就算是没有智慧的野生大鬼族也有 B 级实力。而他们不仅全副武装，还学会了技术。

这些人不可能不强。

这些人是红丸的直属亲卫队，我给他们取名"红炎众"。他们每个人的实力都相当于 A⁻ 级。

接着是红丸率领的主力部队。

主力部队由约四千名大型哥布林构成，他们的进化方向很有趣。他们竟然获得了"操纵火焰"和"热量变化抗性"，变成了火属性。

这一变化令人吃惊。他们每个人都有相当于B级的实力，是攻击特化的强袭部队。

其实这些大型哥布林的名字都和绿有关，因为他们的肤色是绿色的。

也不知道是谁起的名字，真希望那人能有点远见。

"提示。给他们命名的是主人。"

我知道！！

没想到会在这时候吐槽，这家伙真讨厌。

话说回来，我当时也不可能会知道现在的事。

魔物的进化真是不可思议。

由于队员的名字都和绿有关，所以我也给部队取名绿色军团。

将错就错也很重要。

因为他们是红丸的部下，所以我也想过让他们统一着红装，但现在这样也别有韵味。他们施展的火焰攻击和颜色一点也不搭，就把这当成一个误导性的名字吧。

我打算让他们把装备染成绿色，驰骋沙场。

接下来是与绿色军团合称双璧的克鲁特部队，成员都是由猪人族（高等半兽人）进化而来的。

他们全员获得了高阶技能"刚力"和"铁壁"这些专门强化身

体的能力（技能）。而队长级的人获得了高阶技能"操纵泥土"，可以随意操纵土壤。

这就是克鲁特之前提到的能力（技能），似乎可以用来挖战壕。

而且他们全员都拥有高阶技能"全身铠化"，这是一支防御特化的部队。

他们也继承了我的不少耐性。他们除"物理攻击耐性"外，还有"痛觉、腐蚀、电流、麻痹"耐性。

他们还配有风涡楯鳞盾（Charis Shield），这是特异级（独特）装备，附有魔法防御效果，是我之前给卡巴鲁的盾牌的完成版。

也就是说他们拥有完全的防御，物理和魔法都无法对其构成威胁。

老实说，再用紫苑的料理把他们锻炼出毒素耐性怎么样？这个想法还是留在我心里吧。

能得到大量暴风大妖涡（卡律布狄斯）的盾鳞真是走运。这些盾是伽卢姆加工出成品之后，黑兵卫再大批量复制出来的，真要感谢那些工匠。

这是一支强大的军团，每个成员都有 B 级实力。光是全员都有特异级（独特）装备这一点，就足以让他们凌驾于普通军队之上了。

这简直是一支开了挂的防卫部队，人数为五千。

志愿兵陆续增加，其规模也在继续增长。

他们平时在施工，但在有需要时可以迅速转变为军团。

这是一支铁壁军团，可以抵挡任何攻击。

这支军团的正式名称为黄色军团。

接着，是加维鲁率领的百名龙人族。

龙人族的能力天生较高，A⁻级的实力稀松平常。

得到我的祝福之后，他们觉醒了更强大的龙之血脉。他们获得了固有技能"龙战士化（Dragon Body）"。

另外，他们获得了"火焰吐息"或"黑炎吐息（Thunder Breath）"其中之一，有了远距离攻击手段。

加维鲁同时掌握了这两种吐息，他果然很优秀。

他们目前还没搞懂"龙战士化"这项技能。

"提示。固有技能'龙战士化'是……"

啊，我不需要说明。

既然已经知道我无法使用，那说给我听也没意义。

如果加维鲁他们真想掌握这项技能，他们应该会自己努力搞清楚的。我认为未通过努力取得的力量没有意义。

哎，我的技能？

我有究极能力（究极技能）"智慧之王（拉斐尔）"，只要有智慧之王（拉斐尔）的帮助，所有困难都不是问题。

智慧之王（拉斐尔）是我的技能，从某种意义上说，这就是我的努力。因此，说我也很努力，一点也不为过。

这就是加维鲁君和他的同伴们。希望他能在面临危机之前掌握这项技能！虽然我的态度有些随意，但希望他们能够努力。

即便如此，加维鲁他们也是不可多得的部下。

他们还拥有飞行能力，来自空中的吐息攻击可不是闹着玩的。

他们甚至拥有所有耐性，这是他们种族的特性。

他们拥有硬度堪比钢铁的鳞片，而且还穿着魔钢制的胸甲

（Breast Plate），无论是剑还是魔法都无法贯穿他们的防护。

光是会飞这一点就能让他们拥有压倒性的优势，而且还有如此强大的防御力。

速度、攻击、防御——他们齐备这三大要素，是万能的突袭部队。

我正式将他们命名为"飞龙众"。

虽然只有百人，却是我国最强的部队。

最后是一支新设立的部队。

这是我的亲卫队，由紫苑率领，由约百名死而复生的人组成。

虽然死者中也有孩童，但他们复活后迅速长成了一名青年。估计是无力战斗的不甘促进了他们的成长……

他们得到的能力是高阶技能"完全记忆"和"自我再生"。这两项能力（技能）相性非常好

有了"完全记忆"之后，就算身首异处，记忆也会保留在星幽体中，只要在此期间进行"自我再生"就能死里逃生。

也就是说，他们得到了猪头帝那种令人惊异的回复能力。

如果"自我再生"进化为"超速再生"的话，他们基本就是不死之身。他们一共百人，可谓天下无敌。

而且由于得到了可怕的回复力，他们有恃无恐，毫不畏惧紫苑凶狠的特训。

顺带一提，前不久还是个孩子的少女说过："反正我们不会死！"这话让人无言以对。

我都不知道到底该不该叫他们加油。

他们现在的实力不过是C级，但我有预感，用不了多久，他们就会成为国内最强的部队。我将部队命名为"紫克众（复生者）"。

紫即为死，这名字的意思是克服死亡之人，很适合他们。

我听完了报告。

在我进化的影响下，他们自身的努力开花结果，有了大丰收。

我最初的感想是他们的战力有了相当大的提高。虽然这支军队总数不足一万，但应该能轻松击溃敌方军队。

他们在数量上不如被我歼灭的法尔姆斯军，但在战力上有压倒性的优势。

哎呀，真是一个令人震惊的报告。

美中不足的是人数较少，但也只能在国力允许的情况下慢慢扩军，常备战力有一万也足够了。

而且，我们还留有预备战力防卫城镇。这支部队由来自鸠拉大森林各地的人组成。

他们的训练严重不足，所以我这次没让他们参战，但经过训练之后，他们也是一份不可忽视的战力。这是今后的课题。

红丸的报告就此结束。

*

虽然人数不多，但我整整齐齐的一万部下是核心主力。兽人战士也有一万，一共两万军队整装待发。

紫苑的部下"紫克众（复生者）"是我的亲卫队，所以他们在一旁待命，不在大部队中。毕竟他们这次要留守，和大部队站在一起只会碍事。

"利姆鲁大人，已准备妥当。"利古鲁德向我报告道。

他夜以继日地四处奔走张罗，所以我向他表示了感谢。

利古鲁德带着满足的笑容说："区区小事，不足挂齿。"

第三章
会战前夜

既然准备已经完成，那就赶紧进行"传送"吧。

"啊，阿尔薇思小姐——"

"利姆鲁大人，叫我阿尔薇思就好。"

听到我的话，阿尔薇思答道。

我本想礼貌一点，但这反而引起了她的混乱，看来我要下决心改掉这个说话习惯。

"好，阿尔薇思。我已经让贵国的人集中在那边了，请你把我们的计划告诉他们。我估计法比欧正在组编部队，之后就有劳你了。"

"明白。我们绝不会忘记您的恩情。"

阿尔薇思对我深深地鞠了一躬，苏菲亚和其他兽人也跟着她低下了头。

这是他们的谢意，我忍耐着那股如威压般的沉重压迫感。

"太好了，利姆鲁大人。这样一来就没什么可担心的了，我们会击溃克雷曼那些手下。克雷曼就让给利姆鲁大人了，请连我们的仇一起报。"苏菲亚笑着说道。

她虽是个美女，但表情十分可怕。

阿尔薇思也一样寒气逼人，看来她也赞同苏菲亚的话。她气势十足，就等着之后大干一场了。

光是兽人就有两万军队，也许不用援军，他们也能赢，但人越多越好。

兽人的数量比克雷曼军少，加上我们的援军之后，就是三万克雷曼军对阵三万联军。

数量相当，但我们这边单兵战斗力更强，胜利必然属于我们。

问题在于……

"红丸，作战计划没问题吧？"

昨晚，在我四处奔走集合兽人时，红丸他们再次讨论完善了作战计划。计划的大方向没有变化，但现在无须分散战力四处援救难民，所以需要调整细节。

"嗯，没问题。既然克雷曼的目标是兽王国的居民，那我们佯装撤退也会有效果。"红丸带着坏笑答道。

嗯，我也觉得这计划没问题。正面交锋会出现死伤，没这个必要。

"嗯。我也和红丸阁下讨论过，现在我们也有转移阵地的余力，所以把战斗往后推一推。"阿尔薇思拨弄着手中的金色锡杖，开心地说着这个计划。

看来不会有问题。

如果无法在魔王飨宴开始前达成目标，估计克雷曼会发火的，至少会苛责部下。

指挥官也担心自己会受到苛责，如果他急得乱了阵脚，那我们就赚到了。

"部队将会在鸠拉大森林的入口处迎敌。那片荒凉的大地是我的故乡猪头族（半兽人）王国欧比克，如今我们的王国已经覆灭，就让那些家伙葬身在这片遗址吧。"

克鲁特的话里似乎包含怨念。

他们的国家因为克雷曼的阴谋覆灭，那里将成为决战场。

不得不感叹个中因缘，这就是因果报应吧。

作战计划很简单——故意让克雷曼军看到难民逃往鸠拉大森林，我军击溃追击的敌人，仅此而已。

智慧之王（拉斐尔）在我脑中的模拟是完美的。得到苍影他们搜集的情报后，它再现了当时的情景，并描绘了不久之后的预想图。

我用"思维传递"向其他人分享这些景象，所以所有人都能轻

第三章
会战前夜

松掌握状况。

我们最初的计划是在保护难民的同时诱敌深入,然后将其围歼,但现在我们决定改用行动迅速的人当诱饵。这样可以减少被各个击破的风险,作战的成功率自然也会大幅提高。

重点是要等敌人深入之后再将其歼灭。

我并不想赶尽杀绝,但放敌人逃走的话,他们卷土重来就麻烦了,要彻底铲除后患。

"红丸,你懂吧?"

"那是自然。我会让他们见识到地狱,让他们不敢再次来犯。"

红丸应道,他的笑容实在太棒了。

啊,看这表情,他不会放过敌人。

"红丸,别手软!"

"呵呵呵呵。垃圾就应该尽早清理,否则会发臭的。"

紫苑和迪亚波罗鼓励红丸。

鼓励这个词好像不大准确,不过还是别管了。

这两人也想参加,真是好战的家伙,但他们不能去。

紫苑要留下来和我一起为魔王飨宴做准备。等他们出发之后,迪亚波罗也要去颠覆法尔姆斯。所以,他们无法参加这次战斗。

剩下的就交给红丸,我就等他的捷报吧。

"如果有事要立即向我报告。那我送你们出发,要凯旋!!"

"是——!我们必将得胜归来!!"

众人的视线停留在我身上。

我用金色的瞳孔看了看所有人,然后展开了魔法阵。

这魔法昨晚用了很多次,我已经很熟练了。

两万军队的脚下出现了巨大的魔法阵,并层层上升。

正方形的内部是我无法解读的几何学图案。

这毕竟是两万人,同时传送他们必须拥有相当大的集中力和魔力。我的魔素量(能量)渐渐减少,但经过估算,我的魔素绰绰有余。

虽然说起来,这像是别人的事,但我进化时,魔素量(能量)的增长也大得离谱。

过了五分钟……

全员直立不动,等待传送术式完成。

在正方形升过全员头顶的瞬间——出现一阵炫目的闪光,军队消失了。

传送完毕。看来我已经成功把他们平安送了过去。

顺带一提,昨晚进行第一次传送时,我非常紧张。

我担心夜里的眩目闪光会引起克雷曼军的注意,很焦急。

之后,我在传送的同时使用了暗幕弹(Blind)魔法,掩盖了魔法阵的闪光。

任何细节都有可能导致失败,疏忽是大忌。

这次传送没必要遮掩,于是就有了这幅壮丽的画面。

"利姆鲁大人,非常完美。真是华丽的术式!"

"是啊,我都被迷住了。"

听到迪亚波罗的赞美,紫苑也用奉承的话与之对抗。

看样子,迪亚波罗非常喜欢魔法。等有空的时候和他一起讨论魔法吧,说不定他知道我不了解的魔法。

至于紫苑,希望她别再嫉妒周围的人了,胡搅蛮缠会惹出麻烦的。

我边想边对这两人点头,接着我们一起离开了。

第三章
会战前夜

大部队离开后,维鲁德拉轻飘飘地走了过来,他好像很无聊。

接着,他说了一句傻话:"利姆鲁,我去击溃敌人吧?"

这人在开会的时候果然没听我们说话。

"所以说!我不是说过了吗?在魔王飨宴开始前,你的事要保密。如果你去胡闹,那还保什么密!!"

"啊哈哈哈,这样啊。我一不留神把这事忘了。"

你给我留点神啊!

他真是个让人头疼的大叔。

我给他准备了大量漫画,应该没问题吧?

他似乎会搞出什么事,我很不放心。

我觉得应该对他进行严密监视。

那天中午,尤姆一行也启程了。

他们会在途中积极帮我们宣传维鲁德拉复活的事,会让这个传闻在各村庄间广为流传。

我的真实目的自然是要让克雷曼知道这件事,估计他一直在窃听情报。

我送他们离开时,在心中期盼克雷曼能尽早知道这件事。

迪亚波罗说过:"我很快就会回来,请放心。"

这家伙到底有多瞧不起法尔姆斯王国?这话反而让我担起心来,但我还是决定把这事交给他。

任何人都免不了失败,真有问题的话,到时候再考虑就行。

之后,盖泽尔也启程回矮人王国了。他走得很急,众大臣似乎生气了……看来影武者果然出了问题。

我觉得这也正常。

我可不能学他，偷溜出来的时候一定不能被发现。

我看着盖泽尔离去的背影想道。

又过了一天……

红丸发回报告，行军一路顺畅，但也不是没有问题。

带着三万大军再加上难民，行动会受到限制。顽强的兽人和人类不同，所以速度也不算太慢，最终抵达了目的地……

放心，我已经想好了对策。

"等做好接收准备之后，就把非战斗人员传送到魔国联邦（特恩佩斯特）的城镇。"说着，我拍了拍红丸的肩膀。

"啊……原来还有这一手……"红丸低吟道。

他一副懊恼的表情，似乎在想自己早该想到这个办法。

不不，这个传送术式消耗的魔素量（能量）可不小。传送的人越多，消耗就越大。

昨天，我传送完军队之后已经没有余力再传送两万人了。这项魔法无法那么频繁地使用，所以我们不能浪费机会。

而且这项术式是颠覆已有常识的新要素，估计与之相关的战术将会越来越多。我估计能以这么大的规模施展这项术式的人不多，我们应该能保持住这项优势。

总之，昨天在送走联军之后，利古鲁德准备了住宿场所，所以我决定把难民传送过来。

既然这样就赶快行动。

被传送过来的人已经习惯了这里，他们的适应性似乎很好，竟然所有人都没有不适的反应，实在令人佩服。

我让利古鲁德带他们熟悉环境。

第三章
会战前夜

　　从昨天开始，我一直埋头于某项工作。我要努力赶在魔王飨宴之前完成，所以在心中祈祷不要出现意外。

*

　　之后一切正常，顺利到了魔王飨宴当天。
　　我在午饭前完成了准备工作，午饭后将进入最终阶段。
　　看来赶得上，这我就放心了。
　　"利姆鲁，这个……"
　　"怎么样，很厉害吧？"
　　"你是天才嘛！！"
　　你谁啊……我很想吐槽，但现在没这个精力。
　　我必须为晚上的飨宴养精蓄锐，所以菈米莉丝，我只能无视你那蠢话了。
　　午饭过后就进入准备的最终阶段吧。
　　我把完成的作品收进"胃"中，前往托蕾妮居住的树人族村庄。
　　维鲁德拉也想跟来，我让他这次先忍一忍。虽然我觉得不会有人来攻击我们的城镇，但还是希望他留下来以防万一。
　　现在，魔国联邦（特恩佩斯特）的城镇处于"结界"的保护之下。这可以防止克雷曼的窃听，但也不好随意行动。
　　我向维鲁德拉保证下次会和他一起去，然后和菈米莉丝、托蕾妮一起出发了。
　　我让贝雷塔留下来陪维鲁德拉。
　　真对不住贝雷塔，我估计他会被维鲁德拉折腾得够呛，下次得慰劳慰劳他。
　　接着，我用"空间支配"离开了。

抵达村庄后，我看到了虫形魔兽雅皮托和泽奇恩。

雅皮托刚被我救下的时候，体长只有三十厘米左右，但现在已经长到了五十厘米。看她这么健康，我很开心。

而泽奇恩已经长到了七十厘米。他现在非常强，弱小的魔物甚至不敢靠近他。

这附近的魔物都不是泽奇恩的对手，所以他的实力还是个未知数。我曾叫他小心为上，不要逞强，估计他也不会随便和其他魔物战斗。

泽奇恩有自知之明。他不会像哥布塔和加维鲁一样得意忘形，实在让人放心。

雅皮托发现我后，开心地朝我过来，把蜂蜜给我。

"谢谢，这可是好药！"我迫不及待地尝了一口。

蜂蜜是最适合用来消除疲劳的，真不愧是超稀有的万能特效药。

"喂，利姆鲁……不对，利姆鲁先生？我有一个疑问……"菈米莉丝焦急地说道。

"什么问题？"

"那……那个魔虫难道是军团蜂（Army Wasp）？"

"不清楚，怎么了？"

"不清楚？你这家伙——！"

菈米莉丝意外的表现太夸张了，就算是军团蜂，那又怎么了？

"利姆鲁大人，这位女士说得没错，我是军团蜂中地位最高的女王丽蜂（Queen Wasp）。需要我召唤部下吗？"

哦，听起来好像很厉害，可现在应该不需要。

"只要这个村庄没有危险就好。如果你需要同伴的话，也可以征得树人们的同意召唤部下。"

第三章
会战前夜

"那倒不用，既然如此，那就先算了。"

说完，雅皮托开心地飞走了，只留下了嗡嗡的振翅声。

这声音既凶恶又美丽，似乎单凭这声音就能把人划伤。难道军团蜂是种危险的魔兽？

不，不会危险。雅皮托一直在为我采集蜂蜜，她不可能是危险的魔兽。

而且还有泽奇恩在。

泽奇恩默默地对我行了一个礼，跟着雅皮托离开了。

他身上带着王者风范，仿佛是一只虫王。

我有预感，他以后还会更强，甚至会进化。到那时，我想招他当我的部下。

我转过头，发现托蕾妮正在劝慰哑口无言的菈米莉丝。

"你说得没错，她是军团蜂，而且是女王。"我对菈米莉丝说道。

"我听到了！话说，你这家伙……算了。我感觉无论你身上发生什么都不足为奇。话说回来，另一只也……不，不会的……"

她说了一些莫名其妙的话。

现在没时间和她纠缠，还是别管这事了。

菈米莉丝总是大惊小怪的，估计那没什么大不了的。

我们抵达了目的地。

托蕾妮的本体——大灵树（德律阿得斯）下。

我从"胃"里取出了完成的作品，那是色泽暗淡的宝珠。

这宝珠既没有光泽，也不会发光。这是一个散发着强大力量的替代品。

至于它的用途……

托蕾妮，应该说所有树妖精是妖精的末裔，是精神生命体，需要与树木融合取得肉体。她们可以随心所欲地让精神体脱离肉体，并用魔素构筑临时肉体。

但不管怎么说，她的本体都是大灵树（德律阿得斯），也就是树木。

据说魔王飨宴的会场是一个特殊空间，托蕾妮有可能无法进入。于是，我决定做个大手术，让她的本体可以自由行动。

和没有肉体的贝雷塔不同，托蕾妮在现世拥有身体。因此，要想让她的精神体固着在新的身体上，就必须将她的核从现在的身体转移到新的身体中。

至于新的核，我有头绪。

准备好素材并满足特定条件就能创造出"圣魔核"。我刚才取出的宝珠就是那个"圣魔核"的容器。

从魔物的核中提取出"魔晶石"，并将魔素抽光之后就成了这样。制作无属性的宝珠很困难，我经历了多次失败。制作这个容器还需要多种素材，昨天集齐素材之后全部被我消耗掉了。

创造"圣魔核"时必须将等量的灵气与妖气注入容器中让它们融合。

贝雷塔只要将同质同量的气反转就能完成，但托蕾妮不行。所以在托蕾妮向这个容器中注入灵气的过程中，我要在一旁根据她的灵气调整自己的妖气，将同质同量的妖气注入其中。

这时候就需要智慧之王（拉斐尔）出场了，我们就这样开始了实验。

开始的信号一响，托蕾妮就毫不犹豫地化作灵气，慢慢将自己装入容器中。我也紧跟她的步伐，将妖气装入其中。

第三章

会战前夜

这是一项精细的实验,但整个过程不能有一丝差错。

大灵树(德律阿得斯)的生命力流失,渐渐枯萎。与此同时,宝珠开始忽明忽暗地闪烁,犹如心跳的律动。

光与暗交织在一起,形成螺旋。

接着——

宝珠渐渐出现了淡绿色的光辉,燃起了生命的灯火。

"提示。个体名——托蕾妮的属性混杂,但'圣魔核'已制作成功。"

这和我的计划一样。

"成功了。这样一来,这个珠宝就成了托蕾妮的本体。"

"谢谢你,利姆鲁大人!!"

"谢谢你,利姆鲁!这样一来,我就可以带托蕾妮去了吧?"

"嗯,这样应该没问题了。不过我感觉……"

现在,她的精神体不用和本体分开,就算去异空间也不会切断二者之间的联系,但我总觉得缺了点什么。

"托蕾妮,你原来的本体——这棵树可以给我吗?"

"当然没问题。您可以随意处置。"

我向托蕾妮道谢之后,立即着手进行刚才想到的事。

"你想做什么?"

"你看着吧!"

我把树砍倒、加工、削切,仿照人体部位做成了一个个精细的人偶部件。

"哦,哦——!!这难道……难道是……"

菈米莉丝见过我制作贝雷塔的情景，她应该看得出我想干什么。

是的，我打算用长期浸染托蕾妮魔力的大灵树（德律阿得斯）给她创造一个临时肉体。

三小时后……

从午后到现在，人偶（Doll）终于完成了。

木材的芯用魔钢进行强化，表面全部被打磨光滑。手感惊人得舒适，可以说这个完成度非常高。

"哦，这难道是……"

托蕾妮也显得十分惊愕，她极少吃惊。

"怎么样？做得不错吧？如果你不嫌弃，就用这个当身体吧。"

不用听答复，我也知道结果。

菈米莉丝非常开心，托蕾妮不用我劝就……

托蕾妮也很感激，她边向我道谢，边依附到新的身体上。

从这时起，这个人偶就成了托蕾妮的本体。

就这样，完全独立的树妖精诞生了。

"圣魔核"可谓魔物的心脏，它一寄宿到人偶身上就迸发出魔力传遍树干表面的每一个角落。接着竟然发生了一件令人惊异的事，人偶表面白色的木纹淡去，变得和人的皮肤一样细腻。

不，比人的皮肤还好，这是超越人类的美。

贝雷塔的脸部有骨骼构造，但这次不同，托蕾妮的头部只是参照她本人外貌做的木雕。可是，托蕾妮一依附上去，就有了惟妙惟肖的表情，和人类一样。

虽然是木雕，但可以张口，也能眨眼。

其原理尚不明确，我只能说魔物一切皆有可能。

也许是因为这本来就是她自己的身体，所以看上去很协调，这大概是原因之一吧。总之，我临时起意的手术获得了巨大的成功，效果比我预想的要好。

不知为何，连她的实力也变强了。

我的妖气在装入容器之前经过智慧之王（拉斐尔）的精确调整，所以形成"圣魔核"之后能和托蕾妮的灵气完全同步。换而言之，托蕾妮的魔素量翻了一倍。

由于同时拥有圣与魔两种属性，托蕾妮好像获得了新能力（技能）。她现在的魔素量比紫苑还高，在我的部下中，紫苑的魔素量（能量）是最高的。

她无疑比猪头帝更强。

虽然不及魔王卡利昂，但也有种风格迥异的可怕实力。

托蕾妮的实力似乎与 S 级的灾祸级相当。

可她不是魔王，所以只能停留在灾厄级，也就是特 A 级……

这是自由组合规定的等级，不适用于这样的特殊魔人。我认为她应该算准魔王级。

灵树人偶妖精（Dryas Doll Dryad）——这是有智慧的魔物，足以匹敌魔王之种。这样一来，托蕾妮就转变成了追随菈米莉丝左右的强大魔人。

估计智慧之王（拉斐尔）也没想到她会变成这样吧。

"说明。这在我的预想之内。"

看吧，它也说它很意外。

它这就叫嘴硬。

"……"

智慧之王（拉斐尔）没有辩解。

我取得精神上的胜利之后，向托蕾妮的姐妹们道了别。

托蕾妮的妹妹托莱娅和托丽丝一脸羡慕地看着我们进行手术。她们是鸠拉大森林的管理者，一直很努力，把这手术作为给她们的褒奖也不错……不过现在暂且保留。

等顺利搞定魔王飨宴的事，回来之后再考虑吧。

如果她们都去侍奉菈米莉丝，鸠拉大森林就没有管理者，那我就头疼了。

我边想边回到城镇。

一切都已准备妥当。

我突然抬起头，空中没有月亮，只有美丽的繁星在闪耀。

对了，今晚是新月。

在这美丽的夜空下，开战的钟声敲响了。

与此同时——

我在这星光之下，奔赴自己的战场。

幕间

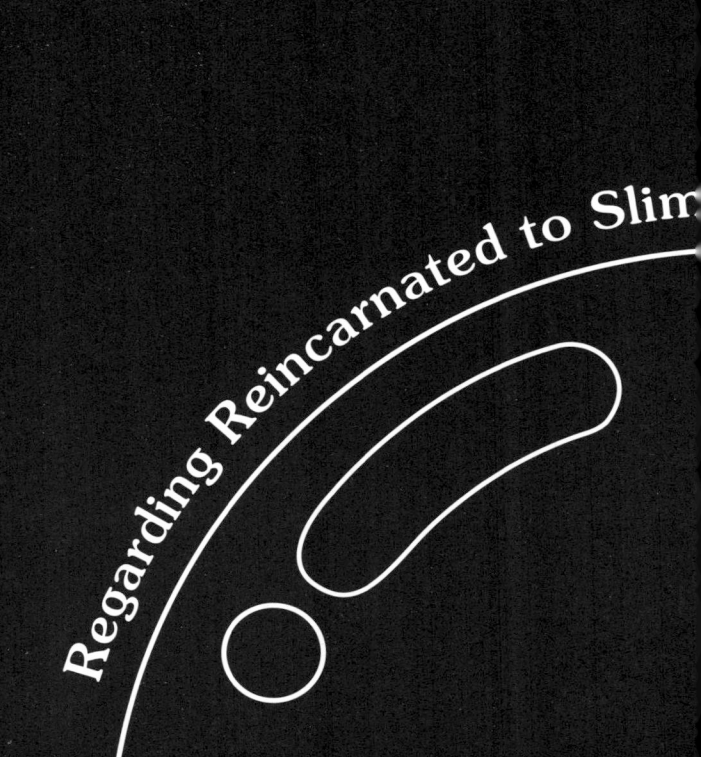

众魔王

Regarding Reincarnated to Slim

魔王克雷曼单手拿着葡萄酒杯等待那一刻的到来。

他在等待当晚的魔王飨宴。

接着，克雷曼露出非怒非笑的表情在脑中分析那几个情报。

首先是一条坏消息。

他无视了朋友拉普拉斯的忠告，攻击了兽王国犹拉瑟尼亚。可是一个人也没发现，他的军队白跑了一趟。

指挥官雅姆萨的报告激怒了克雷曼，但现在还不清楚原因，胡乱下命令也无济于事。于是，克雷曼让雅姆萨谨慎地继续搜索，不要分散兵力。

后来，他们发现了慌忙逃亡的民众。

接到这个报告时，克雷曼毫不犹豫地下令追击，同时派出斥候搜查是否有其他人藏在周边。

斥候发现那附近还藏着数百居民，于是他让军队一并解决那些人。

然而，那些人第一时间逃走了。

克雷曼觉得事态可疑，于是又派人进行调查，结果发现有数千难民正有组织地向鸠拉大森林方向逃亡。

那些藏起来的人不过是掩护大部队逃亡的诱饵。

（雕虫小技！）

这时候，克雷曼才明白为什么兽王国中一个居民也不剩。因为他们已经开始大规模逃去投靠利姆鲁了。

幕间
众魔王

　　而那些正在逃亡的人也察觉了克雷曼军的动向，他们打算放出诱饵以便逃命——克雷曼是这么理解的。

　　克雷曼想在魔王飨宴之前收割足够的灵魂，但现在他不得不接受失败的事实。这事让克雷曼十分不快。

　　"雅姆萨，魔王飨宴马上就要开始了。出动全军，在我回来之前截住他们。把想逃的人统统消灭，剩下的人带到我面前来！！"

　　"请拭目以待，我一定完成任务！！"

　　听到雅姆萨的回答，克雷曼点了点头，但觉醒赶不上魔王飨宴已成定局。

　　克雷曼不快地想着，结束了魔法通信。

　　另一方面也有好消息。

　　克雷曼一直在利用地脉（电波信号和地磁场）搜集情报，没人能看穿他的能力。因此，克雷曼掌握了大量的情报。

　　这正是克雷曼被称作"人偶傀儡师"的原因。

　　克雷曼刚获得这项技能的时候只能干涉目所能及的人。但经过不懈努力，这项技能已经成长为支撑克雷曼的核心力量。

　　那份力量——专属技能"操演者"——可以监视广阔的区域并将信息转化为密文发送回来。他可以派出受自己庇护或影响的部下，利用其耳目获取情报。

　　他得知了"暴风龙"维鲁德拉复活的消息。

　　这本身是件对他不利的事，但那些人类的话很有意思，那些人似乎和暴风龙说过话并活了下来。

　　他窃听了一伙从魔物城镇出来的冒险者装束的男性的对话，其内容令他非常意外。

那些人说，法尔姆斯军没有被自称森林盟主的利姆鲁歼灭，那事是暴风龙的复活引起的，现在法尔姆斯军全军不知所踪。

而且那个暴风龙刚刚复活，丧失了大部分魔素量（能量）。

鸠拉大森林没有出现巨大魔力反应也证明了这话的真实性。另外，那些冒险者能幸运地活下来也从侧面证明了这件事。克雷曼是魔王，如果"暴风龙"维鲁德拉真的复活，他不可能不会发现。所以克雷曼相信了这个传闻，认为维鲁德拉失去了力量，与法尔姆斯军战斗已是他的极限。

克雷曼一直在琢磨这两条情报。

（现在要讨伐邪龙也很容易，甚至还有可能收他为部下……）

克雷曼幻想着。

邪龙似乎将魔物建造的城镇当成了自己的巢穴，克雷曼难以搜集那个地区的情报……但他认为没必要着急。

他估计邪龙无法在两三天内恢复力量，所以可以等魔王飨宴结束之后再慢慢处理这件事。

（最坏的情况下还可以派米莉姆去。更重要的是，现在……）

克雷曼将注意力集中到魔王飨宴上。

如果克雷曼不过分依赖米莉姆力量的话，或许他也能注意到。

这事有几个反常的地方。

至今为止，敌方无一人战死，这很不正常。而且本应四散在各处躲藏的人也已经会合。

克雷曼是个谨小慎微的人，却忽略了这些至关重要的情报。

可惜，在现场指挥的不是克雷曼，而是雅姆萨。而且克雷曼一

幕间
众魔王

心想着即将开始的魔王飨宴。

魔王飨宴意义重大,确实值得他如此关注。

以家里蹲著称的魔王菈米莉丝突然声称有个追加事项,她提出让这次议题的当事人利姆鲁参加。

这事超出了克雷曼的预想,他一时无法做出决断。

在他愤愤地思考对策时,其他魔王已经爽快地接受了这个提案。事已至此,他想反对也没用了。

不过这反而给他创造了一个好机会。

(不,这也不错。我要揭穿利姆鲁狐假虎威的事。他宣称他一人打败了法尔姆斯的军队,以此虚张声势,但我会公开真相。)

想到这里,克雷曼微微一笑。

既然利姆鲁要参加魔王飨宴那就欢迎他来。

克雷曼想在其他魔王面前,让利姆鲁见识一下力量的差距。

(假借邪龙之威的利姆鲁!那我就亲手击败你吧,这是你的荣幸。)

克雷曼幻想着自己的高光时刻。

然而他疏忽了。

他忽略了战场上那细微的异常。

你也要小心行事。现在这时候可不能胡来,你千万不要大意。

朋友的话从他脑中一闪而过。

克雷曼心中萌生了些许不安,他觉得自己忽略了什么,但他只是付之一笑。

(拉普拉斯,别担心。我会赢的。)

接着,克雷曼一口气喝光了葡萄酒,以此浇灭心中的不安。

◉

芙蕾淡定地等待魔王飨宴。

世事无常,最初的计划已被彻底打乱。事到如今,一切都成了未知数,谁也不清楚事态最终会如何发展。

但芙蕾没有慌。

芙蕾有自知之明,她总能冷静地判断事物。

这就是"天空女王"芙蕾的处世之道。

事态凶吉难料,如果往坏的方向发展……

到时候,芙蕾可能也要拿出亲自行动的决心。

这一切始于那一天的某个约定。

为了打倒暴风大妖涡(卡律布狄斯),她接受了克雷曼的提案,代价是芙蕾要答应克雷曼一个要求。

……

几个月前,米莉姆曾上门找过芙蕾。

啪——!

米莉姆用力推开门闯进了房间。

她总是这样,芙蕾已经习惯了。

米莉姆进门之前,芙蕾就感觉到有一股不加掩饰的强大妖气在靠近,只有米莉姆才会这样。

米莉姆走进房间打了个招呼。

"呀,芙蕾!今天也是好天气啊!"

幕间

众魔王

她满面笑容，根本不顾芙蕾现在是否方便。

米莉姆用手梳理自己美丽的粉金色头发，似乎想炫耀什么。

她的手上戴着一个芙蕾从未见过的东西。

那不是戒指，是保护着四根手指的拳套，这东西一点也不适合少女。不过这拳套很适合米莉姆。

拳套上有龙形雕饰，蕴含着不凡的魔力。拳套握在米莉姆小小的手中非常自然。

"唔——是不是有点热啊？"米莉姆边说边用手往脸上扇风。

米莉姆平时从不在意冷暖，她的意图非常明显。

"啊，米莉姆，好久不见。看来你今天心情非常好啊。难道遇到什么好事了？"芙蕾顺着米莉姆的意思问道。

如果不问的话，估计要一直陪米莉姆演这场烂戏。

"嗯嗯，你看出来了啊？其实是因为这个，你看！"说着，米莉姆伸出双手，炫耀着那对拳套。

"哼哼！"她非常得意。

芙蕾无奈地在心里叹了口气。

"咦！这很适合你啊。这是哪儿来的？"

芙蕾估计米莉姆一直在等这个问题。

米莉姆煞有介事地卖着关子："你想知道吗？如果你无论如何都想知道的话，那我也可以告诉你……唔——到底说不说好呢？"

太烦人了。即便是和她认识多年的芙蕾也不由得冒出了这种想法。

"米莉姆，我们是朋友吧？你就告诉我吧！"

听到芙蕾这话，米莉姆两眼放光。

"是吗？我们果然是朋友啊！好，那我就告诉你！其实……"

听到期盼已久的话，米莉姆似乎很开心，她对芙蕾说了魔物城镇的事。

米莉姆非常得意，还换了好几套衣服给芙蕾看。

她从未如此开心过，就连芙蕾也藏不住心中的困惑。

米莉姆的话告一段落时，芙蕾明白自己现在该履行和克雷曼的约定了。

"对了，米莉姆，我有礼物要送给你这个朋友。你愿意接受吗？"

说完，芙蕾对侍女使了个眼色。

侍女把那个带了上来——紫色的布垫上托着闪耀着美丽光辉的耳坠。

那耳坠上镶着美丽的宝珠。即便是外行也能猜出这是稀世珍宝。

"嗯？这是耳坠吧？我可以收下吗？就算我收下它，也不会把这对拳套给你的，知道吗？"

听到这话，芙蕾忍不住露出苦笑。

"米莉姆，你就收下吧。这是我们友情的证明。是我给朋友的礼物，如果你不嫌弃，就戴上吧，我会很开心的。"

看到芙蕾带着柔和的笑容催自己戴上，米莉姆开心地点点头。

"那我就听你的！"

说着，米莉姆满面笑容地戴上了耳坠。

"已成功发动禁咒法：操魔王支配（Demon Marionette）。"

那一瞬间，米莉姆的表情变得十分呆滞。

她双目无神，意识的光辉从她眼中消失了。

耳坠释放出秘藏的魔力，禁断的咒法侵蚀了米莉姆。

幕间
众魔王

那耳坠正是克雷曼交给芙蕾的秘宝——支配宝珠。而让米莉姆戴上那耳坠正是克雷曼答应帮芙蕾的条件。

（好，我已经履行了承诺。这样一来，我就尽到义务了，可米莉姆她……）

芙蕾观察着米莉姆。

米莉姆面无表情地站着，就像一个带着能乐面具的人偶。

当时，有那么短短的一瞬，芙蕾感觉米莉姆青色的瞳孔看了自己一眼。

在那瞬间，芙蕾感觉到些许不自然。

难道，果真……

（嗯，是啊。应该是这样吧，米莉姆……）

啪！龙拳套从米莉姆的手上脱落了。

芙蕾看着这一幕叹了口气。

"结束了，克雷曼。这样就行了吧？"芙蕾对空无一人的房间里阴影说道。

"呵呵呵。辛苦你了，芙蕾。现在我得到了最强的人偶！哈哈哈哈——！！你瞧不起我这个新晋的魔王，结果你自己却落到这副田地。真丢人啊，米莉姆！！"

克雷曼大笑着揍了米莉姆一拳。

米莉姆柔软的脸颊又红又肿，嘴唇裂开了。

米莉姆平时处于多重结界的保护之下，但现在没了防护，所以也受了伤。

何况克雷曼是魔王，会受到伤害也是理所当然的。

克雷曼挂着淡淡的笑容打算继续攻击，芙蕾冷冷地对他说："我劝你最好住手。"

这幅情景实在令人看不下去，而且……

"哼！这可不是那种承受一定伤害就会解除的低级咒法。这是禁咒法，倾注了我浑身的魔力。她总是一副高高在上的样子，你也有积怨吧？所以你才会加入我的计划，不是吗？"

"你搞错了。我只是想履行自己的诺言而已。"

"别装模作样了。你别担心，这家伙现在只是人偶而已。而且她结实得离谱，只要没有彻底损坏就能修好。"

克雷曼踢飞了米莉姆，他眼中布满血丝。

芙蕾冷冷地观察着克雷曼的一举一动。

（丑态百出。这就是你的本性吧……）

这时，芙蕾在心里和克雷曼这个男人划清了界限。所以她决定凭自己的直觉行动。

"我说克雷曼，你好像还不知道，米莉姆有自我防卫能力。这是米莉姆亲口告诉我的，她说那项能力叫'狂化暴走（Stampede）'，会令她失去理智，进入狂暴状态。你要是想死我也不拦着，但别牵连到我。"

芙蕾这番话让克雷曼恢复了冷静，他不快地咂了咂舌。

"喊，这魔王也太离谱了。算了，反正利用这家伙应该可以提升我的话语权。芙蕾，你也是共犯。你就好好为我工作吧。"

"哦？我们之间应该是对等的关系吧？"

"蠢货！这个计划是我制订的。你现在已经是我的部下了。还是说，你想和米莉姆交个手？"

"你这是威胁吗？"

"哈哈哈哈！爱怎么想随便你，如果你不想死就别惹怒我。"

克雷曼那傲慢的说法简直可以用胡萝卜加大棒来形容。

幕 间
众魔王

　　不可否认，这确实是克雷曼制订的计划。米莉姆对"朋友"这个词没有抵抗的事也是克雷曼告诉芙蕾的，也不知道他是从哪儿弄到的情报。

　　芙蕾只是在履行诺言而已，不过芙蕾是能够确信某件事的前提之下才这么做的。

　　"我明白了。"

　　"那就好。反正你也不敢背叛我。只要你稍微帮我做点事，我就保证你'天空霸者'的地位。"

　　芙蕾没有退路。

　　她就这样成了克雷曼名义上的协助者——实际上是被操纵的人偶。

　　这是灭国之日几周前发生的事。

　　……

　　回想起当时的事，芙蕾轻轻叹了口气。

　　克雷曼控制了米莉姆之后凭借其压倒性的力量对芙蕾采取高压政策。

　　现在，芙蕾依然受制于克雷曼，被迫协助他。

　　芙蕾在心里自嘲，这也是自己自作自受。是她自己太蠢了，竟然会相信克雷曼，但她也抱着另一个想法。

　　虽然克雷曼是个狡猾的魔王，不能对他掉以轻心，但他过于相信自己的力量。

　　正因为这样，克雷曼才看不清事物的本质。

　　幸运的是，芙蕾的观察能力很好，能够看清本质。

　　这不是能力（技能）的效果，是她在与他人交流的过程中自然而然学会的。

　　在克雷曼眼里，他人不过是件道具，这种人绝对无法看透真相。

芙蕾相信自身的直觉，押下了赌注。

无论结局如何……

（克雷曼，你死期将至。）

芙蕾悄悄确认今后的行动步骤。

接着，她想起那个约定，露出了淡淡的笑容。

●

极寒大陆风雪肆虐。这片大陆四面都是永冻土的冰原，温度达到了零下一百二十度，几乎所有的生物都无法在此生存。

那座城堡矗立于大陆中央。

那是一座梦幻般的美丽宫殿。

那是使用无法想象的庞大魔力创造出的恶魔之城。

"白冰宫"——魔王奇伊·克林姆兹居住的城堡。

有个人在那座城堡的走廊上悠然地走着。

那人有着长长的金发和细长的眼睛。青色的瞳孔在那端正的五官上大放异彩。

通透的白色肌肤让这位美男子总被人误以为是女性。

他是魔王莱昂·克罗姆威尔。

他被称作"白金恶魔（Platinum Demon）"或"白金剑王（Platinum Saber）"。

他走动时十分自然，仿佛这是他自己的城堡。

他的前方是一扇大门，大门两侧有精美的雕塑。门后是谒见厅，这座城堡的主人正在里面等着他。

幕间
众魔王

莱昂的目的是拜访这座城堡的主人奇伊·克林姆兹。

莱昂一来到门前就有两个高大的恶魔推开了大门。

接着……

"魔王莱昂·克罗姆威尔大人驾到！"

站在大门内侧的美丽女性恶魔高声通报莱昂的来访。

大门内侧，强大的高阶恶魔分列左右。

他们每一个都是命名恶魔，而且都拥有肉身。他们的实力已经超出了高阶恶魔的范畴，轻松凌驾于高阶魔人之上。

所有恶魔都穿戴着魔法装备，而且都完成了固有的进化。

左右共计两百人以上。其中甚至有人实力足以匹敌特 A 级，也就是灾厄级。

但是，就连那些恶魔也……

魔王奇伊·克林姆兹坐在谒见厅伸出的宝座上，有六位强大的恶魔站在他面前。与那六位恶魔的威压相比，两侧的恶魔也变得黯淡无光。

那六位都是命名的高阶魔将（Archdemon）。他们的战斗力即便在灾厄级中也是出类拔萃，说不定已有接近魔王的实力。

然而，那六位强大的魔将也无权在这里随意发言，这里存在着无法逾越的身份壁垒。

刚才通报莱昂到访的绿发恶魔，以及正在为莱昂领路的青发恶魔，她们美丽的容貌仿佛是专为人类的欲望定制的。

那婀娜的身姿隐藏在暗红色的女仆装下。

绿发的叫米萨莉，青发的叫莱茵。

© Mitz Vah

幕间
众魔王

她们是代行者。

她们是随侍绝对统治者魔王奇伊·克林姆兹左右的两大恶魔。

这两位的等级是"恶魔公爵（Demon Lord）"，是与灾祸级相当的超级强者。

她们的力量足以匹敌魔王。

莱昂来到宝座正前方。

米萨莉与莱茵行了一个礼，站到奇伊左右。

与此同时，宝座的主人站了起来。

有资格在这里行动的只有两位魔王。

"好久不见啊，我的朋友莱昂。别来无恙，感谢你应邀前来。"

这声音优美通透。

鲜红的瞳孔中镶着金色与银色的星星，如火焰般起伏的头发是比血色更浓的深红。

他的身高与莱昂差不多。

莱昂有着女性般的美貌，而奇伊是那种难以接近的桀骜之美。

他妖艳的美貌散发着霸者的风度。

奇伊边对莱昂说话，边走下宝座的高台，来到莱昂面前。接着，他将手伸到莱昂背后，紧紧抱住莱昂。

莱昂皱着眉推开奇伊，一副厌恶的样子，和往常一样抱怨道："快停下。我对男人不感兴趣。我说过很多次了吧？"

莱昂带着为难的表情瞪着奇伊。

"啊哈哈哈，你这人总是这么没情趣。如果你喜欢，我也可以变成女的。算了，我们换个地方吧。"

奇伊愉快地说道，他不等莱昂回话就迈出了脚步。

这两人每次见面都是这幅情景。

在这极寒之地,奇伊的服装显得非常奇异。
他几乎就是披着衣服,大多肌肤直接暴露在空气中。
不过奇伊是恶魔,感受不到冷暖,所以这不成问题。
他用蛇信般的舌头舔了舔自己鲜红的嘴唇……那副模样散发着妖冶的魅力。
魔王奇伊·克林姆兹,是这座城堡的主人,最强最古老的魔王,被称为暗黑皇帝,是统治这片永冻土大陆的霸主。

奇伊不顾莱昂,径自往前走去,莱昂自然地跟在他身后。
在这两人离开谒见厅之前,其他人一动也没动。他们没资格随意行动。
所有人都低着头,等待自己的支配者及其宾客离去。
在确认莱昂已经离开之后,米萨莉和莱茵站了起来。
接着,响起了一句话。
"退下。"
莱茵对部下下达了简要的命令。
接着,米萨莉和莱茵也离开谒见厅去为客人准备茶水。
米萨莉和莱茵是这座城堡中地位最高的恶魔,但她们的工作只是服侍自己的主人魔王奇伊·克林姆兹。
而这份工作,在这城堡之中是最优先的。
她们迅速开始工作,免得引起主人的不快。
……
莱昂跟在奇伊身后进入了最上层的冰之露台。

幕间
众魔王

那里虽然通风,却没有一丁点冰雪。

那环境经过精心调整,十分舒适。

奇伊自己不受温度的影响,这里的环境是专门为莱昂调节的。

奇伊虽然傲慢,但他对自己认可的人或朋友十分细心。

莱昂在奇伊的引导下坐到了椅子上,同时在心中感慨这位朋友还是老样子。

那是冰做的椅子,莱昂却感受不到一丝寒意。

莱昂对此并不意外,他问道:"你叫我来有什么事?"

莱昂粗暴地往椅背上靠,冰制的椅子却轻轻接住了他的身体。

不知何时,他们面前出现了一个冰制的桌子,莱茵正在为他们上茶。米萨莉默默地站在露台的入口。

她们不会妨碍主人及其朋友的言行,也不会在没有许可的情况下发言。

这里没有对等的关系。在得到命令之前,她们甚至不能表露自己的感情。如果她们胆敢在没得到主人命令的情况下擅自行动,那后果不堪设想。

在奇伊这个魔王面前,就连她们那些拥有强大实力的恶魔公爵也不过是工具而已。

奇伊有这个实力。

所以,即便莱昂对奇伊发起攻击,她们也不会擅自行动。

奇伊是绝对的统治者,担心奇伊的安危本身就是一种不敬。

因此,奇伊和莱昂无视这两人,继续他们的对话。

"嗯。正如你所知,魔王飨宴就要开始了。我这次就算是硬拉也要把你拉去。"

"哦?你竟然想强迫我,真是少见。"

"嗯。这次你就当卖我一个人情，来参加吧？"

"理由是……"

"哈，你总是这样处处提防。好吧，那我就告诉你……"

奇伊露出开心的笑容开始解释。

"这次的发起人是克雷曼。他是个微不足道的家伙。可是不知为什么，米莉姆竟然会赞同。米莉姆和我一样是最古老的魔王，不会听克雷曼这种人的话。这么看来……"

"你的意思是卡利昂的死也很可疑？"

"原来你知道啊。"

奇伊因想说的话被猜中显得有些不快。

但莱昂并不在意，他继续说道："克雷曼太不知好歹了。他一直想不留证据地找我的麻烦，但我这次不会放过他。就算不考虑卡利昂的生死，但如果米莉姆有所行动的话就麻烦了。"

听到这话，奇伊开心地点点头。

"嗯，我也是这么想的。我估计米莉姆想一直这么游手好闲下去，她可不希望魔王间的平衡被打破。而且这也会增加我的工作量。"

见奇伊心情好转，莱昂提出了最重要的问题。

"那么，奇伊，你觉得克雷曼在控制米莉姆？"

奇伊完全不想回答这个问题。

"米莉姆的事想也没用。即便聪明如我，也看不透笨蛋的想法。这是我为数不多的弱点。"说着，奇伊耸了耸肩，轻轻笑了笑。

接着，话题又回到了最初的问题上。

"莱昂，既然你也这么在意这件事，那就参加吧。"

继续这样互相试探也没意义，于是莱昂也坦率地做出了回应。

"嗯，我正有这个打算。虽然我不喜欢合谋，但这次也不得不

幕间
众魔王

去了。"

"哦?太好了。"

说着,奇伊妖艳地伸出手想要缠住莱昂。但莱昂似乎早有防备,完美地躲了过去。

这两人间不时会出现这样的攻防动作。

"话说回来,菈米莉丝极少提出意见,你对那个名叫利姆鲁的家伙有多少了解?"

见莱昂不从,奇伊转向了另一个话题。

这也与这次的议题有关,说不定继莱昂之后又有新的魔王诞生,所以其他魔王对这个话题的关注度很高。

"据克雷曼说,他已经自封为魔王。在我看来,只要那个利姆鲁有这个实力,就不成问题。"

"嚯。这么说来,你认为利姆鲁有资格当魔王?我关心的是他和菈米莉丝的关系。既然他能让菈米莉丝产生兴趣,估计我也能从他身上找点乐子。"

这次魔王飨宴的发起人是克雷曼,菈米莉丝的追加事项通过后,当事人利姆鲁也会参加。所以,奇伊推测菈米莉丝也对克雷曼这次的行动有想法。

"菈米莉丝啊,那个妖精让我很头疼。我每次见到她都会被戏弄。我曾多次想要掐住她的脖子……"

既然菈米莉丝开口,那莱昂也不得不赞成。莱昂欠下了菈米莉丝的恩情,所以只好听她的。

"啊哈哈哈,丢掉这个念头。如果你要伤害菈米莉丝,那我也会与你为敌。"

"我猜也是。我只是随口说说。而且要是惹上你,我可没胜算。"

这是实话。

莱昂只是不喜欢菈米莉丝戏弄自己,并不是真心要加害她。

而且,莱昂对奇伊没有胜算也是事实。虽然他们同为魔王,实力却是天壤之别。

这两人间的实力差距比莱昂和米萨莉她们的实力差距还大,是一道无法逾越的鸿沟。

"嗯?也不是没有胜算吧。你有百万分之一的机会杀掉我。"

"这胜率低得离谱。除非是必胜的战斗,否则我都没有兴趣。"

"莱昂,你别谦虚了。能伤到我的人可不多,你拥有杀掉我的可能性,这就能证明你的强大实力。"

"哼,我的实力毋庸置疑。只不过你和米莉姆那独一档的实力太离谱了。对了,说到独一档……"

莱昂想到了一件事,他告诉奇伊"暴风龙"维鲁德拉醒了。

现在,莱昂终于成功地令奇伊震惊了。

这时,一个如寒冰般冰冷的声音打断了这两人的对话。

"哎呀哎呀,你们的话很吸引人呢。"

说话者是一位美丽的女性。

她纯白的肌肤如白瓷一般,瞳孔带着冷艳妖光的海蓝色。珍珠色的柔顺秀发在脸颊上摩挲,淡红色的双唇格外醒目。

那名女性未得到奇伊的许可就随意走动、插话。

闪耀着令宝石逊色的美丽光辉的女性人称"冰之女帝"。

或许,世人更熟悉她的另一个称谓"白冰龙"维尔莎多。

她是仅有的四位龙种之一,魔王奇伊·克林姆兹的好友和搭档。

换句话说,她和莱昂一样,能和奇伊平起平坐。

幕 间
众魔王

"是维尔莎多啊。我想起来了,原来这里也有龙种。"莱昂表现得十分冷淡。

"咦?你还是这么冷淡啊。不过,我很高兴能见到你。"

"是吗?能见到你我也很有眼福。"

莱昂和维尔莎多互相客套了一下。

这两人的话都是社交辞令,并非出自真心。

"哼,你们俩的关系还是那么差啊。"奇伊一副厌烦的表情。

他并不想调解这两人的关系。

要是平时,他们会说一大通令人不快的话。

"那么,至于这次的事……"

这次是维尔莎多改变了话题。

"莱昂大人,你说我的弟弟醒了?"

她青色的瞳孔熠熠生辉,似乎想看透莱昂那爆炸性的发言是真是假。

"莱昂,你这消息可靠吗?"

"约两年前,那孩子的反应消失了,我一直以为他消亡了。"

如果维鲁德拉已经复活,那他巨大的妖气将会引起气象凶暴变动,因此外界会立刻发现这件事,但现在完全没有那种征兆,也难怪奇伊和维尔莎多会感到意外。

"错不了。这是我派到西方诸国的间谍发回的报告。"

"哦?如果那头邪龙真的复活了,那他现在为什么这么老实?难道他现在非常虚弱,无法自主回复魔素量(能量)?

"而且,那孩子的封印是什么人解开的?我觉得那孩子无法靠自己打破封印。"

维鲁德拉是被勇者封印的。

维尔莎多想借此惩罚肆意胡闹的弟弟，所以故意不管他。

如果他有所反省、能够收敛，维尔莎多会在他消亡前把他救出来。

在维鲁德拉消亡之时，维尔莎多产生了疑问。因为这比维尔莎多预测的时间提前了很多。

"间谍的报告中称维鲁德拉复活的原因是克雷曼的阴谋。克雷曼暗中煽动西方诸国中的大国法尔姆斯王国，想借他们的手剿灭那个利姆鲁建立的鸠拉森林大同盟的盟主国。结果法尔姆斯的军队全灭，利姆鲁也以魔王自居。"

"莱昂，你很清楚嘛。"

"这是自然。我们不一样，我曾经是人类。还有，我刚才又确认了一件事，维鲁德拉之前就在他们激战的地点沉眠。当时维鲁德拉已几近消亡，但大量的鲜血令他醒了过来，据说这才是真相。"

莱昂解释说当时法尔姆斯军队受到牵连被消灭，利姆鲁也因此脱险。

"原来是这样啊。那封印是偶然被解开的吗？"

"不清楚。我还没掌握这些细节。"

"这样啊。"维尔莎多点了点头。

她认为莱昂说得对，单凭间谍的报告无法做出判断。

勇者的专属技能"无限牢笼"可不简单，这项能力（技能）可以将目标困入虚数空间，使其无法干涉现实世界。可是，维鲁德拉在这种情况下仍能对现世造成影响。

"勇者的封印不完全也是一种可能性吧……"

如果是这样，那这事就说得通了。

听到维尔莎多这话，莱昂说了一段很有冲击力的话。

幕间
众魔王

"这也是一种可能性，不过我还有一种假设。有人创造了异空间将维鲁德拉连同封印一起吞噬，这个假设你们怎么看？"

奇伊听后有了反应。

"有意思！如果是这样，就是那个人解开了勇者的封印。那个封印加上勇者的特殊性，普通的能力（技能）是不可能解除的。我们倒是有可能解开封印，换句话说，解开封印的人实力与我们相当。"

看来奇伊非常感兴趣。

"不管怎么说，这终究只是个可能性。"

"莱昂，你是不是认为解开封印的是利姆鲁？"

"没错。"

"原来如此。这么看来，确实应该确认一下这个猜测。"

莱昂爽快地表明参加飨宴可是个稀奇事，现在奇伊终于明白了。

克雷曼的暴行；米莉姆的可疑举动；利姆鲁自封为魔王，并解开了维鲁德拉的封印——如果这些事互相关联……

这次的魔王飨宴似乎很值得期待。想到这里，奇伊露出了陶醉的微笑。

奇伊好像突然想到一件事，他低声说道："就算是这样，维鲁德拉也太老实了，这是为什么？"

维尔莎多回答了他的疑问。

"他现在似乎很虚弱。他的反应微弱，和以前没得比。"

维鲁德拉的反应太弱了，同为龙种的维尔莎多如果不留心甚至都无法察觉。

维鲁德拉尚且虚弱是比较合理的解释，但是……

"即便如此，他没有闹事也很不可思议。以那孩子的性格，可以说大肆破坏才是他生存的意义。"

维尔莎多也是一副无法理解的模样。

"这事无关紧要,我对维鲁德拉不感兴趣。如果你们想拉拢他,就随你们的便。"

莱昂从位置上站起来,一副事不关己的态度。

奇伊正在为同种的维尔莎多和维鲁德拉头疼,但这事与莱昂无关。只要维鲁德拉不对自己的领地出手,莱昂也不想和他扯上关系。

因为维鲁德拉是邪龙,非常棘手。

"你要走了吗?"

"嗯。你找我就是为了这事吧?"

"等一等,你也不赶时间吧。话说回来,你的夙愿'指定召唤'有眉目了吗?"

奇伊问起了莱昂试验的成果,想留住莱昂。

这是莱昂倾尽毕生精力的试验,奇伊对试验内容也很感兴趣。

"……这事还没进展。我改变研究方向,尝试了随机召唤,但也以失败告终了。这种行为终究太引人注目了。我整理出'不完全状态下的召唤'的理论,并透露给西方诸国,却遭到自由组合的干涉。从概率的角度来看,这种做法的效率很低,但今后好像还会受到妨碍,到时候还得寻找别的手段。"

说实话,在莱昂看来,无论是魔王飨宴还是新魔王都无关紧要。他只想尽早把危险扼杀在萌芽状态,免得自己的研究受到妨碍。

"妨碍?"

"啊。那些孩子本来只有死路一条,但他们得救了,在我收养他们之前。"

"原来如此,在得出结果之前,他们就被强行救活了啊。这么

幕间
众魔王

看来，估计今后的试验肯定也会被妨碍。"

"应该是。那家伙好像对各国召唤孩子的事义愤填膺，他也可能向各国施加压力，所以这个试验中止了。如果我继续试验，他可能会发现是我在背后推动这事。"

"嗯。那你让那个碍事的人消失不就行了？"

奇伊看着莱昂，仿佛在说：对你而言，这事轻而易举吧？

然而，莱昂叹了一口气。

"那个碍事的人就是现在备受关注的利姆鲁。"

"什么？这真的是偶然吗？"

"很有意思吧。所以我才想见一见他。"

莱昂一脸严肃地点了点头。

如果菈米莉丝没有牵扯进来的话，他应该会继续无视这次魔王飨宴……

"这样啊，我对他越来越感兴趣了。说不定米莉姆那家伙的想法也和我类似。那家伙虽然是个笨蛋，直觉却异常敏锐。"

"也许吧。估计今晚的魔王飨宴会有一出闹剧。"

"哼哼，毫无疑问。"

说完，莱昂和奇伊一起笑了。

维尔莎多温柔地注视着那两人。

接着，他们畅谈了一会儿，然后奇伊改变了话题。

"说起来，我一直很在意一件事，给你提供情报的到底是什么人？"

"他好像是帝国的人，我不清楚具体情况。他自称是个商人。"

召唤"异世界人"需要大量魔素（能量）并指定条件，在仪式中有许多复杂的要素互相关联。

条件越明确，再次召唤的间隔就越长。

于是，莱昂和那个商人做了一笔交易，让那个商人代为召唤。

"那个商人信得过吗？"

"信任？我没必要信任他，我只是在利用他罢了。"

"这样啊。既然你想这样，那我也没什么可说的。你可别大意啊，我不允许你擅自死掉。"

"哼哼哼，你是在担心我吗？真少见啊，奇伊。放心吧，我可不想带着遗憾去死。"

"你又来了……那事有那么重要吗？"

"嗯。对我而言，这事比这世上的一切加起来还重要。"

"这样啊，我好像有些嫉妒。"

"客套话就免了吧，我会接受你的忠告。那今晚见。"

莱昂留下这话就离开了，这次奇伊没有挽留他。

莱昂使用"空间移动"离去了，只留下了光之残影。

"真是性急的家伙。不过这才是莱昂的行事风格……"奇伊苦笑着嘟囔道。

"莱昂一向慎重，但他这次也太没防备了。他好像连协助者的真实身份都不清楚。我们要去查查吗？"维尔莎多用僵硬冰冷的声音问道。

"算了吧。擅自插手会招致莱昂的不快。我可不想遭到朋友的怨恨。"奇伊答道，他似乎一点也不担心。

在奇伊眼里，莱昂是值得信赖的朋友，正因为熟知莱昂的性格，他才会说出这番话。

幕 间
众魔王

　　奇伊比任何人都清楚莱昂的能力。他判断既然莱昂没有去查协助者的身份，那就说明没那个必要。
　　"等那家伙来找我帮忙的时候再帮他就行。"
　　"我明白了。"
　　两人的对话就这样结束了。

　　至此，参加今晚魔王飨宴的人确定了。
　　发起人是克雷曼、芙蕾和米莉姆。
　　提出追加事项的菈米莉丝当然也会参加。
　　懒得出门的莱昂也参加。
　　说到懒得出门，还有一个人也一样。有位魔王连行踪都不为人知，但奇伊通过魔王专用线路硬把那位魔王叫来了。
　　剩下的是他的老朋友达古琉路和另一个人……那个人用不着担心，因为达古琉路保证过，会把那人带来。
　　最后是奇伊本人。
　　除了生死不明的卡利昂，其他的魔王都将出席，他们已经很久没有齐聚了。
　　"这次应该会很有趣，你也去吗？"
　　"这个嘛……不，我就算了。如果我弟弟参加的话倒是另当别论，但我对魔王没兴趣。"
　　"是吗？那算了。那你就看家吧。"
　　"嗯，交给我吧。你也该去准备了吧。"
　　留下这句话，维尔莎多也站了起来。
　　只留下奇伊望着极寒大地上空的极光，思考着魔王飨宴的事。
　　有意思。

奇伊心潮澎湃，他已经有数百年没有这种感觉了。

需要一个巨大的变革。

众魔王本来就不是同伴，他们从一开始就是竞争对手。

魔王没有人数的限制，事实上，曾经有个时代同时存在十多位魔王。

不管是十人还是百人都无所谓，反正实力不足的人会在五百年一次的天魔大战中被淘汰。

届时，新晋的魔王会争夺霸权，不知不觉间，魔王的上限变成了十名。不成文的规则和十大魔王的称谓一起广为流传。

奇伊决不认可这件事。

人类方面也希望危险的魔王能通过争夺霸权而减少，估计这对他们也很有利。不知何时，这已经成了默认。

不过，这一情况也该结束了。

"弱者不配拥有'魔王'之名。由真正的魔王统治的新时代该拉开帷幕了。"奇伊想道。

奇伊是最初的魔王。

奇伊是七位强大的原初恶魔之一，他是被召唤到人世的高阶魔将。

那一天，无名的原初之赤（Rouge）降临于世。

召唤他的是一个孱弱的人类，他满足了那个人类的愿望，毁灭了与那个人类的国家交战的敌国。接着，他把召唤自己的人类的国家也毁灭了。

然后，他得到了报酬——名字。

人们绝望的悲叹声"奇伊"成了他的名字。

幕间 众魔王

在得到名字的同时，奇伊明白自己已经觉醒为真魔王了。奇伊相信自己是最强的，对他而言这是多余的力量，然而……

奇伊的进化也影响到了原初之绿（Vert）和原初之蓝（Blue），她们是奇伊召唤出来打杂的。

这两位强大的恶魔被称为原初之赤的影子，当时她们和奇伊一样得到肉身，成了"恶魔公爵"。

奇伊一时兴起给她们命了名，并允许她们追随自己。

原初之绿会给人类带来痛苦的表情，所以叫作"米萨莉"，意为痛苦。

原初之蓝会降下血雨，所以叫作"莱茵"，意为雨。

奇伊觉醒为魔王之后没过多久，又有人觉醒为真魔王。

那人是米莉姆。

四头龙种里最初的一头，与人类生下了孩子，就是米萨姆。

不可思议的是，龙种在与人类生子之后，其大半力量被那个孩子夺走。从此之后，龙种就将与人类生子的行为视为禁忌（Taboo）。

那头龙种失去力量后，将自己的身体四散开，依附于大地，成了龙族的始祖。

从此以后，龙种被视为"代表自然圣灵意志的存在"。

如今龙族已经繁衍得遍地都是，追根溯源，他们的祖先就是那头龙种——"星王龙"维尔德纳瓦。

"星王龙"维尔德纳瓦把一头幼龙（宠物）给了女儿，那是他自身的转生体。后来，那头幼龙被某个王国杀害了。

那些愚者触碰了暴君（米莉姆）的逆鳞。她的怒火贯穿天地，毁灭了那个国家。

然后，米莉姆觉醒为真魔王。

结果米莉姆失去理性大肆破坏，世界一度面临毁灭。

奇伊阻止了她。

他们的战斗持续了七天七夜。

那场战斗惨烈至极，西方的丰饶大地因此变为死亡之地。

他们到最后也没分出胜负。

米莉姆恢复理性之后，战斗结束了。

令米莉姆恢复理性的就是菈米莉丝。当时她是统治魔精的女王，她牺牲自己的力量平息了米莉姆的怒火。

但代价是沉重的。

菈米莉丝被邪恶的魔与龙的妖气侵染，控制不住自身力量的流失，堕落了。于是，她成了现在这种妖精，不断进行转生。

但她成功让米莉姆恢复了理性。

菈米莉丝阻止了世界的崩坏，制止了奇伊和米莉姆的战斗。

这三位就是最初的魔王，三人的目的各不相同。

追求力量的极限。

自由奔放的生活。

期盼世界的和平。

但这样就好。

正因为目的不同，这三人才能互相认可。

之后，守护天空门的巨人和古老的吸血鬼成了魔王，从天界堕落至下界的人成了第六个魔王。

幕间
众魔王

他们是第二世代。

他们的实力不如最古老的魔王,但也是强者,实力足以统治这个世界。

巨人拥有神圣的属性,魔王之种受其影响无法萌发。但他拥有异常强大的力量,是个很有趣的魔王。

古老的吸血鬼十分狡猾,耍阴谋比谁都厉害。

如今,似乎有人将在这方面超越这位魔王,也不知结果会如何。

第六位魔王很特殊。

这位魔王的实力毋庸置疑,但其兴趣不适合现在的世界。

因为这位魔王很懒散。这位魔王拥有支配者的气量,但一直过着堕落的生活。

包括奇伊在内的六名魔王,除巨人和妖精外,均已觉醒。他们经历了无数次天魔大战,拥有出类拔萃的力量。就算他们像奇伊和米莉姆一样拥有究极能力(究极技能)也不足为奇。

除这六位外,奇伊的挚友莱昂也是魔王。

莱昂原本是人类勇者,他从一段不平凡的经历中获得了究极能力(究极技能),是得到奇伊认可的强者。

他是第七位魔王。

这次的魔王飨宴中最终会有几人能与这七位比肩?想到这里,奇伊开心地嗤了一声。

克雷曼——这个愚蠢的家伙想要控制米莉姆。

这简直是无稽之谈,差点让人笑掉大牙。

这是不可能的事。

因为这连奇伊也做不到,克雷曼那种弱者更是不可能。

低阶能力（技能）对拥有究极能力（究极技能）的人不起作用。

这个世界的一切法则都在独特等级的框架之内，可以使一切魔法支配无效。

如果对使用目标的弱点属性进行攻击，应该能够起到一定效果，但精神控制系的魔法另当别论。因为就凭会被那种法则支配的羸弱精神，是不可能获得究极能力（究极技能）的。

究极能力（究极技能）正如其名，是究极的法则控制装置。因此只有究极能力（究极技能）才能对抗究极能力（究极技能）。

这是这个世界的绝对法则。

克雷曼奈何不了米莉姆。也就是说，一切都在米莉姆的掌控之中。

（真是个蠢货。）

奇伊露出淡淡的笑容，静待克雷曼的结局。

弱者以魔王自居的时代结束了。

假货将被淘汰，真魔王的统治开始了。

奇伊确信自己的判断，妖艳地嗤了一声。

接下来，精彩绝伦的魔王飨宴开始了。

第四章

在因缘之地

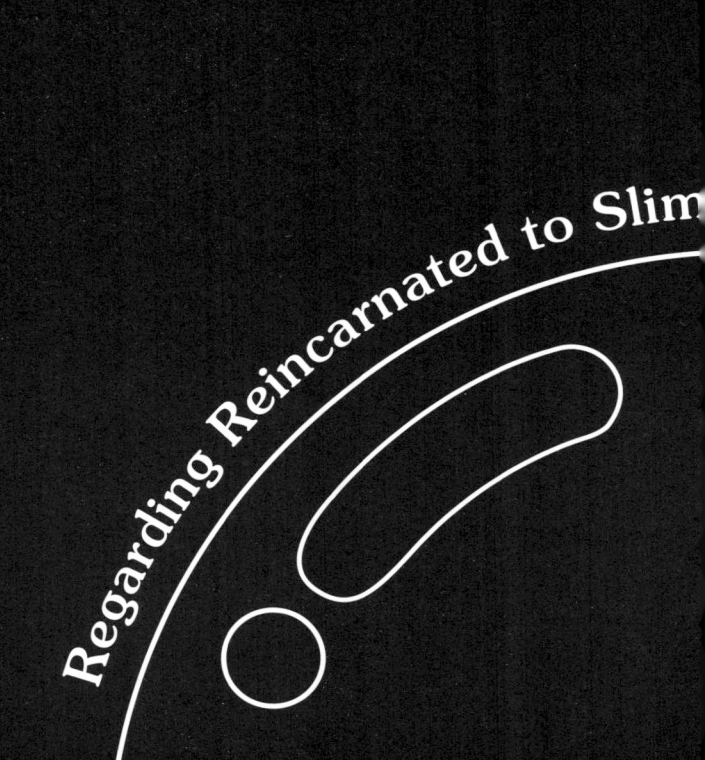

准备妥当之后，我再次叮嘱维鲁德拉，然后等人来带我去会场。

我不知道地点，所以要和菈米莉丝同行。

顺带一提，菈米莉丝也不知道地点。

我问她原因，她说："因为每次都有人来接我！"

嗯嗯，我非常理解。因为她每次都会迷路，所以其他魔王都默认要派人去迎接她。

无心认路的人，无论多少次都记不住路。

我估计会有拥有空间转移系能力的人过来接我们，于是我决定等着。

快到二十三点时，接我们的人还没到，但我等来了红丸的联络。

"怎么了？有问题吗？"

我急忙应答，结果红丸用冷静的口吻向我提出了一个要求。

他说："我军已经开始与敌方交战，现已摸清其实力。"

由于我的觉醒，红丸得到祝福进化成了妖鬼。该种族和树妖精一样，是一种精神生命体。

也就是说，红丸也达到了托蕾妮她们的层次。

朱菜、苍影以及白老也成了妖鬼，可以说他们进化成了相当强大的种族。

这是件好事，现在的问题是红丸获得的能力（技能）。

专属技能"大元帅"——很适合偏重攻击的红丸，是专门控制

第四章
在因缘之地

其力量的能力（技能），无论红丸使出多强的力量都不会失控。

其秘密在于"预测推演"。他可以完全读取力量的流动，所以可以避免浪费。

这项技能不仅适用于个人的战斗，在两军交锋时也是至宝。

他可以把军队的动向视作力量的流动，从而判断胜负，其精度接近预知未来。当战况对我军不利时，可以立即对全军发出指示，改变作战行动。

这项能力简直开挂。

在战场上，信息传达的准确性是重中之重，这项技能令他能够分毫不差地指挥全军。

现在，红丸手握我国与兽王国三万联军的指挥权。红丸能够像控制自己的手脚般精确指挥军队，而他手中的是由三万精锐组成的部队。两军的表现自然会有差距。

而且专属技能"大元帅"还有"军队鼓舞"的效果。

这项效果可以大幅强化他率领的军队的能力，可以将单兵实力提高三成。因此，军队的战斗力也会提高三成。

我军数量不输于敌军，而且单兵实力也在敌军之上，没理由会输。再加上我军有能力效果的强化，更是胜券在握。

正因为红丸有这些能力，所以一开战，他就看到了胜利的结局。

这时，他脑中闪过了一个作战计划。

"所以我想尝试攻入敌方本部。克雷曼的城堡可能就在那片雾里。我想借这个难得的机会攻下他的城堡，而且苍影也跃跃欲试。"

红丸果然是个自信的家伙。

"这很危险吧？战斗才刚刚开始，还没分出胜负……"

"没问题。战场上有我，而且攻入城堡的是苍影和白老两人。"

"兄长且慢！！"

正在沏茶的朱菜强行介入了我和红丸之间的"思维传递"。

说起来，我们用的可是隐秘线路。她竟然能如此轻松地介入……

"哦，哦，朱菜你怎么了？"

红丸的语气也变了，看来他和我一样意外。

"兄长，不是什么怎么了。克雷曼那个魔王不是拥有操纵他人的危险能力吗？万一苍影或白老被他控制……"

"放心，那些家伙没问题……"

"不行！！如果他们一定要去，那我也去！"

喂喂，朱菜平时那么乖巧，现在却说出了这样的话。

红丸和朱菜不顾我的惊异，继续他们的对话。

哥哥永远拗不过妹妹——这是我以前的朋友说的话。

红丸自信满满的样子消失得无影无踪，他被朱菜说得毫无还口之力。

接着……

"所以，利姆鲁大人，请允许我出击！"朱菜笑嘻嘻地对我说道。

唔，话虽如此……

我不想把朱菜送进危险的地方，但攻陷城堡封锁军队的退路也是用兵常识。在魔王飨宴期间，克雷曼不在城堡，这确实是个绝好的机会。

只要我不给克雷曼逃走的机会，就可以在魔王飨宴上为这事画上句号。我也不是非要杀光克雷曼那些魔人部下不可。

"利姆鲁大人，您无须担心。我会保护朱菜公主。"

第四章
在因缘之地

"只要有我在就没问题,我们至少可以看看敌军的大本营。卡利昂大人可能就关在里面,有必要做一番调查。"

苍影和白老也加入我们的"思维传递",努力说服我。看来他们是朱菜叫来的援军。

朱菜极少这么执着,所以我打算同意她的请求。而且据说卡利昂被带往克雷曼城堡的方向,我很在意这事。

"利姆鲁大人,我的心中也有怒火。我不想放过克雷曼,难以压抑这股冲动!"

啊……我非常理解那种心情。不只是我,其他人也难消心头之恨。

我也不是不理解朱菜不愿留守的心情。

"我同意朱菜参加。但是,苍影和白老要把朱菜的安全放在第一位。而且,如果敌人总部的战力超出我们的预想,你们要以安全为先,把情报带回来。就算发现了魔王卡利昂,也只能在确保安全的情况下出手,明白了吗?"

"谢谢您同意朱菜任性的请求。"

"我有转移能力,就算有万一也不怕。"

"是啊,论逃跑,我才是最慢的。"

白老用这话来缓和气氛,可他根本没有逃跑的打算。

"我们都对精神攻击有耐性,不会落于下风的。只要有朱菜公主在,我们就不会有那方面的担心。至于卡利昂大人的问题,等发现之后再做考虑吧。"

苍影也让我放心。

确实,朱菜有专属技能"解析者",就算是能影响精神的攻击,她也都能解析。而且她也会"空间移动",看来没必要太担心。朱菜的魔素量(能量)并不多,但她的能力(技能)非常优秀。

至于卡利昂的事，苍影说得有道理。

卡利昂未必是被囚禁，现在想那么多也没用。

"那我同意，但一定要反复确认状况。而且，为防万一，你们要等魔王飨宴开始之后，也就是午夜零点之后再开始作战。"

"明白！！"

就这样，我们决定让朱菜、苍影、白老三人去侦查克雷曼的本部。

*

距零点还有一小段时间，维鲁德拉给我说了魔王的事。

"我对小人物不感兴趣。"

不过维鲁德拉还是把他了解的情况告诉了我。

在维鲁德拉被封印后只出现了莱昂一个新魔王。我先了解一下其他魔王的情况吧。

维鲁德拉曾四处作乱，也和部分魔王交过手。

约两千年前，他甚至毁灭了吸血鬼族的都城。当时他被怒气冲天的吸血鬼族追杀，好像玩得很开心……

其中一个女吸血鬼外表纤弱美丽，但实力远在其他吸血鬼之上。从那以后，吸血鬼便销声匿迹，没人知道他们的情况。

"她叫什么来着……好像是……露……露露斯？不对，是米露斯？总之那家伙实力很强，她动起杀心来足以陪我嬉闹，你要多留心。"

维鲁德拉说她是个没情趣的家伙，可这都是维鲁德拉的错。

自己的国家被人毁灭当然会发怒了。换作谁都会发怒，就算是我也会被激怒的。

第四章
在因缘之地

这已经是陈年往事了，也不知道现在是什么情况。

"啊，现在的吸血鬼魔王是一个名叫瓦伦泰的男性！"

菈米莉丝叫道，她刚才就在一旁听我们说话。

她说魔王在一千五百年前换人了。我只能祈祷他已经放下了对维鲁德拉的怨恨。

巨人族（Giant）魔王达古琉路是维鲁德拉的劲敌。

他们干过几架，都没分出胜负。

维鲁德拉记得他的名字，说明他的实力相当强。能与维鲁德拉干架，说明他的实力足以和龙种一战。

听这描述，我感觉他的实力在魔王中出类拔萃。这位魔王值得注意。

接着是恶魔族。

维鲁德拉说他曾数次击败有组织的恶魔族。就算毁灭他们的肉体，一段时间之后，他们也能再生，是相当有意思的对手。

他说恶魔会越变越强，所以很适合拿来解闷，但他没和恶魔族的王交过手。

恶魔族魔王居住的城堡位于北方的永冻土大陆，那里十分寒冷且荒无人烟，所以维鲁德拉没去。

维鲁德拉含糊地说："没必要专门跑去什么都没有的地方！哇哈哈哈哈！"

他用笑声掩饰着什么。

估计这事有隐情，但他不告诉我。

确实没必要去那种地方，而且现在想这事也没意义。

"是啊，因为奇伊非常强。奇伊、米莉姆和我是最古老的魔王！"

菈米莉丝这话让我觉得这几人好像也没什么大不了的，真是不可思议。

总之，现在这事先保留。

还剩几个魔王来着？

我见过米莉姆、菈米莉丝、卡利昂，维鲁德拉和我说了瓦伦泰、达古琉路以及奇伊，还有法比欧提到的芙蕾，就是她给了卡利昂最后一击。莱昂暂且不谈，克雷曼是我的敌人。还剩一人吗？

"唔——我不清楚。"

维鲁德拉知识渊博，却不了解那个魔王。

"啊，剩下一个是小迪诺。这个魔王比我更懒散！"

看来那位魔王是菈米莉丝的同类。

"不许说我们是同类！"

再加上被无视的气呼呼的菈米莉丝，十位魔王就齐了。

也有魔王和维鲁德拉结下了仇，这方面必须注意。

不过，我没想到魔王的实力会这么强。

如果以小孩（菈米莉丝）的标准来看待他们，我可能会吃苦头的。

就算我已经完成进化，能不能赢米莉姆也很难说。

我们曾较量过几次，但当时米莉姆根本就是在闹着玩。

数据不足，我无法做出判断。

以米莉姆和我较量时的情况来看，我倒是能赢，但我不清楚她的真正实力，所以不应该轻敌。

说起来，米莉姆竟然会赞同讨伐我，这实在难以置信。

这事肯定有内情，可是……

第四章
在因缘之地

米莉姆可不会被人操控。以她的性格应该不会背叛，而且似乎也与交涉无缘。

唯一合理的解释是米莉姆出于某种原因，自己做出了这个决定。

这事现在也想不出答案，等见面之后再做判断吧。

我们正聊着，我突然感觉到空间出现了扭曲，看来有人来接我们了。

我眼前出现了一扇透着凶煞之气的门。

这扇门的造型很夸张，也许它的主人很喜欢这种效果。我创造的门就像是直接在空间中撬开的一个洞，也许我也该学学这种效果。反正只要记住这种感觉，下次就能迅速打开门进行"转移"。

门打开之后，里面走出了一位穿着暗红色女仆装的绿发美女。

接着，她向菈米莉丝行了一个礼。

"菈米莉丝大人，我来接您了。那边那位就是您说的那位大人吧？如果不嫌弃就请跟我们一起来。"

那位美女说完之后便站到门边垂下眼睛。

她彻底扼杀了自己的气息，感觉她是经过完备培训的专业女仆。

但有一点我很在意，这位女仆的威压感和迪亚波罗一样。

迪亚波罗是恶魔族中最高阶的种族。

据说普通恶魔的极限是高阶魔将级，无论寿命多长都无法突破这个壁垒。要突破这个壁垒必须要有某种因素……迪亚波罗就是被我命名之后才得以突破。

迪亚波罗得到名字后突破了恶魔族的界限，从高阶魔将进化成了恶魔公爵。

"呵呵呵呵，我对力量没有兴趣，但我知道天外有天。我今后也稍稍努力一下看看吧。"

他说自己对力量没有兴趣，却对战斗很感兴趣。

如果自己太强的话战斗就会失去乐趣，所以才满足于这个界限——迪亚波罗曾这么说过。

那应该是玩笑话吧？

如果是真心话，那他就太可怕了。

而我眼前的女恶魔和迪亚波罗同种——也就是，恶魔公爵。

比起女仆，她给人的感觉更像是来自冥土（音同女仆）的使者。

根据我以前的知识（来自动画和漫画），女仆是战斗职业。

而且，我要再强调一次，她是恶魔公爵。

这位女性无疑是个危险的对手。

"哦，是米萨莉啊。好久不见！奇伊还好吗？"

虽然对方是个危险的女恶魔，但菈米莉丝并不在意。

从某种意义上说，这家伙也是个大人物。

"我身份卑微，担心主人实乃僭越……"

"啊，这样啊。还是老样子啊，你也一样。算啦。"

说着，菈米莉丝啪嗒啪嗒地飞进门中。

我们也跟着她进了门，万一被留在这里，我可找不到地方。

万一下定决心之后却迷了路就太丢人了，真要这样，我还有什么脸去见红丸他们。

这个女仆——米萨莉好像是魔王奇伊的部下。

我记得他是恶魔族的王，是最古老的强大魔王之一。

既然他能收恶魔公爵为部下，那实力肯定毋庸置疑。看来我应该尽量避免与之敌对——不过也要视具体情况而定。

说起来，这个米萨莉看上去这么强，却只是个带路的……看来

第四章
在因缘之地

奇伊是个相当傲慢的男性。

我本以为只有魔王值得提防,看来这个想法太天真了。

既然这样,也许我应该把迪亚波罗带去。但是如果真带他去的话,可能会和紫苑两人一起失控……带不带都差不多,而且现在想这事也晚了。

时间到了,我要坚定决心。

这个世界的支配者正在前方等着我们,但这不足为惧。因为——现在我也是这个世界的最强者之一。

我昂首挺胸走进了那扇门。

●

红丸看着眼下正在进行的战斗,嘴角绽放出笑容。

一切都在计算之中。

克鲁特正将敌军往他们布下的陷阱引,这一幕十分有趣。

这也在情理之中,毕竟敌军太轻敌了。

"不愧是利姆鲁大人,准备如此充分,我们想输都难。"

红丸自言自语着,为敌军感到悲哀。正因为红丸能够随心所欲地操控军队,利姆鲁的计策才能生效,但他自己没把这当回事。

红丸说得对,正因为克雷曼的军队深信自己能够以数量取胜,所以才会轻敌,得配合他们演好这出戏。敌军想截住难民,所以才会被一路引向陷阱,那些难民其实是移动迅速的兽人战士假扮的。

"胜负已分。到了这里,敌方已经无力回天了。"

红丸浮在空中观察战况,不知何时,阿尔薇思飞到了他的身边。

她静静地扇动着背后的翅膀,免得打扰红丸思考。

"是阿尔薇思阁下啊，我们还没取胜，现在说这话还太早了。"

"请叫我阿尔薇思，红丸大人。"

听到这话，红丸红色的瞳孔转向了阿尔薇思。

"你不是我的部下。"他冷淡地拒绝了。

"对，我不是你的部下。但现在，我们兽人已经把指挥权交给了你。"

"原来如此。"红丸点了点头，"好吧。那我就在这一战中，任命你为副官。"

"得令，红丸大人。"

联军名义上的指挥权在红丸手上。兽王国犹拉瑟尼亚的军队由阿尔薇思统领，她宣布自己接受红丸指挥之后，红丸就成了这支联军的总司令。

总司令的话是需要绝对服从的。

"虽然我任命你为副官，但现在几乎无事可做。不是我轻敌，现在已经胜券在握，我们只要等待结果就行。"

"嗯，同感。我感觉到战场上还有数名强者。"

"嗯。等胜利后，我再让克鲁特他们过去。"红丸胸有成竹地答道，"等一下。这项工作也让我们去帮忙吧！"

"嗯。请你别独揽战功啊，总司令。这是我们兽人的国家，如果事事都要靠你们，卡利昂大人会生我们气的。"

"就是啊！现在连安全的确认都由你们进行，希望你们能把战斗的事让给我们。"

苏菲亚和法比欧插进了他们的对话。

阿尔薇思见状，苦笑着说道："红丸大人，军队的指挥就交给您了，请命令我们三人去讨伐敌军总帅！"

第四章
在因缘之地

说完，三兽士一齐低下了头。

"喊。"红丸咂了咂舌，"你把总司令的位置让给我就是为了这事啊！"

"咦，你在说什么？"见红丸生气，阿尔薇思装傻道。

红丸让步了。

"好吧。反正我本来也有计划让你们参战，没问题。不过，一旦情况不对，你们要立即撤退。敌军中有强敌，不能大意。"

红丸默认了阿尔薇思她们的行动。

事实上，敌军中有数个战斗能力未知的家伙。无论派谁去对付，都难免有一场苦战。

然而……

（算了，反正有我在。只要我能发现有人陷入苦战，我们就不会输。）

红丸自信地嗤了一声。

三兽士也在搜寻各自的猎物。在兽人高傲的本能的驱使下，他们要用自己打磨得锐利无比的爪牙对待不逊的猎物。

几分钟后，陷阱将会发动。

阿尔薇思等待着那一刻的到来，她突然想起了一件事，问道："我还有件事想问你，你打算怎么处置陷阱里的人？"

"统统消灭？虽然我想这么说，但……"红丸停下来想了片刻，"我觉得那些人会交给你们兽人处置。"

"这是什么意思？"

"肯投降的敌人可以得到俘虏的待遇。其实利姆鲁大人心很软，他不喜欢赶尽杀绝。不过如果我方出现牺牲的话，那就杀无赦。"

"……原来是这样。那就事后再考虑如何处置俘虏。"

"嗯，就这样吧。按利姆鲁大人的作风，我估计他可能想把俘虏当劳动力。"

"嗯？"

"你们要重建首都吧？人手自然是越多越好。"

"连这都考虑到了？"

红丸若无其事的话令阿尔薇思哑口无言。

不只是阿尔薇思，法比欧和苏菲亚也一样。

令阿尔薇思他们惊愕的是，在利姆鲁那些人看来，胜利是必然的结果，他们连战后的问题都全部考虑好了。

（他们竟然这么自信？尽管这只是假设，但对手可是狡猾的魔王克雷曼的心腹……）

更令人吃惊的是，他们的作战计划是以俘虏敌人为前提制订的。

在这个世界的战争中，杀死敌人比俘虏敌人更简单。没有指挥官会在用范围魔法席卷敌军时顾及投降者的生死。

利姆鲁他们的目的非但不是关押俘虏，反而想把敌军抓来当劳动力，这种想法是前所未有的。可是，红丸他们理所当然地执行着这一计划。

这一事实令三兽士感受到深不见底的恐惧。这意味着——利姆鲁的那些魔人部下从未考虑过自己失败的可能性。这证明了他们已视胜利为囊中之物，上阵时带着绝对的自信。

"不过前提是一切都能在计划之内。"

红丸笑着说道，有种挥之不去的恐惧感萦绕在三兽士心头。

接下来，战斗打响了。

第四章
在因缘之地

"苍华，按计划行事。"

"明白，红丸大人。"

简短的交流之后，克雷曼军开始出现伤亡。

一个率领近百名部下的魔人被突然出现的苍华刺穿魔核。

苍华的四名部下也开始瞄准克雷曼军中队长级的敌人首级。因为红丸命令她们只对有十足把握的敌人下手。

她们忠诚地履行着红丸的命令。

克雷曼军的指挥系统被破坏得七零八落，上级的命令已无法传达至底层。

这时……

"这是圈套！我们被那些兽人包围了！！"

"不可能，怎么会……"

"撤退！现在暂时撤退，不要分散兵力！"

他们发现时已经晚了。

与人类军队不同，这支军队中每个士兵都是好战的魔物，部队长官是不可或缺的。现在部队没了长官，克雷曼军必将陷入混乱。

"克鲁特，开始。"

"明白！"

接到红丸的命令后，克鲁特发出号令。

"作战开始！！"

"是！！"

下一瞬间，大地下沉，吞没了克雷曼军。那些会操控泥土的人解除了控制。看似普通的平地上其实隐藏着许多地洞陷阱，那地面是他们用能力（技能）临时创造出来的。

只有能飞行的魔物才能逃脱。但那些能够飞行的敌军也被鸟兽形兽人魔人和加维鲁率领的飞龙众陆续击坠。

至于掉进陷阱里的人……

事先准备好的巨大地洞陷阱底部是泥浆。虽然敌人不会受到伤害，但在及腰深的泥浆中难以行动。

但他们毕竟是魔物军队，也有人想用魔法或特殊能力逃脱。

强者争先恐后地踢开弱者，朝地洞边缘挪动。

可惜这才是这次作战的关键。

红丸他们以此筛选目标。

克雷曼的士兵见到己方的强者一个个被杀，毫无还手之力。这一现实令那些弱小的魔人丧失了战意。生还者认识到敌我双方的实力差距后应该很快就会抛弃抵抗的想法。

这是用于筛选顺从俘虏的舞台装置，这才是地洞陷阱的作用。

战斗进行了十多分钟，战况的发展完全倒向一边。

"竟……竟然会这么……"

克雷曼军的一万多部队被分隔开，陷入数个陷阱之中，这就是下方的情景。固守陷阱边缘的是克鲁特率领的黄色军团。各士兵等距排列围住所有陷阱，并解决一个个爬出陷阱的敌人。

他们以多敌少。就算有一定的实力差距，也可以用人数和装备来弥补。

强大的魔人也会被多名兽人战士或红炎众各个击破。

下面是平地，所以大部分克雷曼军都冲向这里。尽管还有数千部队停在后方，但这点战力已经无力颠覆战局。

"赢了。"红丸嘟囔了一句，仿佛这是理所当然的事。

"真是漂亮的一战……"阿尔薇思由衷地赞叹道。

第四章
在因缘之地

"哼，胜利是必然的。正因为这样才不能大意。我要做好自己的工作。阿尔薇思，还有三兽士，你们可以自由行动，去讨伐敌军统帅！"

"我等的就是司令这句话！我去去就回！"

"终于可以大干一场了。我闻到了之前欺骗我的家伙的味道，我就去追那家伙吧。"

"那我也去了。剩下的就交给你了，红丸大人。"

红丸没看三兽士，只是点了一下头。

"去吧！"

"是！！"

三兽士也开始行动了。

●

苏菲亚在空中奔跑，速度比飞翔还快。

这项技术是"翔空掣"，掌握这项技术的兽魔屈指可数，但苏菲亚能运用自如。

她的目标是敌军后方再往后的非武装集团，他们是这战场上的异类。

他们是祀龙之民，神官长米多雷率领的神官战士团。

苏菲亚还不清楚他们的真实身份，但野兽的直觉告诉她，那伙人是敌军中剩下的最强力量。

有个人带着一个飞行军团过去向苏菲亚搭话。

那人是加维鲁。

加维鲁带着百名飞龙众跟着苏菲亚。

"哇哈哈哈！苏菲亚阁下，我来助战。"

"哦，是加维鲁先生啊。抱歉，这可能是一支下下签。"

苏菲亚答道，她美丽的脸上绽放出豪爽的笑容。

"哇哈哈，没关系。上空的敌人已经解决得差不多了，如果继续和各位飞行兽人抢功就太失礼了。那么，阻碍我们取得胜利的敌人在何处？"

"哈！我们胜局已定，我只是在想必须压制住后方那些家伙，免得被意外翻盘。"

"原来如此，我明白了！你们给我小心点！"

"知道了，头儿！"

"头儿，你才要小心别犯傻。"

听到部下笑着回嘴，加维鲁怒斥他们。这是常有的情景。

苏菲亚笑着看着这一幕，斗志更盛，朝前方的敌人冲过去。

米多雷在后方的安全场所扎营。

准确地说，这不是扎营，他们被编入后勤部队，担任医疗队，身处战场的大后方。

其实他们不愿上阵，但米多雷认为如果祀龙之民的神官团被人看扁，自己也将无颜面对米莉姆。

（这样一来，连米莉姆大人也会被人小瞧的。）

于是，米多雷带着这份担忧提出他们也要上前线，但雅姆萨驳回了他的要求。

雅姆萨显然只是担心自己被抢了功劳，绝不是在担心米多雷他们的安危。他认为这次的战斗胜利已是囊中之物。

敌方主力的规模只有他们的三分之一，而且还是一群没有指挥

第四章
在因缘之地

的乌合之众。他们边保护难民边撤退，甚至组织不起有效的反击。

（攻击那种敌人反而有损名誉……）

米多雷改变了想法，在这里待了几天。

然而，战况却朝着意想不到的方向发展。

"米多雷大人，情况不妙啊……这岂不是一场彻头彻尾的败战？"

"嗯。他们很弱，太弱了。难道魔王克雷曼的部下都是这种弱兵吗……"

"不不，不是这样的！是因为敌方的谋略更胜一筹。"

"什么？蠢货，靠力量粉碎那种投机取巧的作战不就行了！竟然会说这么软弱的话，看来你也差得远啊，赫尔梅斯！"

"所以说！个人打架或决斗姑且不谈，但这是两军交锋，统帅能力才是胜负的关键！之后就是看对方有多大破绽。这次对方一直隐藏战力，直到开战时才露出真面目，而且还准备了陷阱，敌方胜局已定。"

"哼，那种事不用你说，任谁都看得出来！"米多雷用鼻子哼了一声。

米多雷不擅长用脑子。他一直认为赫尔梅斯在用这难懂的话来卖弄自己的小聪明，所以有些不快。

然而现在，米多雷终于明白赫尔梅斯的话是对的，没有反驳的余地。

因为眼前的事实就是铁证。

"米多雷大人，重点在于……"

"我知道。朝我们冲来的那伙人很强。虽然不情愿，但现在我们也身处战场。既然对方找上门来，那我们自然要奉陪！"

"果然是这样啊。我明白了……"

赫尔梅斯不情不愿地同意道，米多雷用余光看着他，心中燃起了斗志。

就这样……

战场的一端，克雷曼军的最后方，这场战役中最激烈的局部战斗开始了。

●

法比欧降到地面，悄无声息地疾奔。他发现有人藏在战场之外，于是跳到了那地方。

一个是戴着愤怒小丑面具的男性，一个是戴着哭泣小丑面具的少女。

那可疑的两人——是"愤怒的小丑"福特曼和"哭泣的小丑"蒂亚。

他们是中庸小丑连的人，这次也受到克雷曼的委托监视着战场。

"哟，之前承蒙关照啦。"法比欧压抑着心中的怒火，静静地说道。

"哎呀哎呀！这不是法比欧大人吗？"

愤怒的小丑面具下，一双凶恶的眼睛泛着寒光。

"没能当成魔王的法比欧大人，败给魔王米莉姆的法比欧大人，谢谢你那时帮了我们！"

带着哭泣小丑面具的少女边打招呼边打转，那唱歌般的语气简直就是在嘲弄法比欧。

"嘿，你记得就好。如果连自己被杀的原因都不知道就太可

第四章
在因缘之地

怜了！"

"咦？你干吗要生气？"

"真奇怪呢。这个笨蛋干吗要生气啊？他愤怒的感情十分美味，但我们可没理由非被你杀掉不可。"

"就是啊，就是啊！"

"吵死了！也许就是因为蠢，我才会上当，但笨蛋也有笨蛋的做法，和你们做了断不需要理由！"

法比欧喊着说这是面子问题，并伸出了利爪。

他的爪子闪着黑光，比狼牙更加锋锐有力。

但蒂亚和福特曼不为所动。

"哼，你想和我们动手？你这么弱小，可不能蛮干哟！"

"呵——呵呵呵。蒂亚，你太不解风情了。法比欧大人难得开个玩笑想逗我们开心。"

那两人的话没让法比欧失去冷静。

法比欧比任何人都清楚是自己的浮躁导致了那次失败，他非常后悔，并进行了深刻的反省。所以寒暄一结束，法比欧就迅速开始行动。

他迅速抢占先机，瞬间逼近那两人。

"啊！！"

"喊！"

得知自己的话没能激怒法比欧，福特曼他们也改变了态度。

这时，又有了新的情况。

"好久不见啊，福特曼。你还记得我吗？"

"嚯！哎呀！这不是猪头将军吗？哎呀，你现在出息了啊！"

福特曼虽然嘴上一副瞧不起人的态度，但表情没那么从容。

和那副外表不同，福特曼其实是个精于算计的人。

而克鲁特已经看透了福特曼那种性格。

克鲁特知道福特曼的实力远在普通魔人之上，而且还有蒂亚在。

蒂亚和福特曼实力相当。虽然她的实力是个未知数，但无疑是个不可轻视的对手。

兽王国战士团的三兽士之一"黑豹牙"法比欧固然很强，但也难凭一己之力对付福特曼和蒂亚。

（哼哼，不愧是红丸阁下，他们有资格当我的猎物！）

克鲁特越想越激动。

红丸居高临下观察战况，他命令克鲁特去支援法比欧。克鲁特听到红丸命令自己放弃战场的指挥，曾皱了皱眉，但现在他明白红丸的判断是正确的。

战场上胜负已分，剩下的事交给克鲁特的副官绰绰有余。但只有利姆鲁那些魔人部下中的干部才能对付中庸小丑连那两人。

"法比欧阁下，我来助战。"

"哦，是克鲁特先生啊。太好了！"

法比欧没有拒绝克鲁特的帮助，看来他也冷静地看清了敌我双方的战力差距。他认清了自身的力量，以大局为重，做出了最佳选择。

于是，在离战场不远的小山丘的背面，这两组人的战斗开始了……

●

雅姆萨接到战场发回的报告，心中十分疑惑。他终于发现那压

第四章
在因缘之地

倒性的有利状况是敌人制造的假象。

雅姆萨不愿去想失败的事。这结果显然会触怒克雷曼,他必须想办法扭转战局,取得胜利。

然而,剩下的战力已无力回天。雅姆萨还能凭仅存的理性明白这一点,他在思索是否还有战力可以动用。

五指是魔王克雷曼的心腹,中指雅姆萨是首席,也是克雷曼军中最强的魔人。能与雅姆萨匹敌的只有食指亚达鲁曼和拇指九头兽。

亚达鲁曼负责本国的防卫军,他以前是鸠拉大森林中的死灵（Wight）。

他生前是个有名的司祭,但这事和他这个死人无关。克雷曼用咒法把他变成了魔物,大幅提升了他的力量。他成了率领众多不死系魔物（Undead）的死灵之王（Wight King）。

他生前的神圣之力被转化成了诅咒生者的不净之力……

亚达鲁曼虽然拥有巨大的力量,但弱点是智商低下。他只知道执行克雷曼的命令（抹杀入侵者）,除此之外什么都不会。

克雷曼没派他参战也是因为这个。

至于九头兽,她是超稀有的最高阶魔物妖狐。她只有三百岁,非常年轻,才长出了三根尾巴。但她的魔素量（能量）凌驾于雅姆萨之上,和克雷曼相当。

九头兽正以护卫的身份陪同克雷曼出席魔王飨宴,所以她也指望不上。

（果然只能靠亚达鲁曼了。）

问题是怎么把亚达鲁曼叫过来。

不,不行,现在也不该把他直接叫来这里。在这种情况下应该

关于我变成史莱姆这档事 6 Regarding Reincarnated to Slime

整编幸存者，暂时逃往魔王米莉姆的领地。

应该把亚达鲁曼叫到那里会合，然后再一口气进行反击——雅姆萨认为这可能是最好的办法。

魔王飨宴有时会持续长达一个月，如果顺利的话，在克雷曼回来之前搞定这事也不是不可能。

请动亚达鲁曼不是易事，但也不是不可能。

最重要的是，如果甘心失败不想办法反击，雅姆萨毫无疑问会被肃清。

（克雷曼大人是个可怕的人，他应该不会轻易放弃我……就算我运气好活了下来，他也会破坏我的精神力，把我做成傀儡，我可不想这样。）

（虽然不甘心，但现在只能承认失败。不过，胜利终将属于我！）

想到这里，雅姆萨把目光转向战场。

这时，他看到了一幅令人惊愕的画面。

走在最前方的是一个头发金黑相间的妖艳美女。

她手上拿着金色的锡杖，悠然地朝雅姆萨走去，仿佛行走在无人的荒野上。

围在她身边保护她的是兽王的最强战力——兽王战士团。虽然只有数十名成员，但实力绝对有保证。每个成员都是一骑当千的武者。其中还有象之兽人佐尔和熊之兽人塔罗斯。他们的实力虽然不及三兽士，但也是有资格为霸者兽王效命的猛士。

除这些兽人外，还有一个红衣集团追随其后。这伙人正用破坏力高超的炎术将在雅姆萨后方待命的预备战力付之一炬。

虽说在雅姆萨看来这些预备战力微不足道，但这些人无疑比他

© Mitz Vah

的魔人部下强大。

这状况非常糟糕。

"不可能……为什么三兽士会在这里?难道那些家伙抛下军队自己赶来救援?可是就算是这样……"

见到意外的人物登场,雅姆萨更加疑惑。

"那些家伙把最强战力投入到我军大本营?哨兵在干什么?"

雅姆萨在怒骂他的心腹。

疑惑的不仅是雅姆萨,紧张的情绪在当场的高阶魔人中蔓延开来。

"报告!无法与哨兵取得联系,估计已经被杀!"

"什么?"

听到心腹的叫声,雅姆萨哑口无言。

敌军行动太快,他们完全来不及做出反应,等发现情况时已经大难临头。

雅姆萨认清状况后,脸唰的一下没了血色。他明白在这状况下别说是重整旗鼓了,就连逃命都是件难事。

(糟糕,糟糕糟糕,糟透了——!!再这样下去,我连活着逃出这里都难!)

雅姆萨急了。

如果是单挑倒还好,但雅姆萨还没自大到认为自己能胜过那样的战斗集团。

"争取时间!我要回一趟本国,带亚达鲁曼回来。那家伙应该能召唤死灵,重整军队。"

这是借口。雅姆萨知道现在败局已定,一心想着逃命。所幸雅

第四章
在因缘之地

姆萨是自愿向克雷曼宣誓效忠的，所以他和五指的其他人不同，没有受到任何制约。

继续追随克雷曼是自杀行为，所以雅姆萨即刻丧失了斗志。

"是！"

"我能再坚持三个小时！"

心腹一脸坚毅地表明决心，但雅姆萨不为所动。

在他心里，那些家伙不过是蠢货罢了。

雅姆萨正想直接发动转移魔法——这时他发现了异变。

"没有发动？这是……'空间封锁'吗？"

是的。一切都晚了。

因为阿尔薇思进入雅姆萨他们的视线范围时，雅姆萨他们也进入了阿尔薇思的视线范围。

阿尔薇思发动了她的能力——"天蛇眼"。

虽然这只是高阶技能，但可以对敌人施加各类异常状态（麻痹、中毒、发狂等），而且是强大的范围攻击，可以影响到她视野内的所有敌人。这项能力（技能）性能出众，据说要想逃脱只有两个办法，要么成功抵抗，要么硬扛下来。

而且，阿尔薇思还有另一张王牌——专属技能"压制者"。

这是空间系能力（技能），效果有"思维加速、空间驾驭、空间移动"。这项能力（技能）可以阻碍敌人的行动，为友方创造有利的状况。

阿尔薇思随意一瞥，雅姆萨部下的杂兵便失去了战斗力。内心软弱的人瞬间就发了狂，略强一点的人也因麻痹动弹不得，眼睁睁地看着剧毒夺走自己的生命，有人甚至中了毒后会石化。

逃过一劫的不足百人。这是战前的考验，无法通过的人连站在阿尔薇思面前的资格都没有。

雅姆萨的魔法被阿尔薇思的"空间驾驭"打消了。这项技能不是阻碍已发动的魔法，而是通过固化附近空间的坐标，防止魔法对空间进行干涉。

所以，想在该领域中用魔法逃跑是不可能的。这个领域指的是阿尔薇思的可视范围。也就是说，这个战场一带已经被阿尔薇思压制住了。

这就是三兽士"黄蛇角"阿尔薇思。

雅姆萨咬牙切齿，他明白逃亡已无可能。

他还留了一手，但那是禁忌的手段，他想尽量避免使用。

这么看来，取得胜利是唯一的活路。

"没办法。那我就认认真真地陪你打一场吧。"

"哦，雅姆萨大人！"

"只要雅姆萨大人拿出真本事，就算是三兽士，也不是你的敌手！"

"我们陪你奋战到底！用我们的奋战给克雷曼大人一个满意的结果吧！！"

他的部下受到了激励。

雅姆萨心想这些家伙都是蠢货，魔王克雷曼渴望的只有胜利和利益。

不仅蒙受无谓的损失而且还吃了败仗，克雷曼绝不可能放过他们。

（那位大人只相信纯粹的力量……）

第四章
在因缘之地

无论雅姆萨多么忠诚，克雷曼都不认可他。

在克雷曼眼里，雅姆萨只是枚棋子，他给予雅姆萨偏爱只是因为雅姆萨是个有才能的部下。克雷曼把特异级（独特）的冰结魔剑赏给雅姆萨也是为了增加雅姆萨的战斗力。也就是说，克雷曼一切都是为了自己。

尽管如此，雅姆萨仍敬爱着克雷曼，克雷曼赐给他的财富也符合他的利益，双方利害一致。

但雅姆萨不想把自己的生命也献给克雷曼。

（……是时候了。只要能活下去，我一定会东山再起！）

他估计这次失败之后自己要藏一段时间。

但自己毕竟拥有特A级的实力，是高阶魔人中的佼佼者，一定会被其他魔王看中的——雅姆萨想道。

"有趣。阿尔薇思，你是兽王下属的魔人，是勇猛的三兽士，应该敢和我单挑吧？"

雅姆萨对阿尔薇思释放出强烈的意识。

雅姆萨在赌，他赌在这里打败最强的阿尔薇思，能令敌方战意受挫，说不定这能够改变战局。就算没那么顺利，他也能给自己创造出逃命的机会。

"嗯，行啊。魔王克雷曼下属'五指'的首席雅姆萨阁下，我就让你见识一下什么叫作层次的差距！"

那就向众人证明克雷曼与卡利昂大人的优劣吧——阿尔薇思抱着这个想法接受了挑战。

阿尔薇思使用"空间移动"来到雅姆萨面前。幸存的克雷曼部下一齐攻向阿尔薇思。

这种伎俩根本称不上策略。兽人生性单纯，一定会接受挑战。

他们就是利用兽人这种习性，使出了卑劣至极的手段。

他们想尽量消耗阿尔薇思的精力，让雅姆萨赢得轻松一点。那些部下抱着这个想法发动了自杀式攻击。

"蠢货，那种愚蠢的手段是没用的！！"

阿尔薇思吼叫着发动了"天蛇眼"，比上一次更加猛烈。

然而，对雅姆萨而言这已经足够了。

阿尔薇思即将施展力量的那一瞬间就是雅姆萨等待的必胜的时机。

"得手了！！"

雅姆萨抓住那一瞬间，在阿尔薇思毫无防备的背后挥下利剑。

那把剑即将撕裂阿尔薇思后背之时……

"天真！用那种卑劣的伎俩真不像个男人！"

一个人这么叫着从阿尔薇思的影子里跳了出来，挡开了雅姆萨的剑。

"喊，什么人？"

"我是哥布塔！我一直躲在暗处提防你的阴招。"

哥布塔在解释时，又有人陆陆续续从影子里跳了出来。

不用说也知道，他们是用"同化"技能变为四足步行形态的狼鬼兵部队（哥布林骑兵）。他们将高超的运动能力发挥得淋漓尽致，攻向一个个还能行动的魔人。

"你们对我也保密？难怪我觉得有点不对劲。"

虽然嘴上这么说，但阿尔薇思其实早就发现了。正因为她知道影子里有人，所以才会放心大胆地孤军深入。

"嘿嘿，这是红丸的命令。"

哥布塔飘飘然地答道，与此同时他悄悄用鞘型电磁炮对雅姆萨

第四章
在因缘之地

射了一发。他在挡开雅姆萨的剑时就已经发现双方实力差距很大，自己无望取胜。他当机立断，抓住雅姆萨将注意力放在短刀上的机会。

在哥布塔的词典中，"堂堂正正"这个词的意义和常人不同。他只希望敌人堂堂正正，却不会拿这个标准要求自己。

然而，哥布塔这出其不意的一击被雅姆萨用剑弹开了。

"杂鱼！！别碍事！"

雅姆萨把剑锋对准哥布塔发动魔法。

水冰大魔枪朝哥布塔飞去，但哥布塔也用短刀射出了水冰大魔枪。

哥布塔从一开始就打算发动魔法进行后续攻击，没想进行迎击。此举救了哥布塔一命，两个魔法在空中相撞，互相抵消了。

"和这把魔剑的威力一样？而且没有咏唱？这个杂鱼太嚣张了……"

雅姆萨这时才第一次把哥布塔视为敌人。

然而，哥布塔此时已经无计可施了。

（糟糕。我根本看不清他刚才的动作，虽然魔法碰巧救了我一命，要是他一剑刺过来，我就玩完了。我现在可以逃了吧？）

这是他的真心话。

狼鬼兵部队幸运地取得了一定的战果，所以完全可以见好就收。

哥布塔决心撤退。

"那我们撤……"

哥布塔正要下令，这时雅姆萨的剑从他面前划过，和他的鼻子只有一纸之隔。

"呀！"

也算哥布塔走运，他刚好弯下腰躲过了这一剑。

但这引起了雅姆萨的警觉。

（他竟然能连续三次躲过我的攻击？）

雅姆萨认为连续三次躲过攻击不可能是偶然。最重要的是，刚才那超越音速的攻击表明了眼前的人鬼族（大型哥布林）的实力不可小觑。

"呵呵呵，竟然在单挑时让人在暗中帮忙，三兽士也不过如此嘛。"

雅姆萨挑衅道，他的双眼布满了血丝。

这也是雅姆萨的手段。他认为要同时对付三兽士和那个突然闯入的神秘敌人十分危险。

哥布塔差点高兴得跳起来。

（太好了！这下我可以不用和危险的魔人战斗了！）

他压抑着心中的欢喜，迅速抓住机会。

"那就让我来当你们单挑的见证人！"哥布塔宣布道。

终究是个见证人，他现在已无计可施，这总比妨碍那两人的战斗要好。

毕竟利姆鲁有过命令，可以失败，但不能战死。哥布塔还没那么蠢，他可不想成为耻辱的第一个战死者。

"如果你想上，我也可以让给你哟。"

阿尔薇思戏弄道，但哥布塔巧妙地挡了回去。

"把猎物让给他人有损兽人的名誉吧？你不必顾虑我，请尽情战斗吧！不好意思妨碍到你了。"

哥布塔今天最幸运的事就是这番莫名其妙的说辞起了作用。

雅姆萨避开了不确定的危险，阿尔薇思从一开始就不想让出猎

第四章
在因缘之地

物。

而哥布塔……

（啊——太好了。我的任务完成了！）

他彻底避开了和强者间毫无胜算的战斗。

●

在敌军后方深处、最尾部的战场上，神官长米多雷率领的神官战士团与加维鲁率领的飞龙众激战正酣。

话虽如此，其实现在只剩数人站在战场上。

双方已经倒下了近两百人，其中米多雷毫发无伤。

白色的神官服十分整洁，强调着自身的存在。

"哇哈哈哈！你们也很有一手嘛。不愧是继承龙之血脉的末裔！"

米多雷笑得很愉快。

他无视前方气喘吁吁的苏菲亚，看着倒在地上的人说道："不许无视我！"

苏菲亚已"变身"成半人半兽的形态，她凭借大幅提升的身体能力迫近米多雷。米多雷只往侧面让了半个身体的位置就躲了过去，似乎一切尽在他的掌握之中。

苏菲亚错失了一击必杀的时机，她露出了巨大的破绽成了米多雷的活靶子。

"看招！"

米多雷抓住苏菲亚前伸的手臂，扫开她的脚，轻轻将她背起来，狠狠地砸到地上。

这一招和背摔很像，是祀龙之民流传下来的独特摔投技。

"我可没有无视你。和魔物过招的机会可不多，我也很期待。我很久没有遇到像你这样值得一摔的对手了。"

米多雷说得很开心，而苏菲亚作为被摔出去的一方，简直气疯了。

"可……可恶！这……这么轻松就把我……"

米多雷简直是在嬉戏，苏菲亚满脸通红，感觉自己受到了奇耻大辱。

可是她不得不承认，眼前这个名叫米多雷的男性实力之强超出了想象。

米多雷再次无视苏菲亚，环视着四周。他在等苏菲亚站起来。

（可恶，我彻底被他看扁了！而且，我的"自我再生"竟然没效果……）

就是这样。苏菲亚的身体没受伤，没有伤势需要治疗，能力（技能）自然也不会发动。苏菲亚的疲劳单纯是因为体力消耗。

被砸向地面的冲击消耗了她的体力，令她越来越疲劳。她的身体内部受到了伤害。

即便如此，苏菲亚仍站了起来。

因为苏菲亚是三兽士中的"白虎爪"，不能一直这么狼狈。

"没想到你这么强的家伙会当克雷曼的部下。我还以为雅姆萨才是这里最强的，看来我的直觉果然没错。"

"雅姆萨……雅姆萨阁下啊，那人倒也有点实力，但他没资格陪我玩。别看我这样，我可是米莉姆大人的陪练。"

"米莉姆……魔王米莉姆吗？这么说来，你们是祀龙之民！"

苏菲亚终于明白了，难怪这些家伙和魔王克雷曼的部下差别那么大。

第四章
在因缘之地

他们只是在享受战斗，并不想打败敌人。最重要的是，与其他魔人相比，他们有着压倒性的强大实力。

"哦？那个龙人族打败了赫尔梅斯！哇哈哈哈哈，他挺强的嘛！"

米多雷笑了，他好像非常开心。

赫尔梅斯的对手是加维鲁，就在刚才，加维鲁一枪把赫尔梅斯打趴下了。

"喂，米多雷大人，别笑了，请救救我！"

"蠢货，你输了。你就老老实实地待在那里反省吧。"

赫尔梅斯仰面翻倒在地向米多雷求助，但米多雷只是付之一笑。

估计米多雷看得出赫尔梅斯还有余力，而且他也知道加维鲁没想对赫尔梅斯下杀手。

"那么现在就剩下我们三人了。能和我的部下打得难分胜负说明你那些部下也是强大的战士。这证明了你们不会一味依赖能力，身体和精神的锻炼也没有懈怠。"

"我很高兴能听到你的褒奖。我叫加维鲁。你是米莉姆大人的……"

"嗯！我就是祀龙之民米多雷。"

"我是苏菲亚，三兽士苏菲亚！如果你是克雷曼的部下，我就不报姓名了，但米莉姆大人的部下则另当别论。"

"嗯。苏菲亚阁下，我记住你了。那接下来怎么做？你们也可以一起上。"米多雷优哉地抱着胳膊。

看来就算两人一起上，他也有自信能赢。

"先别急，可以让我问个问题吗？"

"什么问题？"

"真是的。为什么区区一个人类会这么强?或许,祀龙之民不是人类?我感觉你们有点不一样。"

听到苏菲亚的问题,米多雷点了点头,似乎觉得很有趣。

接着,他答道:"你口中的人类指的是什么?这才是问题所在。如果你问的是种族的话,那答案很简单。我们和那边的加维鲁阁下一样,是龙人族。"

米多雷平淡地回答。

"什么?你和我们一样?"

"嗯,没错。我们的区别在于我是'人化'的龙与人类的末裔,不是从蜥蜴人族进化而来的。"米多雷笑着说道,"不过我们的本质是一样的。"

"原来如此……说起来,我的妹妹苍华也能化为人形。"

"难怪。以人类的标准来看你也太强了……"

"我们几乎都无法变回原本的模样了。我倒下的部下没一个会'龙体变化(Dragon Change)''龙战士化(Dragon Body)'等能力(技能)。可以说,我们现在已经与人类无异了。"

说完,米多雷看向苏菲亚。

"不过,我们继承了那份力量。我们以祭祀龙的方式铭记自身的血统。你问完了吧,苏菲亚阁下?"

"嗯,是人类还是魔物无关紧要。我只是想知道弱小的人类是否能经过磨炼变得这么强。听到你说你们和人类无异,我不禁对你的努力产生了敬意。"

"哇哈哈哈哈,我也是这么想的。实力确实分为与生俱来的和后天练就的。魔人之所以弱小就是因为太过依赖与生俱来的力量,魔人的强弱由魔素量(能量)的高低决定。强大的根源是肉眼无法

第四章
在因缘之地

看到的，技量（等级）才是独一无二切实可靠的指标。"

"原来如此。"苏菲亚非常认同他的话。

苏菲亚生下来就很强，她不用努力战斗能力就在大多数魔物之上。她那庞大的魔素量（能量）和迸发出的妖气就连魔人见了也避之不及。她的战斗风格能充分发挥自己的先天优势，光凭本能就获得了现在的地位。而现在，米多雷的话让她注意到她还没有磨炼好自身的技术。

"这么说来，我还能变强。"

"哇哈哈哈哈，你说得对。实战是最好的经验。你上吧，我会指导你的。"

米多雷悠然地站着，胳膊依然抱在胸前。

"我和苏菲亚阁下一起上吗？你是不是太自大了一点？"

听到加维鲁的问题，米多雷微微一笑，继续说道："哼！你们这些小鬼，那我就不用双手当你们的对手。"

见米多雷把话说到这份上，加维鲁也不能沉默了。

"苏菲亚阁下——"

"嗯，我们一起上。这家伙很强，我们就承认这一点吧！"

就这样，加维鲁和苏菲亚同时接受了米多雷的挑战。

●

阿尔薇思和雅姆萨的战斗愈演愈烈，决出胜负的时刻终于要到了。

这两人一直僵持不下，但雅姆萨要祭出自己的撒手锏。

"哈哈哈，不愧是三兽士！竟然能和我打得难分胜负。但胜利已经是我的了！！"

"什么？"

"哼，你以为我的撒手锏只有这把魔剑吗？你确实很强。毕竟你能和我打得难分胜负。但是！如果有两个我呢？"

雅姆萨吼叫着释放出左手上手镯中的魔力。

那个手镯名叫"镜身手镯（Doppelganger）"，是个魔宝道具，其中的魔力可以创造出一个与全副武装的雅姆萨完全一样的分身，被誉为至宝。

就连分身的装备也和真身一样。换句话说，阿尔薇思现在必须同时和两个雅姆萨战斗。

阿尔薇思的实力和雅姆萨的真身不分上下，这情况对阿尔薇思极为不利。然而……

"怎么样？如果你归降，那我就饶你一命。"

"然后呢？"

"什么？"

"你以为凭这种小花招能赢过我吗？追随克雷曼那种小人的魔人终究不过如此，连撒手锏也如此粗陋。"

阿尔薇思不为所动。不仅如此，她还开始鄙视雅姆萨。

"那就消灭！"

在雅姆萨喊出这话之前，阿尔薇思也拿出了她的撒手锏。

上半身是美丽的女性，下半身是黑色的大蛇。这才是阿尔薇思的真身。阿尔薇思用"兽身化"变回原本的形态之后可以发挥出全部力量。

从外表来看，阿尔薇思和近身格斗型的法比欧及苏菲亚不同，

第四章
在因缘之地

应该是擅长在远处发动魔法攻击的类型。但事实并非如此,她是纯粹的战士,擅长的是近身战,很符合兽王部下的身份。

不过,她的战斗风格与那两人截然不同。

阿尔薇思将金色的锡杖举到自己的额头上。锡杖瞬间消失,阿尔薇思的额头上长出了金黄色的角。

阿尔薇思的妖气瞬间迸发,此前她一直完美地收敛自己的妖气,其力量的增幅之大可见一斑。

二次"变身"——这就是阿尔薇思的撒手锏。

阿尔薇思站在雅姆萨面前,她全身都在龙鳞铠的保护之下。

四周的空间完全在阿尔薇思的控制之下,弥漫的妖气开始发出紫色的电光。

"喂!"哥布塔惊愕地叫道。

阿尔薇思身上散发着危险的气息,仿佛她眼中的一切都是攻击目标,敌我双方已无区别。

"你是哥布塔先生吧?这是我的许可,请立即退避。"

"就算你不说,我也要躲!"

"全员退避!"哥布塔的命令一下,狼鬼兵部队立即逃离了这片领域。

"蠢货,你要凭一己之力对付我们所有人?"

"你太小看人了。"

幸存的魔人围住阿尔薇思,纷纷叫道。

但阿尔薇思已展现出自己原本的形态,她不在意这些。

"啊哈哈哈哈哈哈哈!!消失吧,你们这些蠢货!!"

等雅姆萨发现时已经晚了。

吐血倒下的魔人。

全身石化化作碎片的魔人。

身体化为尘土的魔人。

在不同程度的各类异常状态的侵蚀下，雅姆萨的部下一个个消失。雅姆萨束手无策，只能眼睁睁地看着这一幕。

"你……你——！！"

近距离特殊战斗，这就是阿尔薇思最擅长的战斗方式。

"黄蛇角"——阿尔薇思金黄色的角是死亡的象征，它的出现意味着空间中将会弥漫着死亡的气息。

这时，雅姆萨明白自己彻底输了。

"投降吧。只要你投降就能得到俘虏的待遇，性命还是有保障的。"

雅姆萨唯一的活路就是接受阿尔薇思的提议。因为阿尔薇思的"天蛇眼"只是轻轻一瞪，"镜身手镯"就碎了。

这项技能甚至有破坏装备的效果，雅姆萨的分身还没出手就被消灭了。

（我的手脚也渐渐麻痹。再这么下去，连继续战斗都十分困难……三兽士到底有多强？）

雅姆萨的不幸在于他碰上了三兽士中最强的阿尔薇思。

对手太强了，但雅姆萨并不知道这一点。

阿尔薇思经常被任命为指挥官，她极少有机会发挥自己的能力。因此，外界多以为她只是三兽士的指挥官，低估了她的实力。

雅姆萨也是其中之一，他打心底轻视阿尔薇思。

胜负已分。然而，事情还没结束。

克雷曼毕竟是个狡猾的魔王，他绝对不会容忍部下的背叛……

第四章
在因缘之地

老老实实投降——雅姆萨做出这个决定之时……

"你觉得我会容许这种事吗？"

雅姆萨的心中响起了克雷曼的声音。
"咦？"
雅姆萨下意识地发出惊叹声。
雅姆萨的身体突然不受他控制，自己动了起来。
"快……快停下！克雷曼大人请停下！！"
雅姆萨的手伸进怀里取出了一个青紫色的凶煞宝珠，往他嘴边送去。
"唔！！"
雅姆萨拼命咬着牙，想远离那个东西……但他的抵抗是徒劳的。
克雷曼早有准备，他用"悬丝傀儡"无视雅姆萨的意志强行操控他的身体。
"你在干什么？"
阿尔薇思冒出疑问时，雅姆萨已经把那东西吞了下去。
雅姆萨吞下了那个青紫色的宝珠——暴风大妖涡（卡律布狄斯）的碎片。
"哈？唔……呕……咕呜啊——！！"
"到底怎么回事？"
阿尔薇思保持着战斗姿势，心中十分困惑。
在她面前，雅姆萨的身体长出了触手，伸向四周，随后他的身体在不断地膨胀扭曲。
在阿尔薇思控制的空间内魔素（能量）膨胀得难以抑制，那是夹杂着冰雪的风暴。

吞噬、膨胀、爆散。

这是一个以魔物为"核"的魔物,因此他会竭尽所能地进行破坏,直至时限到来,自动消亡。

虽说只能持续一段时间,但他的实力能匹敌卡律布狄斯的真身。他的本性尤为棘手。他和卡律布狄斯一样吞噬的欲求永远无法满足。

这就是雅姆萨犹豫是否使用的禁忌手段,是克雷曼布下的巧妙陷阱。

*

此时此地,卡律布狄斯再次出现。

阿尔薇思神情紧张,全力对卡律布狄斯发动攻击。

然而,她的攻击没有效果。半桶水的攻击甚至无法削弱不断膨胀的卡律布狄斯。

麻烦的是"超速再生"。他正在吸收四周的死亡之气,迅速创造出临时肉体。

"呃,可恶的怪物!"

阿尔薇思厌恶地叫道,她引以为傲的"天蛇眼"不起作用,紫电的效果也很差。

这个怪物本来就是灾祸级的魔物,实力远在阿尔薇思之上。即便她是三兽士中最强的一个,独自面对这样的敌人也是一筹莫展。

所幸这里离战场还有点距离,她还能争取一点时间,让战友晚一点受到影响。估计等卡律布狄斯完成自己的身体后,她也没办法了。

绝望化作压倒性的威力在这里肆虐。

第四章
在因缘之地

　　麻烦之处在于这个怪物将雅姆萨当成自己的"核"还不够，还将冰结魔剑也吸收了。因此，它还在吸收周围的热量，这一带开始降温了。

　　这个狂暴的怪物将妖气转变为水冰大魔岚。

　　周围是冰雪与风暴肆虐后的可怕惨状。

　　但这还不是最可怕的，阿尔薇思最担心的是被他吸收的热量爆发出的瞬间。

　　（能用转移能力逃跑的人倒还好说，其他人就……）

　　全部丧命。

　　"可恶！该死的克雷曼——！！"

　　阿尔薇尖叫着使出全力持续进行攻击。

　　她连喘息的空隙都没留，接连不断地发动攻击。

　　然而，这些攻击都是徒劳。

　　虽然能伤到卡律布狄斯的表面，但对本体的伤害微乎其微。

　　不，他的恢复速度太快了。

　　"可恶！只能让其他人去逃命了，能逃多少是多少。"

　　尽管十分绝望，但阿尔薇思仍打算采取自己力所能及的最佳措施。她决定立即对红丸提出申请，让所有人全力撤离战场。

　　从结论上来说，她没提出申请。

　　因为已经没必要提出申请了。

　　"阿尔薇思，你违反了命令。我说过，一旦发现无法取胜就要立即撤退吧？"总司令（红丸）突然亲自来到阿尔薇思面前，说道。

　　"红丸大人！"

　　"嚯，是卡律布狄斯啊。上次连我的攻击都无法伤到你，但这次又如何呢？"红丸自信地嗤了一声。

"红丸大人，那个怪物太……"

"我知道。这正合我意，我正好拿他试试自己的力量。"

说完，红丸向前方伸出右手。

这场战斗瞬间结束。

红丸迈出一步，用包裹着漆黑火焰的太刀劈开卡律布狄斯。然而，卡律布狄斯尚未完成的巨大身躯未被斩断。

但有一点和之前不同。

红丸的攻击和阿尔薇思有决定性的区别，伤口没有再生。

"黑炎"在卡律布狄斯的伤口上熊熊燃烧，他焦黑的伤口冒着黑烟。

"喊，果然还是不行。现在可不是打闹的时间，没办法，来个了结吧。"

说着，红丸回到阿尔薇思面前。

他把太刀搭在肩上，完全没把卡律布狄斯放在眼里。

"不好意思，我本想等你变成完全体之后再陪你玩玩……"

虽然还没飞上天空，但卡律布狄斯的庞大身躯已经超过了四十米。可是现在，他的庞大身躯被一个黑色的半球形罩住了。

"消失吧。"红丸低语道。

那一瞬间——轰！！一声巨响震慑四周。

大范围炼狱攻击——"黑炎狱"——其威力和以前不是一个层次。

红丸通过"支配火焰"完全掌控了魔素（能量）流动。他突破了卡律布狄斯的"魔力妨害"的阻碍，将其身体烧成灰烬。

"不是吧？"

第四章
在因缘之地

难怪阿尔薇思会这么吃惊。

红丸的攻击能够奏效，意味着他的魔力在卡律布狄斯之上。

也就是说——红丸也和阿尔薇思她们的主人魔王卡利昂一样，达到了灾祸级。

"阿尔薇思，我的工作也完成了。现在起，你以副官的身份指挥全军。"

"明白，红丸大人。"阿尔薇思解除"变身"跪下来领命。

她有许多疑问，但现在不是说这事的时候。

阿尔薇思藏起心中的动摇，尽情享受着这个命令。

这里出现了前所未有的灾厄（卡律布狄斯）——但他还没来得及作乱就被迅速处理掉了。

◉

"哦，哦……真没想到，雅姆萨的背叛倒是在预料之内，但想不到卡律布狄斯会这么轻易被打败……"

"是啊。虽然也有克制的因素，但就连我们也无法打败他。"

"克雷曼的军队崩溃、作战失败、损失惨重，那位大人说得对，他应该老老实实待着的。"

"是啊。拉普拉斯也给过他忠告，这次是克雷曼的不对。"

福特曼和蒂亚边说边互相使眼色。

那两人面前的法比欧满身疮痍，克鲁特正在保护他。

"我们必须去向那位大人报告，游戏到此为止。"

福特曼毫发无伤，蒂亚虽然有些伤，但也不影响战斗。

从双方的伤势来看，克鲁特这边十分不利。

"你们想逃吗？我知道你们很强，但只要能拖住你们，阿尔薇思和苏菲亚就会赶过来。而且还有红丸阁下在，你们已经没戏了。"法比欧摇摇晃晃地站起来说道。

他虽然满身疮痍，但伤口的血已经止住了。他的回复力强得离谱。

他的回复能力比兽人特有的"自我再生"强得多，已经达到了"超速再生"的级别。法比欧曾被卡律布狄斯吞噬，因此继承了卡律布狄斯的些许能力（技能）。

"别再纠缠了，黑豹！"

蒂亚打飞了法比欧。但她的攻击没留下致命伤，法比欧的伤口立即再生，他又站了起来。

论速度，蒂亚更快，但她无法对法比欧造成致命伤。而法比欧的攻击虽弱，却让蒂亚身上的伤痕越来越多。

乍一看，在这场战斗中法比欧处于下风，但随着时间的推移，形势有可能逆转。

至于福特曼和克鲁特……

福特曼蜷成了一个肉球，高速旋转想碾压克鲁特。但克鲁特用大盾防住了他的攻击，并用切肉刀狠狠地反击。但他的猛砍被福特曼的肉铠挡住，没能造成致命性的伤害。

攻防拉锯，那两人的战斗僵持不下。不过这是因为福特曼没拿出真本事。

现在卡律布狄斯已经被打败，福特曼已无心嬉闹。

"唔？"

克鲁特发现情况不对，急忙站到法比欧面前。

第四章
在因缘之地

"克鲁特先生,怎么了?"

克鲁特还没来得及回答法比欧的问题,福特曼的攻击就发动了。

那是一个大得离谱的魔力弹。

这是凝聚了福特曼力量的一击,虽然简单,但威力足以改变地形。

克鲁特的大盾被那一击破坏,而且连他全身的防具也被轰得粉碎。

尽管有克鲁特的保护,但法比欧也受到了伤害。如果没有"超速再生",法比欧肯定没法保住性命。

"哈——哈哈哈。我们这次的委托不是解决你们,所以我就放你们一马。"

"要心怀感激哟!如果我们动真格的,你们已经不在这世上了!"

这话传进了克鲁特和法比欧的耳中,他们已经伤得站不起来了。

爆炸的粉尘散去之后,福特曼和蒂亚已经不见了踪影。

"我们彻底输了。虽然我的力量也有提升,但人外有人啊。"

"不,如果没有克鲁特先生,估计我就没命了。抱歉,我拖了你的后腿……"

"没那回事。至少我们还活着,下次赢回来就行了。"克鲁特劝慰道。

"是啊,你说得对!"

法比欧绝不是弱者,是福特曼和蒂亚太强了,就算他们当上魔王也不足为奇。

论魔素量(能量)也许是克鲁特更高,但双方的技量(等级)差距巨大,对方的技量(等级)弥补了魔力差距。

克鲁特和福特曼战斗时一直在咬牙坚持，他明白，就算自己全力战斗也没有胜算。

不过，这次这样就行。

"红丸阁下，小丑逃走了。"

克鲁特用"思维传递"向红丸报告。

"嗯，我一直在看着。那些家伙还想放我们一马，但他们棋差一招。"

红丸指示克鲁特探清敌人的能力，并且要保护法比欧。

（这副惨状可不是观察情况那么轻松。没杀我就是你们的失败，红丸阁下已经记录了我们间的战斗。利姆鲁大人之后将会解析战斗，你们实力的秘密也会暴露。）

所以，这次失败并非没有意义。

他们的目的已经达到了。就算这次输了，但只要磨炼自己，今后也能缩小差距。

没能在这因缘之地和当时利用自己族人的人做个了断是个遗憾，但这是因为克鲁特力量不足。

（下次能赢！）

克鲁特暗暗下定决心。

"那我继续指挥战斗。"

"有劳了。还剩一个麻烦的家伙，那我就去对付那家伙。"

"总司令阁下也很辛苦啊。"克鲁特报告完后在心里感慨。

在这战场上潜伏着数名棘手的敌人，他们无法同时对付全部敌人，所以使用苦肉计分散敌方战力。

红丸会视情况决定优先级并前往救援，但一旦判断失误就会有救援不及的危险。

第四章
在因缘之地

看来红丸成功做到了。

他本想先去杀福特曼，但整体胜利高于个人恩怨。

（他不是冲动型的将领啊。和与我们战斗时相比，他的成长令人惊叹……）

克鲁特在心里感慨道，他更信赖红丸了。

●

时间回到不久之前，在战场后方的最深处。

几分钟前，战斗已经开始。

对加维鲁和苏菲亚而言，这是没有尽头的几分钟。

然而，这段时间突然结束了。

"唔？"

"这是？"

"呼——哈——呼——哈——到……到底……怎……怎么回事？"

经历了两三次摔投之后，苏菲亚掌握了受身技巧，减轻了被摔时的伤害，她的疲劳也有所缓解。

加维鲁被这陌生的攻击方式打乱了阵脚，慌乱地挥着枪，一副疲惫不堪的模样。

而米多雷以一敌二，一副游刃有余的模样，没有一丝疲态。和米莉姆比起来，这两人的攻击简直微不足道。

第一个发现那件事的人也是米多雷。

"全员，允许使用回复魔法！站起来！站起来，把这里的所有人都弄起来！！"

米多雷怒吼道，从容的表情从他脸上消失了。

"米多雷大人，情况不妙啊！从这反应来看，那可是个大家伙。"

"我知道！这是米莉姆大人前不久解决掉的卡律布狄斯。不，也许是残渣？"

"是啊……他的状态好像很不稳定。就算不理他，不到一天也会自动消亡，可是……"

"不对，这里是战场，搞不好他可能会产生意想不到的进化。最好尽量避免那种怪物得到饵料。"

不知何时，赫尔梅斯已经恢复，他和米多雷讨论着。

在这期间，地上那些神官施放了回复魔法，不仅对他们自己，还帮加维鲁下属的飞龙众进行了回复。

"卡律布狄斯？那不是之前借助法比欧那笨蛋的肉体复活的怪物吗？他不是被魔王米莉姆消灭了吗？"

"卡律布狄斯无疑已经被米莉姆大人……"

苏菲亚和加维鲁也加入了对话。那两人也认为现在应该停止较量。

"冷静。那不是卡律布狄斯的本体，应该是其力量的碎片。看来他把雅姆萨当成了'核'的替代品……"

米多雷发动他的"龙眼"看清了状况，并说明道。虽然他的能力（技能）性能不及米莉姆的"龙眼"，但也兼具广阔的视野和优秀的解析能力，足以看透现状。

而赫尔梅斯正在警戒四周，以防万一。

"看来错不了。虽然雅姆萨那混蛋想杀掉我，但现在他连灵魂都被吞噬。事已至此，我们只能尽量把损失降到最低，等待他自动消亡了。"

第四章
在因缘之地

他冷静地阐述结论。

"听到了吗?允许全员武装。别贪心。如果只求拖延时间,应该是有办法的。"

"我们也去帮忙。我们上次还不适应高速飞行,但这次不同,只要留心鳞片攻击,就不会受伤。"

米多雷和加维鲁约好了协作方式,两人就像老相识一般。狂暴的卡律布狄斯也有追逐活动物体的习性。加维鲁认为,既然他们能飞,那应该能成为最合适的诱饵。

苏菲亚也一反常态,脑袋转得飞快。她准备迅速开始做自己力所能及的事。

"好。那我现在开始协助地面的家伙撤退,免得他们被卡律布狄斯吃掉……"

但她话说到一半事态骤变。

因为在这时,红丸将卡律布狄斯烧成了灰。

"什……么……那家伙若无其事地干了一件令人难以置信的事!"

"什么?咦?他是魔王吗?米莉姆大人暂且不谈,单凭一个魔人就能做到这事?他无疑是个怪物……"

准确看清情况的只有米多雷和赫尔梅斯两人。

苏菲亚和加维鲁也有所察觉,但他们不清楚详细情况。他们只知道卡律布狄斯邪恶的气息在一瞬间消失了。

"喂,发生什么事了?也跟我说说啊!"

"嗯,我们也想请你说明状况。"

"这个啊,其实我也很想说,不过……"

"看来没这个必要了。"

赫尔梅斯和米多雷还没开始说明，苏菲亚她们眼前的空间就已经出现了扭曲，一个魔人出现了，他的红发如熊熊燃烧的火焰。

红丸肩上搭着太刀来了。

他过来对付这个战场上最后的威胁——米多雷。

"哟，你好像很关照我的伙计嘛。"

红丸出现后瞪着米多雷，但他突然发现情况有些奇怪。虽然这里有打斗的痕迹，但没一个人受伤，而且双方也没有怨气。

"请等一下，红丸阁下！这些人是米莉姆大人的部下，是祀龙之民神官战士团的成员！"

"什么？米莉姆大人的？那……"

"我们的伤也是这些人用回复魔法治愈的！"

"原来是这样。看来我太武断了。我把你当成这个战场上最难缠的对手，一直提防着你。"

"哇哈哈哈哈，这也不算武断。我和你们交过手也是事实。我确实让人治疗你们的伤势，但这是为了应对更大的灾厄。不过似乎没这个必要了。"

"原来是这样，那现在呢？你要继续和我们打吗？"

"这个嘛，该怎么做呢……"

"其实我们不想和米莉姆大人的部下起争端……"

"嗯，是啊。我倒是想和你们过过招，但并不想和你们发生战争。我只是单纯想和你们分个高下。"

"原来如此，我理解你的心情。"

说到这儿，米多雷和红丸一起笑了。

"喂！这可不是闹着玩的！"

"是啊，红丸阁下！如果有朝一日你伤到米莉姆大人的人，你

第四章
在因缘之地

想想看那一天将会有怎么样的灾厄降临！"

"是啊，米多雷大人！利姆鲁阁下是米莉姆大人的朋友，绝对会出大事的！"

赫尔梅斯和加维鲁慌忙劝阻。苏菲亚本想掺和进去，但现在也不好开口了。

"我知道了。而且如果不下杀手的话，估计我打不过你。"

红丸不打没把握的仗，于是他放弃了。

"哇哈哈哈哈，确实。连我也承受不住你杀死卡律布狄斯的那种攻击！"

说着，米多雷也笑了，他似乎有自信在红丸使出那一招之前制胜，但轻松的比试可能真的会因此演变成一场你死我活的战斗。

在这战场上可不适合进行比试，现在再打也已经没意义了。

于是，那两人都打消了交手的念头。

就这样，旧半兽人王国欧比克的战斗，以联军压倒性的胜利告终。

而另一个战场上也……

●

一到零点，朱菜、苍影、白老三人立即开始行动。

穿过被浓雾笼罩的湿地就能看到克雷曼的总部。他们悄悄潜入湿地，朝克雷曼的总部前进。

湿地里有许多诡异的沼泽，里面咕噜咕噜地涌出气体。那些气体估计就是雾气的成因，这里的环境令人毛骨悚然。

他们一踏入其中，视线就被雾气遮挡了。

"不妙啊，我的'魔力感知'被这雾气阻碍了。"

"是啊。这正是我放弃调查的原因。在这里，视野会受到极大的限制，只能依赖五感获取信息。而敌方似乎可以利用这雾气获取信息。"

"原来如此。也就是说，形势对我们极为不利。"

"是的。白老大人没有问题，我也可以用'隐秘'隐藏自己。可是朱菜公主……"

正如苍影所说，白老用隐形法的极致"胧"完美地阻断了自己的气息。苍影也一样，他完全隐藏起自己的气息，就算站在别人身旁也不会被发现。

"我也没问题。"

问题是朱菜，但看样子是苍影杞人忧天了。朱菜也完美地阻断了自己的气息。

"哦，这和我的'胧'原理相似，是'幻觉魔法'和'妖术'结合的产物。不愧是朱菜公主。"

正如白老所说，这是朱菜独创的手法。

虽然不及利姆鲁，但朱菜也用专属技能"创作者"创造了独特的魔法技术。

"看样子没问题。不过需要注意的是在这雾中'思维传递'也无法使用。视野很差，而且沟通也很困难，请谨慎行事，千万不能大意。还有，带上这个。"

在这雾中，苍影虽然能用"分身"，但也无法用"思维传递"进行沟通，所以让白老和朱菜握住"粘钢丝"作为紧急时刻的联络手段。

对"粘钢丝"使用思维传递可以勉强进行沟通，但丝一旦被切

第四章
在因缘之地

断就会失去联络手段，所以必须多加小心。

朱菜和白老点点头，慎重地把丝缠在手腕上。

这样一来，准备工作就完成了。

"那我们出发吧。"

朱菜发出信号之后，三人开始前进。

*

"糟糕。我们好像中计了。"

他们走了几分钟之后，朱菜停下脚步低声说道。

"中计？"

"我的感觉好像也有些错乱，但附近没有敌人的……什么？"

苍影话说到一半，发现附近突然冒出许多敌人将他们团团围住。

"什么……竟然有这么多，我一直都没发现，他们之前到底躲在哪儿？"

"不对，白老！不是敌人躲在暗处，而是他们巧妙地把我们诱导到他们面前！！"

"原来是因为这雾啊。这雾不仅会扰乱我们的方向感，还会隐藏敌人并将我们诱导至包围网的中心吗……"

"原来如此，看来刚才那种怪异的感觉就是这个。"

"就是这样，苍影、白老。这雾气会引发'空间干涉'，无论入侵者从哪里进入，都会被引向指定地点。"

朱菜还没解释完，那人就出现了。

苍影和白老摆好架势面对来者，同时防备着潜伏在附近的魔物。

朱菜也不再说话，注视着那人。

披着纯白圣职衣装的骸骨，这就是出现在朱菜他们面前的人。

"竟然有如此庞大的魔力……"朱菜低声说道,头上冒出了冷汗。

"难道是克雷曼?"朱菜瞬间慌了神,但她立即否定了这个想法。

现在已过零点,克雷曼应该已经去参加魔王飨宴了。这么看来,这人应该是克雷曼的心腹、五指中的一人。

可是,眼前这人气场十分强大,何止是与三兽士相当,简直与魔王无异。这个魔人拥有压倒性的力量,很难相信他会向他人臣服。

这时,朱菜想起了缪兰的介绍说明。克雷曼部下的五指中只有一人是专门防卫据点的,那人是……

"这样啊,你就是亚达鲁曼吧。你是这里的统治者——率领众多不死系魔物的死灵之王……"

白老通过"天空眼"得出了和朱菜一样的结论。

那人巨大的凶煞之力在缪兰的描述之上。这里的守护者是足以匹敌魔王的死灵之王。

苍影没有怀疑朱菜和白老的话,直接接受了这一结论。他静静地观察敌人,寻找最有效的攻击手段。

无论敌人是谁,都是死路一条——这是苍影的行动理念。

就在苍影准备行动的前一刻……

"没错,我就是亚达鲁曼。我为伟大的魔王克雷曼效力,奉命守卫这里。可怜的入侵者,老老实实受死吧。只要你们不反抗,我就赐予你们没有痛苦的死亡。"死灵之王亚达鲁曼宣告道。

那话是王的命令,他没把朱菜她们当成对等的敌人。毕竟亚达鲁曼的魔素量(能量)有压倒性的优势,这也可以理解。

那无穷无尽的魔素(能量)吸引了过万的不死系魔物在这附近

第四章
在因缘之地

蠢动。

咔嗒咔嗒咔嗒，咔嚓咔嚓咔嚓……那些魔物伴着刺耳的响声调整阵型，将朱菜她们围在中间。

"我们果然被彻底包围了。这雾气和'方位结界'共同作用，我们也无法用'空间转移'逃脱。而且所有通信手段都被屏蔽，摆脱这一困境唯一的办法就是打败亚达鲁曼。"

朱菜没有一丝犹豫。

白老和苍影本来就不会乖乖听亚达鲁曼的话。朱菜刚解释完，这两人便同时发起了攻击。

"那就尽快行动，打败敌人的首领。"

"没异议。在我的一击之下，就算是亡者也会毙命。"

那两人用这话回应朱菜的说明，并逼近亚达鲁曼。

面对那两人，亚达鲁曼却露出了自信的笑容。

"呵呵呵，不自量力的家伙，我想赐予你们宽容与慈悲，你们却要干傻事。你们要为无视我的提议付出代价，在悔恨中接受制裁吧。"

亚达鲁曼从容地挥了一下手臂。

下一个瞬间，发生了一件令人震惊的事。一名骑士站到亚达鲁曼前方，接住了白老瞬间逼近的白刃。

白老原本深信这是必杀的一击，他吃惊地往后退了一步。

那名骑士是 A^- 级魔物死灵骑士（Death Knight）。

然而，白老在这一回合中发现了异常。虽然是强大的魔物，但区区死灵骑士应该接不住白老的斩击。

"你好像不简单啊。好，那我就认真当你的对手。"

白老准确把握了状况，他知道那名死灵骑士是个威胁。

那名死灵骑士的强大不是源于魔物身体的强度，而是经过磨砺的技量（等级）。

如果是这样，那用"天空眼"也看不透他的实力，所以白老要凭自身的技量（等级）与死灵骑士交锋。

死灵骑士默不作声，因为死者的残骸加上临时的肉体是没有发声功能的，但惨白的火焰在他凹陷的眼窝中摇曳。

这无疑是意识之光。这是他曾为人类的骄傲，他要接受白老的挑战。虽已不是人类，但那名死灵骑士仍是高傲的骑士。

双方的魔素量（能量）差别不大，身体强度也不相上下。

精湛的技术碰撞出四溅的火花，高手间的战斗开始了。

苍影面前也出现了一名劲敌。

苍影悄悄靠近亚达鲁曼，但他面前突然冒出一个巨影，挡住了他的一击。

"喊！"

苍影咂了咂舌，瞪着那个巨影。

"难道是腐肉龙（Dragon Zombie）？"

"不对，苍影！那个敌人可没那么简单！单看魔素量（能量），他在你之上，那是最强的不死系魔物死灵龙（Death Dragon）！！"

虽有浓雾的阻挡，但朱菜仍准确掌握了对手的真面目。

听到这话，苍影也绷起脸露出一副不快的表情。如果只有他一人倒是没问题，但在战斗的同时还要保护朱菜，情况就不同了。

本来还能把朱菜托付给白老，但他现在的注意力都集中在死灵骑士身上。

第四章
在因缘之地

苍影必须迅速解决死灵龙，否则连朱菜也会被从四面八方涌来的逾万名不死系魔物淹没。

苍影知道现在不是吝啬的时候。

"那就消失吧！操丝万妖斩！！"

苍影立即使出自己最强的攻击手段。

带有专属技能"隐秘者"的"一击必杀"效果的"粘钢丝"分出万条分支向敌人扑去——苍影的必杀技华丽又实用，这幅画面宛如万花筒中的景象。

这项技能连精神体都能斩断，即便敌人是死灵那种半精神生命体也必死无疑，但这次没那么顺利。

"不可能，他竟然再生了？"

苍影从未有过这种焦虑的表现。

二十米级的庞大身躯被切得七零八落，战斗本应就此结束。然而，死灵龙重铸了肉体，仿佛从未受到任何伤害。

如此可怕的回复能力已经超越了"超速再生"，这是"不死"的力量。

"那就连你的灵魂一起毁灭……"

苍影做出决定之时，听到了朱菜冷静的声音。

"苍影，冷静点。你能够冷静分析战力，你应该清楚自己赢不了死灵龙吧？"

"可是……"

"那头龙的灵魂应该是在魔人亚达鲁曼的体内。你专心拖住那头龙，别管我。我来解决亚达鲁曼。"朱菜静静地对苍影说道。

"这太危险了！"

"别说了，苍影。其实我一直很愤怒。"

朱菜露出冰冷的笑容，将苍影的担心一扫而空。

朱菜眼中熠熠生辉，展现出她刚强的秉性。苍影见状哑口无言。

朱菜曾是统领大鬼族（人鬼族）部族的姬巫女，她的话具有让人服从的力量。现在，她那份力量比"异世界人"水谷希星的专属技能"狂言师"更强。

而且朱菜不是一味要人保护的人，苍影很清楚。

所以，答案只有一个。

"遵命。朱菜公主，请小心。"

"苍影，你也是。那头龙就交给你了。"朱菜微微一笑，说道。

苍影点点头，把注意力转向死灵龙。既然已经接受这个任务，那就没什么可犹豫的。苍影相信朱菜，专心投入到自己的战斗中。

*

现在就剩朱菜一人与亚达鲁曼对峙，但她没慌。

亚达鲁曼睥睨着朱菜，"哦？小姑娘，你打算怎么办？没了护卫，你又能做什么？而且，你要怎么对付万名士兵？"

亚达鲁曼的声音中既有不可思议的疑惑，也有享受的快乐。

事实上，亚达鲁曼很满意。

魔王克雷曼的命令是绝对的，但亚达鲁曼还留有自由意志，只是他的行动彻底被限制了。

抹消入侵者——这是亚达鲁曼唯一能做的事。

力量强大，但智商低下——克雷曼的其他部下都看不起他。那是因为亚达鲁曼被束缚在这个地方，无法自由行动。

他连辩解的机会都没有，所有其他人自然也不了解他。

比起魔人，亚达鲁曼更像是武器。他是被固定在这里的防卫系

第四章
在因缘之地

统。他的灵魂未被束缚，但身体会遵照命令自动行动。

他向克雷曼宣告过忠诚，但这是装的。他只是遵照设定，对这个系统的主人表达形式上的敬重。其实亚达鲁曼的心愿是从这个束缚中解脱出来。

因此，亚达鲁曼很享受和朱菜的对话。

防卫行动也是自动进行，所以亚达鲁曼不需要操任何心。和入侵者对话是他不会被任何人打扰的唯一的兴趣。

这是制作这个系统的人——魔王卡萨利姆的慈悲。

也许这不是卡萨利姆的初衷，但亚达鲁曼是这么理解的。多亏了这个兴趣，亚达鲁曼才没在这千年的漫长时光中发狂。

（就算这是维持系统技能的策略也值得感谢。）

这是亚达鲁曼的真心话。

正因为这样，亚达鲁曼才能无视自己的意愿全力攻击入侵者。

他想象着逾万名不死系魔物袭击朱菜的光景，祈祷着朱菜能没有痛苦地消失。

"不必担心。'对魔属性结界（Alignment Field）'！！"

朱菜凛然的声音响了起来。

那一瞬间，以朱菜为中心半径百米的范围变成了邪秽之物无法入侵的圣地。

这是针对魔素的结界。她对"魔法禁区"和"圣净化结界"进行了"解析鉴定"，并将二者"融合"。这是朱菜利用上次的经验独创的魔法。

这次会阻碍所有魔素，但也可以只阻碍火或风等四属性之一，是极强的防御魔法。

"这样就不会有人妨碍我们了。你是这个防卫系统的核心，只要我打败你，就能破坏整个体系。"

"哦，这魔法很棒。而且，想不到你能看穿我的秘密。小姑娘，你叫什么？"

朱菜说得没错。只要消灭亚达鲁曼，就能破坏这个据点的防卫系统。亚达鲁曼的灵魂被束缚在这里的地脉中，让他庞大的魔素量（能量）在地脉中循环，这就是这个系统的关键。

当然，敬仰亚达鲁曼的死灵龙和他的心腹兼好友死灵骑士也会从这咒缚中解脱。

见朱菜一眼就看透了这一切，亚达鲁曼也不隐藏自己的敬意。而且他心中出现了一缕希望的曙光，说不定这个小姑娘能帮自己从这痛苦中解脱。

"我叫朱菜。"

"朱菜……阁下，那我们就来一场普通的比试吧。如果你能赢我，那我就满足你的要求。"

"感谢你的好意。可是我们只想消灭魔王克雷曼。如果我让你不要妨碍我们，你会放我们活着过去吗？"

"呵呵呵，你应该知道我办不到吧？"

"这样啊。我还以为你能克服那个咒缚，看来是我错了。那就没办法了。那就按照原计划打败你。"朱菜坚定地说道。

（如果有办法克服这个咒缚，那我一定竭尽所能。魔王卡萨利姆是个可怕的男人，他是个非比寻常的敌人。'咒术王'可不是浪得虚名的。她说得倒是轻巧……）

尽管心里这么想，但不知为何，亚达鲁曼没有不快。

"看来我们无话可说了，那你就使出全力来对抗我吧！"

战斗就这样开始了。

第四章
在因缘之地

……

亚达鲁曼曾是个王子。

他是从属于神圣法皇国露贝利欧斯的一个小国的王子,这样的国家有许多。

这些国家没有军队,防卫依赖于中央的圣教会派来的神殿骑士团。

作为代价,国家要将露米纳斯教立为国教,并为骑士团提供自己的优秀人才或援助金。

圣教会当时没有现在这么大的权势,也没有圣骑士团(十字军)。得到认可的优秀人才会被授予圣堂骑士(Paladin)的称号,这是非世袭的名誉骑士称号。

那时,亚达鲁曼是个出类拔萃的优秀人才。

后来,他哥哥继承了王位,也生下了继承人。因此,亚达鲁曼也放下顾虑,致力于传播露米纳斯教。

他在圣教会这个致力于传播露米纳斯教的组织中渐渐崭露头角。

亚达鲁曼被神迹迷住了,他对露米纳斯的信仰坚定不移。他从不置疑露米纳斯这个伟大神明的存在。

因此,他甚至学会了大司祭级的"神之奇迹",成了当时首屈一指的"神圣魔法"的施法者。

最终,亚达鲁曼当上了枢机主教,这是圣教会中的顶点,但他在神圣法皇国露贝利欧斯中的地位不算太高。

亚达鲁曼很努力。

他不满足于现状,除"神圣魔法"外,他也开始接触其他魔法。他会和当时的挚友卡德拉讨论魔法,在切磋磨砺中攀登魔法高峰。

亚达鲁曼的努力有了回报，他突破了人的界限，成了"仙人"。

仙人拥有人类的肉体，但更接近高阶魔精，是半精神生命体，拥有人类望尘莫及的巨大力量，被视为人类的守护者。

时光流逝，亚达鲁曼越来越努力，通过日积月累的钻研，他登上了人类的顶峰成了"圣人"。

这时，喜从天降。他终于得到了位于灵峰顶点的"里之院"的召见。

亚达鲁曼万分欣喜。

（我终于也能一睹露米纳斯大人的尊容了！！）

是的，亚达鲁曼相信露米纳斯神是真实存在的。毕竟这份信念就是他的信仰之源……

亚达鲁曼兴高采烈地赶赴圣地，他根本不知道这是悲剧的开端。

然而，他未能如愿……

……

激烈的魔法对决仍在持续。

"溶解一切，腐蚀吧——"

亚达鲁曼正在咏唱元素魔法"侵蚀魔酸弹（Acid Shell）"。

许多水球浮在空中，向前方播撒魔法霰弹，连骨头都会被其溶解。一个个水球射出魔酸弹从上空逼近朱菜。

但朱菜十分从容。

"幻炎之墙。"

"幻炎之墙"抵挡并蒸发了魔酸弹。

她用加速至千倍的思维速度、高超的"解析鉴定"能力以及"舍弃咏唱"和"法则操纵"等技能改变了事物形态。朱菜的专属技能"解析者"是针对魔法战斗的技能。因此，亚达鲁曼在构筑魔法的

第四章
在因缘之地

阶段她就看出了应对方法。

"那这招如何？怨念的亡者，我赐予你们活祭——咒怨束缚（Curse Bind）！！"

死灵魔法——精灵魔法的亚种，这是利用恶灵或亡灵等负面怨念的魔法。在死灵魔法中，咒怨束缚的性质最为恶劣，它可以召唤出亡者纠缠目标吸取其生气，无论是人类还是魔人都无法幸免。

可惜，这项魔法也是一样的结果。

"神圣福音（Holy Bell）。"

朱菜冰冷的声音传进亚达鲁曼耳中，紧接着，他听到了神圣的钟声，在很久之前，他对这种声音十分熟悉。

那些怨气冲天的亡者陆续被这声音超度。

"不可能！为什么？为什么魔物能用'神圣魔法'？"

这是神之奇迹，亚达鲁曼瞪大了眼睛。这一幕令他想起了自己努力学习的青年时代，当时魔法的构成十分美丽。

而且他想不到这个魔族少女会施展神圣魔法。在这难以置信的现实面前，他不禁叫了出来。

朱菜带着笑容回答了他。她大可无视亚达鲁曼的问题，但她做出了细致的解答。

"很不可思议吗？这只是因为你的思维固化了。'神圣魔法'并非人类专属，只要相信奇迹、期盼奇迹，任何人的祈求都能得到相应的回应。"

世人普遍认为要与圣灵签订契约才能使用"神圣魔法"，这种认知对错参半。

也有魔人可以使用回复魔法——这一事实意味着，即便没与神圣之物签订契约也能使用"神圣魔法"。

© Mitz Vah

第四章
在因缘之地

　　大多数人和魔物都没理解这一事实，信仰之力——也就是相信奇迹的心才是学会"神圣魔法"的条件。

　　这与善恶无关，坚定的信念才是力量之源。

　　这才是这类魔法的真相。

　　顺带一提，这也是信仰米莉姆的祀龙之民能够使用"神圣魔法"的原因。

　　朱菜淡淡地将自己的知识全盘托出。

　　听到这话，亚达鲁曼不禁陷入沉思。

　　（我……是我错了吗？我遭到背叛，丧失了对露米纳斯神的信仰。所以，我一直以为自己已经无法再使用"神圣魔法"了，可是……）

　　亚达鲁曼遭到了露米纳斯的背叛。准确地说，他中了露米纳斯教那些最高领导者的圈套。

　　他至今仍不知道那些人为什么要害自己。也许他们行凶是为了防止亚达鲁曼得势，也许还有其他原因。但可以肯定露米纳斯神没有对亚达鲁曼伸出援手。

　　（仔细想想真是可笑。我被"七曜长老"欺骗，去帮民众镇压大规模死灵灾害……结果那竟然是个圈套。卡德拉那家伙拿我进行了魔法实验，结果我复活成这副扭曲的模样……）

　　亚达鲁曼不知道自己已经身陷绝境，毫无防备地来到鸠拉大森林的尽头，也就是现在这地方。在这里等着他的是大量不死系魔物及统领他们的腐肉龙。

　　亚达鲁曼和他的心腹兼挚友圣堂骑士阿鲁贝尔德、四名骑士以及仰慕亚达鲁曼的远征军成员浴血奋战，最终他们体力耗尽倒下了。

　　亚达鲁曼曾死过一次。但当时他的另一个朋友卡德拉发动神秘奥义"轮回转生（Reincarnation）"，他成功复活了。然而，这里瘴气弥漫,他被死者的怨念束缚,所以他复活之后没有变成人,而是骸骨模样的死灵。

魔王卡萨利姆盯上了亚达鲁曼,于是他成了现在这样……

"所以我能确信,只要你用不了'神圣魔法',就不是我的对手。"

朱菜这话把亚达鲁曼逼上了绝境,这时他才想起现在还在战斗。

"为……为什么?你为什么觉得我擅长的是'神圣魔法'?"

亚达鲁曼下意识地说出了自己的疑问。

朱菜的回答很冷淡。

"因为你的装束,纯白的圣职衣装。能披上这衣服,说明你至少也有高阶司祭的级别。有资格穿上这衣服的高阶施法者却无法克服这种程度的咒缚,你的软弱令人叹息。你这装束只是出于你对'神圣魔法'的迷恋,看来你不值得我戒备。"

朱菜简直是在说:"你现在说这些有什么用?"

"唔……我给你说话的机会,你却如此狂妄!!"

亚达鲁曼极为愤怒。

但亚达鲁曼气的不是朱菜,是他自己。被朱菜点破之后,他才发现自己的本心,他对自己的窝囊感到吃惊,并且恼羞成怒。

与此同时,笼罩在亚达鲁曼心头千年的阴霾消散了,他享受着这清爽至极的愉悦心情。

"我向神明献上祈祷。我祈求圣灵之力,请应允我的愿望。"

在高涨的情绪的推动下,亚达鲁曼开始咏唱魔法。

(没错,我曾迷失过。仰慕我的同伴成了不死系魔物,我无法抛下他们独自离去……我太天真了。"死灵魔法"和"元素魔法"无法净化不死系魔物。其实我无数次期盼自己能够使用"神圣魔法"……)

第四章
在因缘之地

亚达鲁曼被束缚在这里的原因之一是他的同伴。

亚达鲁曼的同伴死于此地，这些亡者至今仍被诅咒折磨，他不忍心丢下自己的同伴。亚达鲁曼的这种想法变成一道枷锁，把他束缚在这里。

现在，亚达鲁曼终于明白，这种想法是错误的。

他用只剩骸骨的双手结下复杂的手印，用响亮的声音向神明献上祈祷。

那是咒文。亚达鲁曼的前方先后出现的复杂的几何学图案就是证据。

（你叫朱菜啊，我对你没有怨恨。不仅如此，你对我还有点化之恩。可是我受到束缚，无法自尽。抱歉，你再陪陪我吧……）

亚达鲁曼在心中道歉。

魔王卡萨利姆的强制力对亚达鲁曼施加了多方面的限制，因此他连自我解脱行为也被禁止。不过，如果是被攻击敌人产生的余波波及则另当别论。

亚达鲁曼打算利用毁灭性的攻击把朱菜连同自己一起消灭。他想用这种手段帮受到自己牵连的同伴解脱……

此时，积层型魔法阵正以朱菜和亚达鲁曼为中心展开。

"万物尽灭！'灵子崩坏（Disintegration）'！！"

"我已等候多时！'灵子暴走（Over Drive）'！！"

在亚达鲁曼完成魔法的前一刻，朱菜用专属技能"解析者"进行了"法则操纵"。

结果，亚达鲁曼汇聚的灵子脱离了他的控制开始暴走。

"什……什么？你的魔素量（能量）还不到我的十分之一，竟然能改写我的魔法？"

魔素和灵子是由魔力控制的。朱菜能改写魔法唯一的解释就是她的魔力在亚达鲁曼之上。

亚达鲁曼一直以为自己的实力远在朱菜之上。但现在，亚达鲁曼终于明白在这个问题上，自己也错了。

"你做得很好。作为奖赏，我就帮你从这里解脱吧！"

亚达鲁曼还没听完朱菜的话，就被四溢的光芒吞噬了。

朱菜反过来利用了亚达鲁曼的魔法。

亚达鲁曼对神圣魔法的掌控比朱菜更强，所以朱菜利用他汇聚了足以净化这片土地的庞大能量。虽然她没想到这是神圣系的最强魔法，但好在她对此有所了解，所以轻松改写了这个魔法。

那光芒笼罩了这片土地，不仅是亚达鲁曼，所有不死系魔物都被吞没并净化——

*

白老和苍影来到朱菜面前。

"唉，我本想早点结束战斗，但那死灵骑士比我预想的要厉害，还好有朱菜公主的帮助。"

亚达鲁曼失败，这片土地得到净化之后死灵骑士退化成了骸骨剑士（Skeleton），无法动弹。死灵骑士原本就遵从亚达鲁曼的意志，估计他已经失去了战意。

白老见状，明白战斗已经结束。

他很久没有遇到这样能让自己全力以赴的对手，所以没能决出胜负让他有些遗憾，但现在保护朱菜的事要放在第一位。白老非常清楚这一点，所以立即赶到了朱菜身边。

"哪里的话，是白老帮了我。我一人根本不是他的对手。我也

第四章
在因缘之地

要感谢苍影，多亏你能拖住那头死灵龙那么长时间。如果那头龙开始大肆破坏的话，我们就没有胜算了。"

"不，我没能打败他，实在惭愧。"

正如苍影所说，死灵龙是个强敌。半桶水的攻击造成的伤害，死灵龙可以立即自愈，而且一旦碰到它散发出的妖气就会受到精神污染。

幸好苍影能控制数个"分身"，否则他也不会平安无事。他在没有制胜手段的情况下还能和死灵龙打得有来有回实在值得褒奖。

亚达鲁曼战败之后，死灵龙也消失了。它是利用亚达鲁曼的魔素量（能量）显现于世的，现在已经无法维持那副身体了。

虽然苍影心有不甘，但能活下来就是胜利。

话虽如此……

这三人你看看我，我看看你，同时舒了一口气。

"虽然我们赢了，但如果亚达鲁曼从一开始就使出全力，那我们就活不到现在了。我被自己的愤怒驱使，太莽撞了一点。"

事实上，亚达鲁曼并没有手下留情，但他没有使用阴险的手段。如果他真心想杀朱菜她们，那做法就不一样了。

朱菜看出了这一点，反省自己的错误。

"是啊，看来我们变强之后有些自大了。"

"是啊。利姆鲁大人的担心是对的，谁都不知道战场上会发生什么。我应该把情报搜集工作做得更加彻底。"

这三人收起了自己的自大。

不管怎么说，他们取得了最后的胜利。

克雷曼本部的防卫中枢已被攻破。

但事情还没结束，朱菜他们还有工作没完成。他们必须攻陷克雷曼的城堡，令其彻底无力反抗。

留在城堡里的大部分是非战斗人员，没人是真心效忠于克雷曼的。看得清局势的人和他花钱雇来的人没有任何抵抗，直接投降了。

此外还有很多因为某种原因被束缚在这里的人。朱菜或进行劝说，或用魔法解除他们的诅咒。最终，朱菜他们没花多少时间就控制了城堡。

搞定了城堡中的抵抗力量之后，他们开始进行搜索。

他们已经确认魔王卡利昂没被关押在这里，现在他们想看看能不能找出克雷曼作恶的证据。

这时候……

朱菜她们四处走动时，有人过去对他们说话。

"请等一下。"

"嗯？你还活着啊。要我送你一程吗？"

"白老，等一下。他好像已经不想和我们战斗了。"

说话的人是亚达鲁曼。

白老戒备地准备拔刀，但朱菜平静地制止了他。

"请允许我叫你朱菜大人。多亏了你的魔法，我们全部从这片土地的束缚中解脱了。没被彻底净化幸存下来也是一种缘分，我有一个请求，请一定答应我。"

亚达鲁曼和一名骸骨剑士一起跪了下来，他失去了大部分力量变成了死灵。

"你有什么事？"朱菜惊讶地问道。

她预感又是件麻烦事。

第四章
在因缘之地

"感谢你的聆听。其实我也想见见受朱菜大人信仰的大人。我已经失去了信仰之心,现在的力量不及全盛时期。我对露米纳斯神的信仰之心已死,所以我想侍奉新的神。"

"他不是神。我尊敬利姆鲁大人,但这不是信仰。"

朱菜好不容易才挤出了这番话,但亚达鲁曼并不介意。他继续自荐,仿佛在说这不是问题。

"那位大人叫利姆鲁大人吧。真是个好名字,很适合当我的新神明。依我愚见,即便是我们这些脆弱的不死系魔物也能派得上用场。朱菜大人,我诚心想见利姆鲁大人,能否请你帮我们引见?"

如果是带着敬意去见利姆鲁大人倒是另当别论,但没有置疑、无条件的信仰无疑是错误的——朱菜本想向他解释,但又嫌麻烦,于是放弃了。

(算了。了解到利姆鲁大人的本性之后,他也许会放弃。)

朱菜脑中浮现出利姆鲁平时"噗哟噗哟"的样子,随意做出了决定。

亚达鲁曼看上去非常有决心。想说服他似乎要花不少时间,朱菜认为现在随意糊弄一下更妥当。

就这样,朱菜接管了亚达鲁曼及其幸存的数千名不死系魔物(要较真的话他们都已经死了)。克雷曼城堡的攻略战以这种方式结束了。

第五章

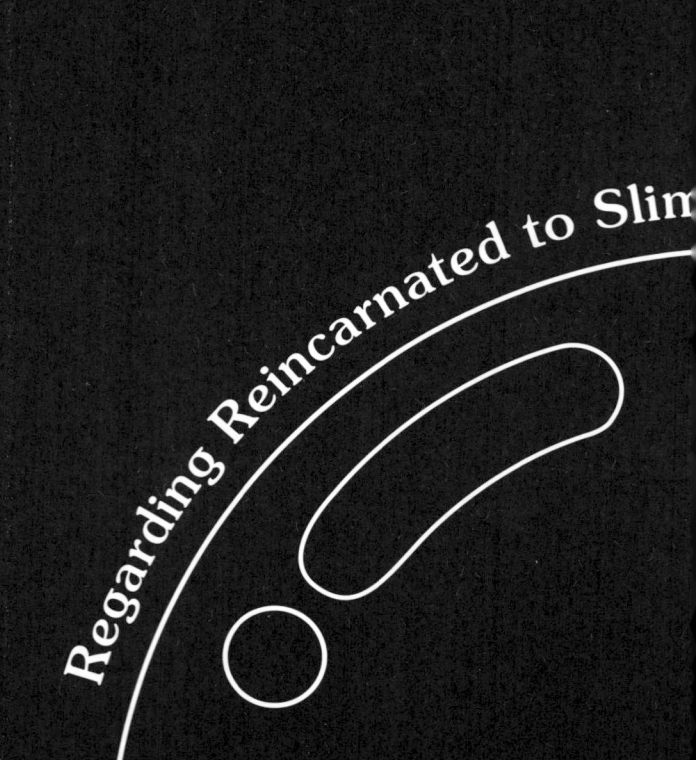

魔王饗宴

第五章
魔王飨宴

豪华的大门——那扇门直通会场。

那里摆着一张巨大的圆桌,环绕十二张等距摆放的椅子。

魔王共有十名,现在卡利昂行踪不明,也就是说,算上我的位置,还多出两张椅子。

米萨莉领着我入座。

看来圆桌席位的座次是按照成为魔王的时间顺序排的。我是最晚成为魔王的,估计是末席。

我也没什么不满,于是把注意力转向周围。我想借这机会观察一下其他魔王。

可现在只有两人。

第一个是菈米莉丝。

这家伙也算老资格,所以坐在最里面的上座。

她双脚晃荡着似乎很开心。

菈米莉丝像个孩子一样,看来不管她也没关系。

从我的视角看,另一位魔王轻松地坐在菈米莉丝右邻,正好在我的对面,他是一个妖艳的红发男子——我可以肯定他是男性,但他是个妖艳的美男子。

他闭着眼睛,但应该不是在睡觉。

我一眼就能看出这家伙很难对付。

从我"解析鉴定"得到的情报来看,他似乎没什么大不了的,但我的直觉告诉我他有种异样的危险。

他的魔素量（能量）只是略高于卡利昂，但波长不同。

也就是说，乍一看他的魔素量（能量）倒还算高，但还不习惯控制妖气，像是一个没多少经验的人。

可他骗不过我的眼睛。

他的情报伪装十分巧妙。我推测凭"大贤者"的解析能力看不破他的伪装。

用假情报欺骗对手，隐瞒自身实力，这是开战之前的交锋。

这让我想到了矮人王盖泽尔那种读心系能力（技能）。

有些技能只要拥有者没有主动暴露，别人就发现不了，我的"大贤者"也是其中之一，如果有能读取深层思维的"读心"能力又是另一回事。但这种能力非常可怕，如果有人对我使用，我应该能发现，只要我能成功抵抗，应该就没问题。

所以，能力的隐蔽非常重要。

让对手以为自己拥有某种能力也能起到虚张声势的效果。

真的拥有某种能力却故意隐瞒，也能让对手疑神疑鬼。这个美男子就是这么做的。

他骗过对手的"解析鉴定"令对手产生疑虑。

我的想法是隐藏实力，也就是彻底收敛妖气不给敌人任何情报。

而这家伙更高明，他反过来利用了对手读取情报的能力。

他的第一步是筛分敌人。

他先借此观察敌人是否拥有情报读取能力。无法读取情报的人自然不用考虑；对能读取情报的人，他可以进一步观察对方的反应——这就是他的手段。

如果对手对这份假情报感到害怕，那这人就可以无视。

如果对手能发现其中的玄机，那这人也能窥见这位魔王深不见

第五章 魔王飨宴

底的实力，也不敢与之对抗。

不过，给我等一下。

就连他展现出的假情报也拥有和卡利昂相当的魔素量（能量），他的真正实力根本无法想象。别人就算能明白这个道理，也难以产生恐惧。

明显拥有令人望尘莫及的实力——这家伙是奇伊。

我观察完奇伊时，一个高大的男人来到了会场。

他单独赴会，没带随从。

他散发出压迫会场的气场，估计是巨人族魔王达古琉路。

达古琉路径直走到奇伊右边，和奇伊隔着一个位置坐下，靠到椅背上。

看来他们之间的空位是米莉姆的位置。也就是说，这张圆桌是以奇伊为顶点，按顺序分左右而坐。

我看向达古琉路。

他身形巨大，比奇伊还高，但那把豪华的椅子自动调整了大小，他坐在上面正合适。看来这椅子也是难得一见的魔法物品。

这位魔王是维鲁德拉的劲敌。

他一副威风凛凛的模样，不愧是能和"龙种"干架的人。

达古琉路这个魔王的魔素量（能量）高得离谱。他和维鲁德拉比，谁的魔素量（能量）更高呢？

我只知道他的魔素量（能量）深不见底，如果没有认真战斗，我也难以检测出准确的数值。

不过关键在于质，而不是量。我觉得就算魔素量（能量）高一些也不足为惧，重点在于如何有效运用力量。技量（等级）的优劣才是战斗的关键。

我估计魔王达古琉路的技量（等级）不会低，所以必须多加小心……

我观察完达古琉路之后，又一个魔王出现了。

他身穿豪华炫丽的服装，是个肌肉发达的美男子。

他身高不及达古琉路，五官棱角分明。

短短的金发（野性烫发）有种狂野的气质，感觉他是一个性情暴烈的人。

简单来说，这个男人像好莱坞明星一样华丽。我总觉得他在蛊惑人心方面很有心得。

他的特征是双唇遮挡不住的两颗犬齿——吸血鬼族——看来这个男人是魔王瓦伦泰。

瓦伦泰坐在菈米莉丝左邻。

从座位顺序来看，他和达古琉路是同一时期的魔王。吸血鬼魔王似乎有过更替，也许他们沿用了以前的席位。

但是，关注座位顺序也没用，还有更令我在意的事，是瓦伦泰的从者。

第一个是一位管家装束的老年男性。

毫无疑问，他是个高手。他如雕塑一般在一旁纹丝不动。

他彻底收敛自己的妖气，让人看不出他的实力，看来他的策略和我一样。

第二个非常特别。

她的银发闪闪发光，是个非常引人注目的美少女。

她的皮肤有种透明的质感，金银的异色妖瞳闪着青与红的光

第五章
魔王飨宴

芒。那妖冶的美貌仿佛定格在刚从少女成长至成人的那一瞬间。

这名美少女穿着女仆装风格的礼服。女仆是战斗职业——从这一法则来看，就算这名少女实力很强也不足为奇，但是……

她竟然是他人的部下，这太不可思议了。

特别是那名美少女庞大的妖气四溢。

嗯？等等！

我和那名少女视线交汇的瞬间有种难以言表的异样感觉。

我感觉她散发的妖气会随机变化，也许是我的错觉吧。

"说明。经'解析鉴定'，推测目标的魔素量（能量）在魔王瓦伦泰之上。"

啊，果真是这样。

我检测不出这名少女的魔素（能量）总量，但至少可以肯定在魔王瓦伦泰之上，可瓦伦泰才是主人。

这伪装十分巧妙，如果没有究极能力，我也看不穿。

不过，也许这是他们有意为之的。他们和奇伊一样，想试探他人是否能看出来。

也就是说，这名少女才是真魔王？

恐怕她就是引退的上一代魔王。

也许她就是那个强到能得到维鲁德拉认可的女吸血鬼米露斯。

据说这两代魔王的交替是一千五百多年前的事，知道这事的魔王不多。也不知道那些魔王对此是默认还是真不知道，也许其他魔王只是不感兴趣。

不管怎样，这事需要防备。

现任魔王瓦伦泰也绝不是弱者。他释放出的霸气至少比变身前的卡利昂强，所以实力毋庸置疑。

再加上那个妖冶的美少女。

如果她就是那个王国被化为灰烬的魔王，那就算对维鲁德拉心怀怨恨也不足为奇。

"你到底惹上了怎样的敌人？"我忍住了大吼的冲动。

这就是传说"头痛至极"的状态吧。

难道维鲁德拉要死于这种美少女的怒火之下才甘心吗？

不，就算这样，也解不了她的心头之恨。

希望维鲁德拉和我的关系不会暴露，就算暴露也希望她不要迁怒到我身上。

我在心里暗暗祈祷。

那么，就这样过了一小会儿之后，第五位魔王到了。

这位魔王也是一个人来的，走路和梦游一样。

他腰间别着两把剑，但没有其他武装，一身轻装。

我看到有一瞬间他朝我瞄了一眼，瞳孔是美丽的淡蓝色。他的头发是深紫色，不仔细看会让人误认为黑色，其中有银色的挑染。

他看上去很年轻，搞不好会被误认为是高中生。困倦的双眼和慵懒的举止糟蹋了他那端正的五官。

那家伙在菈米莉丝身边停了下来，随意举起手打了个招呼。

"哟。你还是这么小的个子啊。"

"你是来找碴的吗？区区迪诺也太嚣张了吧？"

第五个是迪诺，他和菈米莉丝应该是同类。

他应该不是真心找碴，估计他们总是这样开玩笑。

第五章
魔王飨宴

"笨蛋，我赢你毫无悬念，找碴有什么意义！"

"哼，我看你是想找死。我今天状态绝佳！"

"不不，可是你比之前见面时还小哟！"

"这有什么办法！毕竟我是最近才复活的！"

据说菈米莉丝要再过百年才能完成成长。我询问之下得知，她是在约五十年前刚复活的。

迪诺听了之后似乎也理解了。

"啊，原来是这样。你这样很不方便啊。不过记忆会保留吧？"

"记忆会保留，不过精神会受到身体的影响产生退化。但我是最强的，必须要有这种限制加以平衡！"

"奇伊，你听到菈米莉丝的话了吗？"

"笨……你是笨蛋吧？我说，你说话也要看对象啊！你不想被奇伊一拳干倒吧？"

迪诺想对红发说什么，菈米莉丝见状慌忙制止，接着低声辩解道。

这家伙只会逞口舌之快，态度变得很快。看来那个红发肯定就是奇伊了。

能让那个菈米莉丝如此慌张，这家伙果然很危险。

我悄悄在心中的记事本中写下"奇伊很危险"。笨蛋可不会像我这样踏踏实实地回避危险。

菈米莉丝他们压低声音继续聊天，以免刺激到奇伊。

他们在聊菈米莉丝带来的从者——贝雷塔和托蕾妮。

菈米莉丝非常得意。

"咦？你个光杆魔王怎么会带从者来？那我一个人来岂不是显得很没面子？"

"哼哼，没错。我就是要让说我是小个子啊、光杆魔王啊的魔王（家伙）看看。主要就是你！我要让你知道自己在这两人面前是多么无力！"

"那就比一比吧？我把他们打坏，没关系吧？"

"哈？当然有关系！如果你敢把他们弄坏，我就真让奇伊对你施以铁拳制裁之刑！"

这就是狐假虎威。

菈米莉丝一心想着靠别人。

"话说回来，这两人真的很厉害啊。细看之下，他们真的不好对付！"

听到迪诺的话，贝雷塔和托蕾妮默默地点头致意。

唉，这两人给菈米莉丝当从者太浪费了。

"是吧？没错吧，没错吧！这样一来，我就更有话语权了吧。"

迪诺的话让菈米莉丝心花怒放，她挺着胸摆起了架子。

其实这两人都是我的手下，不过我也无所谓。

贝雷塔和托蕾妮始终一言不发，他们真是优秀的从者。

紫苑也一言不发，但她是站在我身后打瞌睡，一定要让她好好学学。

打完招呼后，迪诺摇晃着朝自己的位子走去，他的位置在瓦伦泰隔壁，看来他果真是位古老的魔王。

迪诺无视瓦伦泰坐了下来，接下来的事令我大跌眼镜，他竟然趴到桌子上开始睡觉了。

这对瓦伦泰好像很失礼，但也许魔王间一般不打招呼吧。虽然他和菈米莉丝开了不少玩笑，这样打招呼也许是特例。

我感觉迪诺身上没有一丝干劲，他似乎只要能出席就心满意足

第五章
魔王飨宴

了。

他完全不顾会场的气氛，一副无所事事的样子，从某种意义上说也是一种自负。

这种行为太目中无人了，但反过来说，这也意味着他有这个实力，……就当作是这样吧。

探测这家伙的实力好像会妨碍到他，于是我放弃了。

我想进行解析的时候，他微微睁开眼瞪了我，所以他肯定发现了。

从他和菈米莉丝的对话中看得出他那轻率的性格，但可以肯定不能对他掉以轻心。

不管怎样，迪诺对菈米莉丝也算礼貌，希望我们尽量不要发展成敌对关系。

接下来进来的是有翼族（鹰身人）的女帝。

估计她就是魔王芙蕾，米莉姆曾对我提过。

她妖气四溢。

那身材阻力好像很大，不会妨碍飞行吗？

啊，我一不小心冒出了邪念。没办法，她的登场太有冲击性了。

接着，芙蕾瞄了米莉姆的空位一眼，然后把视线转向我。

她的秋波也很性感。

不不，是我多心了……

她路过时，一阵香气飘来，实在令人陶醉。

我正想着，突然感觉到背后有股险恶的气息，紫苑明显一副不快的模样。

她好像发现我已被美貌诱惑，真是可怕的洞察力。

继续惹怒紫苑就太可怕了,于是我认真进行观察。

她的魔素量(能量)平平无奇,估计比紫苑和红丸少。

紫苑的魔素量(能量)堪比瓦伦泰,芙蕾的魔素量(能量)也不算很低。不过单凭这点进行判断就太愚蠢了,质量才是重点。

芙蕾身上有种阴险的气息。我估计她藏着很多能力(技能)吧。

芙蕾的情况就是这样,但有一点值得一提。

那就是她带的从者。

其中一个是不输芙蕾身材的美少女(鹰身人),她还是一副稚气未脱的样子。

另外一个是魔素量(能量)能与芙蕾匹敌的高大男性。他背上长着鹰的翅膀,应该是鹰身人吧。

他是一个美男子,虽然个子比达古琉路小一圈,但那发达的肌肉一点也不比达古琉路差。

他的相貌被狮子面具(Lion Mask)挡住,无法确认……

狮子?

"提示。经'解析鉴定',推测……"

不会的。

他的波长和卡利昂不同,不会是卡利昂,肯定错不了。

这点事就算智慧之王(拉斐尔)不说,我也看得出来。

"……"

她不可能大摇大摆地把行踪不明的卡利昂带来参加魔王飨宴。

第五章
魔王飨宴

她的行动应该会更加谨慎。

都说世上会有三个人和自己长得一样，芙蕾的从者应该只是碰巧长得像吧。

观察完芙蕾的时候，我感觉有股冷风灌了进来。

我朝那边看去，发现有个金发"美女"进来了。

那份美貌仿佛得到了上天的垂青。

然后，那份美貌的主人径直朝我走了过来。

"你是利姆鲁吗？"

"我是……"

不过你是谁啊——我本想这样回"她"。

我正想着自己好像不认识这种美女，这时我突然想到了他的身份。

剩下的魔王有四位，分别是克雷曼、米莉姆和行踪不明的卡利昂。

还有莱昂。

我记得他是金发——美得被人称为"白金恶魔"，是一位金发魔王……

"你是莱昂吧？你找我有事吗？"

"对，我是莱昂。倒也没事，就是你的样子让我有些怀念。"

他果然是莱昂，是个会被人误认为美女的美丽男子。

要是在以前，我肯定会在心里喊："好恶心！"

他曾经是人类，但现在是一副威风凛凛的模样，带着魔王的威严。

莱昂有什么可怀念的？

我的相貌和静年幼时一样，也就是说莱昂他……

"莱昂,静已经死了。"

他和我说话只是因为想起了静的事。

"我知道。她当然会死。因为她不愿接受伊芙利特,拒绝变成魔人。"

莱昂语气平淡,在他眼里,这是理所当然的结果。

"她托我揍你一拳,你做好准备。"

这话脱口而出。我本不想闹事,但莱昂的态度实在令人火大。

虽然我直截了当地提出了这个要求,但莱昂十分平静。

"我拒绝。我给了静选择自己人生的机会。她不想变成魔人,只希望以人类的身份过完一生。伊芙利特是我给她的饯别礼,她没理由揍我。"

他把我的话挡了回来。

我本以为他会被我无礼的话激怒,但他反而十分淡然。

不仅如此……

"不过,我对你有点兴趣。如果你想抱怨就来找我,我邀请你登门。如果你担心是陷阱也可以拒绝。"莱昂自顾自地说道。

言外之意是如果我害怕就别来,看来我是非去不可了。

"好。我接受,给我邀请函。"

说完之后,我也沉默了。

莱昂轻轻点点头,似乎不耐烦了。

"嗯,好。不过前提是你能活着离开这里。"莱昂冷淡地说道。

他说完之后迅速坐到了我左邻的位子上。看来他不想继续和我聊了。

这次就这样吧。

莱昂也已经知道了静的事。而且我也可以确认,至少他现在无

第五章
魔王飨宴

意与我为敌，否则他也不会说要给我邀请函。

也许他只是推后了我们间的问题。总之，我现在要把注意力集中在克雷曼这个敌人身上。

*

从零点进入会场到现在已经过了一小时。

时间就这样渐渐流逝。

看来是从最古老的魔王开始按顺序接魔王入场，我这个客人碰巧和菈米莉丝在一起，所以提前入场了。

不过也有像魔王莱昂一样自己过来的，看来这不是正式的规矩。

剩下的魔王是克雷曼和米莉姆。

飨宴即将开始之时……

"利姆鲁大人，我现在可以进行报告吗？"

红丸发来了"思维传递"。

我本以为会场在异界，与外界隔绝，看来"思维传递"连得上。

"说明。你和下属魔物间建立了'灵魂回廊'。你们能够以此进行沟通。"

原来是这样啊。

看来我在给部下祝福的时候，顺便建立了"灵魂回廊"。我感觉自己和部下间的联系不如和维鲁德拉的强，但沟通不成问题。

我听了红丸的报告。

开战不到一小时战争就结束了，一切都在我方的计划之内。

我方伤者较多，死者为零。克雷曼军方面已确认的牺牲者为千人。而且伤者在三千人以上。

没想到牺牲者这么少,不过在这个世界里,只要活着伤势就能治愈,所以这也是理所当然的。

总之,这是一场压倒性的大胜利。

这样一来,俘虏数量也有保证,真是可喜可贺。

据说敌军的指挥官雅姆萨因不明原因变成了卡律布狄斯,但红丸已将其烧成灰烬……有点不明所以呢。

既然不明白,那就最好别深究。

虽然不想深究,但……他怎么解决拥有"魔力妨害"的暴风大妖涡(卡律布狄斯)的?

"说明。他用专属技能'大元帅'将'黑炎狱'与多项技术和能力(技能)复合,从而可以完全控制'黑炎狱'。"

原来如此。

简而言之,他的控制力在"魔力妨害"之上,因此能够直接用这庞大的热量攻击卡律布狄斯。这事说起来简单,但必须要有相当的技量(等级)才行。

看来红丸那家伙比我预想的要强,他太厉害了。

还有祀龙之民的事,这我倒是没想到。

这些家伙是米莉姆的信徒,所以是实力异常强大的战斗集团。正因为他们这次没动真格的,我方才没出现牺牲。

我应该反省。我本以为他们只有百人,应该不成气候,但我错了。

第五章
魔王飨宴

虽然我明白在这个世界中，个人实力对战争的影响比军队规模更大，但我一不小心就受到了脑中残留的常识影响，忘了这件事。

这次没有惨败真是万幸，今后必须多加留心。

通过红丸的报告，我大致猜出了克雷曼的意图。

他应该是让雅姆萨打着调查卡利昂背叛的名目，率领克雷曼军和米多雷那些人出动。

他想搜集卡利昂背叛其他魔王、杀害克雷曼部下并与我勾结的证据。

不，不对。不是搜集，他是想捏造证据。

我们这次的胜利粉碎了他的阴谋。

不知道他之后会如何解释，但我觉得他的做法得不到其他魔王的认同。

反正我最后都要解决克雷曼，如果有魔王想妨碍我的话，我就连他一并解决。我要尽量避免这种局面，努力创造出我能轻松取胜的局面。

智慧之王（拉斐尔），期待你的表现哟！

"……"

智慧之王（拉斐尔）也很有干劲，我暂时可以放心了。

啊，苍影也发来了报告。

他们攻陷了克雷曼的本部。

苍影毫不留情，白老似乎也出了不少力。不过，据说功劳最大的是朱菜。

其间发生了不少事，最终有一些不死系魔物莫名其妙地加入了我们。

我听不大明白，苍影也说："之后朱菜公主会说明详情……"也不知道他为什么会说得这么含糊。

重点是魔王卡利昂没被关在克雷曼的城堡里。

还有一件事……

"我们发现了宝库，所以把克鲁特叫了过来，他已经开始进行搬运工作了。宝库中有克雷曼和中庸小丑连勾结的证据，请拿去对付他。"

真是毫不留情啊，连克雷曼聚敛的财宝都抢走了。

这算盗窃吗？

不，还是别想这事了。克雷曼对我们做了那么多坏事，就把这当成赔偿款，心怀感激地收下吧。

他似乎藏了很多宝物，估计我们的财政会一下宽松很多。

重中之重是现在找到了证据。

红丸也送来了证据，苍影的报告中也说发现了证据。

他会让克鲁特把证据送到我的"胃"里。只要有了证据，克雷曼的说辞就彻底站不住脚了。

遵守原则可是很重要的哟。

这样一来，我就可以把计划大幅提前，彻底粉碎克雷曼的势力。剩下的就是随机应变了，利用这份情报创造出有利的局面吧。

接着……

我听完报告之后，克雷曼终于带着人出现了。

第五章
魔王飨宴

*

那个男人出乎意料地帅，但看起来有些神经质——他就是克雷曼。

他穿着高档服装，很是潇洒。

他戴着许多装饰品，那些都是特异级（独特）的装备——面对这个魔王果然需要处处留心。光是那些装备就是一份强大的战力。

最引人注目的是他怀里的狐狸。那只狐狸的妖力非同小可，魔素量（能量）也一样。搞不好，它的实力已经达到了魔王的层次。

这狐狸应该是克雷曼从者中的一人，不，应该是一只。克雷曼再不济也是魔王，其部下的实力也十分了得。

而且……

我对克雷曼进行"解析鉴定"之后注意到一件事。不能因为攻陷了他的本部就掉以轻心，我要谨慎行动直至彻底成功。

米莉姆跟在克雷曼身后，这样一来，魔王就到齐了。

每一位魔王都是怪物，必须多加小心。

我也对莱昂用了"解析鉴定"，但我无法解析他的实力。

真有意思，智慧之王（拉斐尔）坚称无法解析。

换句话说，他拥有和我同等的能力（技能）——究极能力（究极技能）。

在那一瞬间，我发现了一件事：奇伊放出假情报的意图——也许是针对究极能力（究极技能）的对策。

因为用究极能力（究极技能）无法解析就能证明对方也拥有究极能力（究极技能）。

正因为这样，才需要适当放出假情报。

而我只是因为智慧之王（拉斐尔）十分优秀，所以才能发现那是假情报，否则我也差点被他骗过去了。

这么说来，奇伊肯定也有究极能力（究极技能）。

米露丝？也很可疑，莱昂肯定拥有究极能力（究极技能）。

究极能力（究极技能）的性能是专属技能无法比拟的，要想获得究极能力（究极技能），本人的资质、运气及其他偶然因素缺一不可。这类能力十分稀有，就连真魔王也未必能获得，可谓是王牌。

所以，我今后的行动应该更加慎重。

另外，我估计奇伊已经发现我拥有究极能力（究极技能）了，今后行动时应该以此为前提进行考量。

太失败了！

这是我经验不足导致的失败。要面对那些老奸巨猾的魔王，就应该更加谨慎。

事已至此，后悔也没用了。这并不是决定性的失败，今后的对策才是重点。

矮人王盖泽尔利用读心系的能力方便自己隐藏力量，我也可以学学他。也就是说，我的能力的种类还没暴露，没必要太在意。

我可以反过来利用这一点，塑造一个愣头青的形象。

具体而言就是彻底隐藏智慧之王（拉斐尔）的事，把某一项可以示人的究极能力（究极技能）展示出来，让人以为那就是我的撒手锏。

正因为我拥有四项究极能力（究极技能），所以才能用这种大胆的方式隐藏实力。

我之后与克雷曼之间会有一场大战，我打算在那时候华丽地大闹一场，到时候要展现的是——

第五章
魔王飨宴

"提案。'暴食之王(别西卜)'难以隐藏。"

对,确实如此。

这项能力可以吞噬并消灭投射系的攻击,在攻防两方面都很优秀。我的战斗多以"捕食"为基础,公开"暴食之王(别西卜)"应该比较好。

今后的战斗要围绕"暴食之王(别西卜)"制订战术,并隐藏其他能力。

我应该庆幸,因为这段经历让我发现了尽早制订对策的必要性。

如果因为舍不得亮出技能而丢了性命就没意义了,等顺利解决当下的事之后再考虑新的战术吧。

就在我完成反省的时候,令我瞠目结舌的情景映入了我的眼帘。

"别磨蹭,快走!"

说完,克雷曼突然揍了米莉姆一拳。

米莉姆被克雷曼打了。

"迟钝的家伙,快给我坐到位子上。"

克雷曼趾高气昂地对米莉姆做出指示。

我的愤怒快到极限了,但现在要忍耐。还不到时候,再忍一小会儿。

在遵照规则堂堂正正做出宣言之前,我必须压制住这份怒火……

米莉姆到底怎么了?

米莉姆是个暴虐的家伙,克雷曼被她打才是日常风景。

这时,旁人会感叹一下:克雷曼是个可怜的家伙。

可是……

克雷曼做出了殴打米莉姆的暴行，米莉姆却完全没有要对他施以制裁的迹象。

米莉姆没有不满，没有抵抗。她老老实实地听克雷曼的话，坐到了自己的席位上。

这不正常。

米莉姆真被克雷曼操纵了？

看来我有必要为最危险的事态做好准备。

对此感到吃惊的不止我一人，达古琉路和迪诺等其他魔王也是一副疑惑的表情。

奇伊的表情没有变化，看不出他在想什么。

克雷曼的脸上洋溢着优越感，一副得意至极的样子。

他的表情再次点燃了我的怒火。

克雷曼，你别想消失得那么痛快。你竟敢打我的朋友，我会让你付出惨痛的代价——我暗暗发誓。

无论他是出于什么理由，我都不会放过他。

不过，我不能心急，飨宴还没开始。

十大魔王中除卡利昂外的九名。

参加这次飨宴的人如下。

恶魔族——"暗黑皇帝"奇伊·克林姆兹。

龙人族——"破坏暴君"米莉姆·纳瓦。

妖精族——"迷宫妖精"菈米莉丝。

巨人族——"大地之怒"达古琉路。

吸血鬼——"鲜血霸王"罗伊·瓦伦泰。

第五章
魔王飨宴

堕天族——"沉睡支配者"迪诺。

有翼族（鹰身人）——"天空女王"芙蕾。

妖死族——"人偶傀儡师"克雷曼。

前人类——"白金剑王"莱昂·克罗姆威尔。

此外还有一人。

这次飨宴话题的中心，自封为新魔王的人——也就是我。

奇伊的部下、一个名叫莱茵的女仆用爽朗的声音一一介绍出席者。

莱昂的介绍让我很在意。

我记得菲茨曾说过魔王莱昂的异名是"白金恶魔"，但他现在的异名是"白金剑王"，非常帅气。

他的外貌确实给人这种感觉，我很好奇这个异名是谁想出来的。

难道是他本人……不……别说了。我也没资格说别人的事，还是别去想这事了。

介绍完毕之后，克雷曼站了起来。

"那么,感谢各位今天应邀前来参加,现在开始我们的飨宴吧!我在此宣布魔王飨宴正式开始！！"

他做出了开会宣言，这是主办者的权利。

魔王飨宴就这样开始了，这注定是一个不平静的夜晚。

*

克雷曼站在原地开始了他的演讲，仿佛这是为他一人准备的舞台。

© Mitz Vah

第五章
魔王飨宴

他环视了我和其他魔王一圈,看上去非常满意。

他的视线在魔王瓦伦泰的身上停了一瞬间。这与我无关,大概是我的错觉吧。

我的左邻是莱昂,右邻是空位。再往右是克雷曼,他的右边是不在场的卡利昂的席位。

克雷曼正得意地说明情况。

他的话很长,但我要好好听听他怎么说。

大致内容如下。

第一,魔王卡利昂教唆我以魔王的身份自居。卡利昂的军队正在我的城镇驻留,这就是证据。

第二,我煽动法尔姆斯王国让他们侵略鸠拉大森林。等我们要迎击的时候,他再给我们提供协助,以此来对人类出手。

第三,我打败法尔姆斯王国并自封为魔王的事是卡利昂在背后提供支援。

克雷曼说卡利昂擅自行动,违反了魔王间的协定。

克雷曼的说辞完全无视了时间顺序,纯粹是讹诈和耍赖,但难以找出证据反驳他。没想到他的理论武装如此充分。

而且这一连串动作是发生在魔王间制定的不可侵犯鸠拉大森林的条约被撤回时的事,但他故意避而不谈。

他装作不知道这件事。

克雷曼继续说道:"这是我的部下缪兰调查的结果。她却被那个粗暴的利姆鲁杀害了。于是,我决意为她报仇。"

真会演戏——克雷曼那惟妙惟肖的演技让我差点说出这话。

连我都被感动得流下了泪水——才怪！毕竟缪兰还活着。

"那边的利姆鲁和卡利昂合谋，企图杀害我。缪兰用她最后一丝力气通过'魔法通话'通知了我。"

说着，克雷曼露出了一副伤感至极的模样。他很帅气，这幅场景简直是一幅画，但这是令人愤怒的一出戏。

我企图杀害克雷曼夺取魔王的宝座——而这一切都是卡利昂的指使——真亏他编得出来。卡利昂是一位武者，这种鬼话，认识他的人听了会不禁失笑……

克雷曼还在继续说话。

归根结底就是一句话：卡利昂背叛了他。米莉姆被其激怒，毁灭了兽王国犹拉瑟尼亚，卡利昂也死了——这就是克雷曼的解释。

卡利昂死了？他不是行踪不明？这话让我有些担忧。这很不对劲，但现在先听听克雷曼怎么说吧。

米莉姆的行动是为了克雷曼，但克雷曼告诫她不能在没有证据的情况下采取行动。从那之后，米莉姆便十分敬仰克雷曼，并决定支持他……

部下遇害后，克雷曼立即出兵搜集我和卡利昂勾结的证据。

他对我要杀害他并以魔王自居的事表现得很不满，甚至提议要在这次飨宴上解决我。

我在心中感慨，真亏他能把一切编得这么好、对自己这么有利。

说起来，克雷曼的话也太长了。

我本打算听完克雷曼的说辞后，有条有理地反驳他。我想先证明自己是被冤枉的，然后名正言顺地击败他。

所以，我才会老老实实地听他说，但我的忍耐即将到达极限。

第五章
魔王飨宴

应该差不多了吧？

我听克雷曼说了这么久，已经发现了他的话有盲点。

那就是证据。

克雷曼的说辞只有证言，没有证据。而且，他的证言多半来自他忠义的部下——无名指缪兰。

实在太可笑了，缪兰还活着，那证言的可信度微乎其微。

看来他没时间捏造证据，如此，我就能够证明自己的正当性。

我已经掌握了决定性的完整证据。

"我的话讲完了。我相信各位也理解了状况，那边那个利姆鲁是个卑贱魔人，是个自封为魔王的愚者，应该将其肃清……"

克雷曼趾高气扬地结束了说明。

其他魔王也是慢性子，这么长的话也听得下去。虽然也有人在睡觉，不过只要不影响大局就没人关心。

似乎有规定所有人都要默默听发起人讲完。

按照规定，众魔王这时候可以自由发表意见，但这次我这个当事人也以来宾的身份出席了。

女仆莱茵把视线投向我，她似乎是会议主持。

"接下来由来宾进行说明。"

终于到我了。

我忍了很久，现在小丑的表演终于结束了。

"你叫克雷曼吧？你在说谎。"

"什么？"

"说实话，我对魔王什么的不感兴趣。卡利昂教唆我也是无稽之谈，法尔姆斯王国只是因为利欲熏心才来侵略我国。这两件事之间没有关联。"

听到我的话，克雷曼焦躁不安地瞪着我。

"哈？胡说八道，谁会信你的鬼话？我的手下就是被你杀害的。"

我等的就是他这话。

"你是说缪兰吧？我没杀她，她现在还活着。"

"哈？我还以为你想说什么……"

"先听我说，你的说辞几乎都是出于你的推测。你这话对实力不如你的人也许会有效，但对我可不起作用。为你提供证言的缪兰，已经被我保护起来了。所以，你现在无法对她出手，你的证言没有可信度。"

话说到这份上，就算是克雷曼也大惊失色。但不管怎样，他也不会承认我的说辞。

"哼哼，你竟然会做出如此卑劣的事。你对缪兰的尸体动了手脚，让恶灵之类的东西占据了她的身体吧？"

他立即反驳了我的话。

这个世界中存在魔法，就连生死也能作假，没有比这更麻烦的了，所以什么证言都信不过。

"反正我也知道不管我说什么，你都不会相信，所以我打算直接打败你。不过，我现在改主意了。在宴会开始之前，我的同伴为我搜集到证据了。"

说完，我对克雷曼露出了轻蔑的笑容。

我的表现明显激怒了克雷曼，这家伙比我预想的要单纯。

"你在说什么？如果你真那么想死的话就直说……"

"克雷曼，你别着急啊。我不是说过我有证据嘛。"

我打断了克雷曼的话，从怀里取出了几个水晶球。

我把那些水晶球传送到圆桌中央，依次对它们发动魔法效果。

第五章
魔王飨宴

每一个水晶中都记录着一段影像。

其中有我的部下和猪头将军的战斗以及格鲁米德视角的影像。这些应该是朱菜在克雷曼作为本部的古堡发现的。

另外，还有记录之前战争状况的影像。这是红丸展望战场全局并记录下来的记忆。

其中有一段影像很有趣。

"快……快停下！克雷曼大人请停下！！"

克雷曼的部下惨叫着渐渐变成了暴风大妖涡（卡律布狄斯）。

"真没想到，但雅姆萨的背叛倒是在预料之内——"

"克雷曼的军队崩溃。作战失败。损失惨重——"

"拉普拉斯也给过他忠告，这次是克雷曼的不对——"

"我们必须去向那位大人报告——"

……

这是两个可疑的小丑在克鲁特和法比欧面前的对话。

这些小丑应该是中庸小丑连的福特曼和蒂亚。拉普拉斯的名字也出现了，肯定错不了。

还有"那位大人"啊……我本以为克雷曼就是黑幕，看来他背后还有人。

难道是……

"说明。推测这一切都是有关联的。"

果然是这样啊。

暗中搞鬼让我和日向战斗的人就是在背后操纵克雷曼的人，所以日向才会正好在那时候出现。

那人让圣教会和我开战，克雷曼借机教唆法尔姆斯王国，酿成了那出惨剧。

如果只是嫌我碍事，我也不是不能理解，但你们做得太过分了，所以我要解决你们。

"克雷曼，这就是证据。"

说完，我露出了胜利者的笑容。

我已经掌握了确凿完整的证据，所以这事说起来很快，但就算没有证据，我也要想办法占领道德制高点。

反正我都要靠实力击败他克雷曼，所以只要像他一样通过诡辩找个理由就行了。

这不是好坏的问题，冠冕堂皇的理由很重要。

这次我掌握了确凿的证据，所以别人也没什么可说的。

"不……不可能！这太离谱了！这是你用魔法制造出的虚假影像。你竟然用这种手段弄虚作假，你的手段太低劣了，史莱姆！"

克雷曼一脸愤怒地看着我。

"弄虚作假？蠢货，这可不是弄虚作假。你的军队已经溃败。接下来就轮到你了。"

"各……各位，别被他骗了！这个名叫利姆鲁的史莱姆最擅长弄虚作假。他解开了维鲁德拉的封印，借他的力量消灭了法尔姆斯军队，但他这小人把这事归功于自己！这种小人竟然想欺骗伟大的魔王，简直岂有此理！"

克雷曼拿出所有的热情拼命演戏。

"喂，克雷曼，你刚才说是这个利姆鲁煽动法尔姆斯王国的吧？你为什么要绕那么大的弯子，现在才说维鲁德拉复活的事？"

"那……那是因为……"

第五章
魔王飨宴

一个意想不到的人提出了问题,达古琉路严肃地对克雷曼问道。

克雷曼明显苦恼了一瞬,不过他似乎下定了决心,开口道:"好。那我就解释一下吧。"

接着,克雷曼带着肢体语言夸张地开始解释所谓的理由。

他说我要收割人类的灵魂觉醒为真魔王。

他似乎一直藏着这份情报,估计是不想被其他魔王抢先。可是现在,面对达古琉路的质问,他只能下决心公开这份情报。

"估计这个不知天高地厚的史莱姆有幸得到了魔王之种,所以他翘起了尾巴,想在人类的世界中寻找真相。他之后甚至对人类挑起了战争,并利用被封印的维鲁德拉大肆虐杀人类。对这种人置之不理有损我们魔王的颜面,我认为必须将其肃清,你们怎么看?"

他尝试用夸张的肢体语言说服其他魔王。

然而……

"所以说,你拿出证据来啊。你拿不出来吧?这只是你的一面之词罢了。这话说服不了任何人吧?"

克雷曼愤愤地瞪了我一眼,但这没有意义。

我已经懒得搭理克雷曼的诡辩了。

"呃……别小看人,你这个假借邪龙之威的史莱姆!你这种魔物当不了魔王的!!"

"我是不是史莱姆无关紧要,而且维鲁德拉是我的朋友。我不是来听你鬼扯的。戏演完了吧?承认吧,你就是卡律布狄斯复活的幕后黑手,魔人法比欧在那边那个影像中的话就是证据,他说那是那些小丑(福特曼)唆使的。而现在,你的部下又变身成卡律布狄斯暴走。这就是确凿的证据。你要觉得那是我伪造的也行,那就抱着这个想法消失吧。"

我踢飞旁边的椅子，站起身威吓克雷曼。

接着，我的手假装无意碰到眼前的圆桌，巨大的圆桌瞬间消失了。

没什么可吃惊的，因为是我用"暴食之王（别西卜）"收起了桌子。这样一来就有了一个开阔的空间。

被我踢飞的椅子飞到克雷曼后方，猛烈地撞到墙上，发出巨大的声响。

其他魔王不为所动，只有克雷曼一人露出慌张的神情。

"各位，你们能够容忍这家伙的暴行吗？这家伙根本不把魔王放在眼里。我们是不是应该一起向他施以制裁？"

他说"一起"啊。

我猜得没错，他骨子里就是个小人。

我朝被椅子围住的空地走去。

"我确实没把魔王放在眼里。我刚才也说过，我对魔王什么的不感兴趣，只想创建一个可以开心生活的国家。为此，人类的协助是不可或缺的，所以我决定保护人类。妨碍我的人，无论是人类、魔王，还是圣教会都是我的敌人，没有区别，就像克雷曼你一样。"

我在众魔王面前阐述自己的理想，情绪比克雷曼更热忱。

"你说什么？"

"说到暴行，可以在魔王飨宴中边大放厥词边进行精神攻击吗？"我盯着克雷曼问道。

刚才他演讲到一半的时候对我发动了精神攻击，他似乎以为我没发现，这种小动作实在可恨。

估计他想控制我，可惜这是白费力气。

智慧之王（拉斐尔）一直在保护我，它已经对那种攻击做好了

第五章
魔王飨宴

防备。

不过，此举正好给了我一个冠冕堂皇的理由。

这样一来，我也能够主张自己的正当性，先动手的也是克雷曼。

如果还有魔王要与我为敌，那就到时候再想办法。

我下定决心，准备展现自己的实力。

我带着那份决心提出了刚才的问题，但回答我的人不是克雷曼，是坐在最深处席位的人，他是会场的支配者。

"不行。这里对所有人都是公平的，只能用自己的语言与对手辩论。"魔王奇伊答道。

他嫣然一笑，似乎觉得这场面很有意思。

"可是奇伊，这家伙侮辱魔王……"

"闭嘴。如果你看我不顺眼，那也是你我之间的问题吧？"

"克雷曼，他说得对。既然你也是魔王，那就凭自己的力量去打败那个魔人，为自己正名。至于你……"奇伊堵住了克雷曼的话，然后转向我，继续说道，"你想当魔王吗？"

"嗯。我已经接受了鸠拉大森林盟主的职位，在人类眼里，我已经是魔王了。"

无论过程如何，估计在他人眼里，我现在和邪龙一起统治着森林。所以，就算被称作魔王，我也不会否认。

"那也行。正好见证人都在这里，如果你能在我们面前打败克雷曼，我们就允许你自称魔王。"奇伊说道。

只要打败克雷曼就能搞定一切，这正合我意。

克雷曼突然笑了出来，似乎迅速恢复了冷静。

"呵呵呵，真是的。我费尽心思只是因为不想弄脏自己的手，结果事情反而越变越麻烦。实在太失败了。"克雷曼笑着说道。

他似乎下定了某种决心，带着冷酷的笑容看着我。

然后……

"到你出场了，米莉姆。"他静静地说道。

气氛瞬间变得凝重，就连那些魔王也开始紧张了。不过有几人一直是一副悠然的态度。

我也看向米莉姆。

克雷曼的王牌就是他控制了米莉姆。

现在，克雷曼毫不犹豫地打出了王牌。

米莉姆果真被操纵了……

"你还真敢说。你话说得那么漂亮，结果却要靠别人？你为了让米莉姆服从甚至揍了她，现在竟然还想把她卷进来。"

我尝试用这话激克雷曼，可是……克雷曼还不至于蠢到中我的激将法。

"无聊。我当然也会上阵。奇伊这应该没问题吧？"

"没问题，克雷曼。只要米莉姆是自愿帮你，我就不会制止。"

情况非常不妙。

克雷曼暂且不谈，米莉姆可是个强敌。

奇伊也干脆地同意了，我和米莉姆的战斗一触即发。

就算我现在成了魔王，实力也不及米莉姆。而且，我想帮她摆脱控制。

第五章
魔王飨宴

不，是我一定要帮她！

那时，我好像看到米莉姆握紧拳头悄悄摆出了获胜的姿势，她之前一直像人偶一样一动不动……

不，那只有一瞬间，应该是我的错觉。

真是的，她太可怜了。

米莉姆，我马上就帮你解脱。

我在心里发誓。

"也行。反正我也想救米莉姆，就算动用武力也要解除你的洗脑控制。"

"别嘴硬！你会在绝望中死去。"

"克雷曼，死的人是你。我的部下做你的对手正合适。如果我出手，别人会说我恃强凌弱。"

克雷曼被我气歪了脸，被气得散发出乌黑的妖气。

不愧是魔王，还算有点压迫感，但也不过如此。

也许是因为克雷曼在愤怒和急躁之下出现了破绽。

紫苑会替我和克雷曼战斗，她应该会巧妙利用这个破绽。

她一看到我的眼色，立即开始行动，瞬间逼近克雷曼并发起攻击。

紫苑的拳头散发着妖气瞬间打出约三十拳，然后转过头问我："我可以动手了吧？"完全一副畅快的表情。

这话一般要在出手之前问吧？而且我只是瞄了你一眼而已。

你懂了吧？克雷曼被我的话激怒了，别错过这个机会哟！

我是这个意思，但没想到克雷曼在那一瞬间就被打得鼻青脸肿。

这么看来，她岂不是用不着我帮她创造机会？

算了，做都做了。

克雷曼被打飞到我的跟前，也就是圆形的中心附近。

"你……你……你……"克雷曼大叫着站了起来。

没想到他这么结实。

克雷曼周身的妖气变得更加浓厚，瞬间治愈了身上的伤势。

这回复能力远在猪头帝之上，他毕竟是魔王，这种程度应该算普通。

看来克雷曼已经把紫苑视为敌人，不过这也算在我的计划之内。

"我就成全你，让你们全部消失。"

克雷曼话音刚落，逃到他脚边的狐狸就变大了。

"提示。推测这是缪兰提过的九头兽。"

啊，这么说来她是有提过。

这狐狸果然不是宠物，而是个实力强大的从者。

另外还有一个身穿黑袍的人从克雷曼的影子里冒了出来。

看来这两人是克雷曼的从者。

而我这边，紫苑已经摆出了战斗的姿态，岚牙也变大并做好了准备。

咦？因为米莉姆的参战，我方在数量上处于劣势……

不不，现在可不是慌乱的时候。

贝雷塔就是为此……啊？！

在我们所有人都踏进原本摆放圆桌的位置的那一瞬间，这里被结界笼罩，与外界隔离，成了战斗的舞台。

空间变大了，结界外围的椅子看起来离我们很远。

看来这里布下了坚固的屏障，防止我们的战斗波及其他魔王。

第五章
魔王飨宴

在创造出舞台空间的时候，我就猜到事情会变成这样……

我的帮手贝雷塔现在已经进不来了。

糟糕，失算了——我正想着，克雷曼突然叫道。

"米莉姆，杀了那家伙！！"克雷曼激动地吼道。

米莉姆行动了，她的拳头向我袭来。

毫无疑问，这一拳蕴含着必杀的威力。

不过，凭我用"思维加速"提升至百万倍的感知速度，要躲开也不是不可能。

对，不是不可能，但也不轻松。

一个炽热的东西从我脸颊掠过，那速度令人惊叹。

智慧之王（拉斐尔）发挥出全部力量也没能完全避开那一拳。

如果想反击的话可能会因此出现破绽而受到致命的伤害。这样看来，我唯一能做的就是使出浑身解数和米莉姆战斗，并集中精力帮她解除洗脑。

在"魔力感知"的协助下，周围的一切也在我的视野之内。

如此强大的信息处理能力，连我自己都被吓到了。

现在可不是故作从容的时候，紫苑正在和克雷曼战斗。不过她一人要同时对付克雷曼和那个黑袍从者，所以算不上有优势。

岚牙正在和九头兽战斗。我看他刚占据了优势，结果妖狐的三条尾巴变成了两个魔人。形势突然变成了一对三，对岚牙十分不利。

而我的对手是米莉姆。

我已经束手无策了。我唯一能做的是祈祷他们能撑到我完成对米莉姆的"解析鉴定"。

你们要坚持住！

就这样，形势对我们十分不利的战斗开始了。

贝雷塔迅速开始行动,他向菈米莉丝提出自己也想参战。

菈米莉丝没有拒绝,她立即向奇伊提出抗议。

"喂,奇伊!我要帮利姆鲁,我想让我家的贝雷塔也参战。"

菈米莉丝向奇伊嚷嚷道,但奇伊给出了一个冰冷的答复。

"不行。"

他根本不愿搭理菈米莉丝。

"为什么?"

"啊?区区从者没资格插手魔王间的战斗。那是那只史莱姆和克雷曼间的争斗吧?你没理由掺和。"

"你说什么!米莉姆不是也参战了吗?"

"嗯,那家伙没问题。"

"什么意思?为什么我就不行?"

"这家伙真麻烦啊。"奇伊想道。

菈米莉丝平时就是个烦人的妖精,她一开始闹腾就停不下来。

至今为止,菈米莉丝从没带从者来过,所以奇伊知道菈米莉丝这次带从者来肯定有某种目的。

米莉姆似乎也有某种打算,要是再让菈米莉丝参战会令混乱扩大。奇伊是为了避免出现这一状况故意隔离战斗区域。

"你真烦啊,因为米莉姆似乎有她的打算。"

"你的意思是我没有任何打算吗?"

"难道不是吗?而且……"

这时,奇伊看了看菈米莉丝的从者之一贝雷塔。

"你的从者效忠于谁?另一个人倒是倾尽全力在保护你,但那家伙可不是。他好像也有对你宣誓效忠，但并非全心全意吧？你可以信任那种可疑的家伙吗？"

奇伊看出来了，他知道贝雷塔的忠诚不只属于菈米莉丝。

奇伊很重视菈米莉丝这个朋友，他不能容忍菈米莉丝的从者有事二主之心。

"我确实有事二主之心。"

就算听了奇伊的话，贝雷塔依然坚定。

利姆鲁是召唤主，利姆鲁是造物主（Creator）。

但除此之外，他还有菈米莉丝这个主人。

这是一个无比开朗、冒失、好奇心旺盛且胆小的魔王，但贝雷塔非常喜欢她。所以，贝雷塔就算被她折腾也心甘情愿。

利姆鲁的要求是保护菈米莉丝，贝雷塔自己也认为侍奉菈米莉丝不错，所以不会产生任何矛盾。

但唯独那件事贝雷塔念念不忘，他想报利姆鲁的恩。

是利姆鲁给了他这段邂逅。

利姆鲁给了他这个恶魔族新的生命与使命——贝雷塔想报答这份恩情。

他接着说："菈米莉丝大人也和我一样想救那位大人。"

贝雷塔坦率地对奇伊说道，语气十分肯定。

"哦？你竟然有胆量向我提出抗议。有意思，菈米莉丝，这家伙说的是真的吗？"

"嗯！当然是真的！所以我才想让贝雷塔替我去帮利姆鲁！"

"哼。这家伙是根据你的意愿行动的啊。菈米莉丝你收了一个不错的从者啊。"

"不对。他不是我收的从者，是我的伙伴。贝雷塔、托蕾妮还有利姆鲁都是！而且，而且我还有很多同伴！"说着，菈米莉丝露出了幸福的笑容。

"那行吧。"

奇伊不明白菈米莉丝在说什么，但既然这是菈米莉丝的意愿，那他也不再多嘴。

他伸出手在结界上开了一个口子，一副嫌麻烦的样子。

"感谢你，原初之赤（Rouge）。"

"喂，你别用那个名字称呼我。我允许你叫我奇伊，但你今后不得认菈米莉丝之外的任何人为主人，明白了吗？"

允许他叫奇伊的名字——这意味着贝雷塔的实力得到了奇伊的认可。

现在奇伊催贝雷塔决定自己的主人。如果贝雷塔想违抗，奇伊会当场解决他。

但贝雷塔当即答应了："那么，奇伊，我发誓今后会将自己的忠诚全部献给菈米莉丝大人。请让我去帮利姆鲁大人，就这一次。"

奇伊稍稍有些吃惊。

恶魔族都希望凭自己实力得到主人的认可，但奇伊感觉贝雷塔并不重视实力。

贝雷塔的行为很奇怪，他是异端。

"你确定吗？"

"我确定。因为有比我更强的人侍奉利姆鲁大人。"

原来如此，奇伊理解了。

但他同时产生了一个新的疑问：贝雷塔会轻易承认别人比自己强吗？

"而且我喜欢研究。和菈米莉丝大人一起进行研究简直像做梦

第五章
魔王飨宴

一样——啊,失礼了。利姆鲁大人也希望我能侍奉菈米莉丝大人,所以你不用担心。"

听到贝雷塔那番话,奇伊突然想起了某个恶魔。

那个恶魔只追求自己喜欢的事物,是异端的代名词。

如果贝雷塔来自那一系,那这种性格也不足为奇——不过那个恶魔以极少创造眷属闻名。

不,这事只有少数人知情。

"我有一个问题,你是哪一系的?"

贝雷塔面具下的表情扭曲了,他笑道:"我只是底层的高阶恶魔,但我认为和我同一系的恶魔非常少。"

数量较少的一系,那就对了。

贝雷塔的头发现在几乎是银色的,恐怕原本是……

"这样啊,难怪你不畏惧我。毕竟那一系都是我行我素、兴趣本位的性格。不过你这么强,还有人能让你老老实实地承认自己技不如人吗?"

奇伊瞄了正在战斗的紫苑和岚牙一眼,然后再次看向贝雷塔。

紫苑和岚牙确实很强,但奇伊看得出贝雷塔也不会输给他们。

"能得到你的称赞是我的荣幸,但我还差得远。现在已有那位大人为利姆鲁大人效力,如果错过这个机会,我便没了用武之地。"

"哼,原来是这样。我明白你的心情了。你去吧。"

结界上已经开了一个能过一人的口子。

"那就失礼了。"贝雷塔优雅地行了一个礼,坚定地离开了。

看到这一幕,奇伊嘴角上扬,露出了笑容。

奇伊已经想到了。他已经猜到贝雷塔说的是什么人了。

(是这样啊。原来你也开始行动了,原初之黑(Noir)!!)

他们是老相识，在太古时期分别后再也没有见过。

既然那人会追随眼前这只正在和米莉姆战斗的史莱姆，想必这只史莱姆是个有趣的家伙。

异端侍奉的人也是异端。

（他是叫利姆鲁吧，我记下了。）

奇伊沉浸在愉悦中，注视着这场战斗，他已经看到了结局。

●

糟糕。

什么糟糕？当然是米莉姆。

和米莉姆的战斗十分艰难，连我对克雷曼的怒火都被她打散了。

她还没变成法比欧之前见到的战斗形态，所以她应该还没动真格的……这么强的实力已经超出了常识，而我已经拿出了全力。

智慧之王（拉斐尔）十分活跃。

老实说，要是没有这项能力（技能），我早就死了。

我疲于招架米莉姆的攻击。

在这期间，我的部下也十分努力。

我方在数量上处于劣势，我以为情况是这样但……

岚牙召唤了两只指挥官级的星将狼，一对三的不利状况又恢复了三对三的平衡状况。

他本来最多可以同时召唤三只，但另外一只被哥布塔召唤去了，所以无法再增强战力。

但这已经够了。

第五章
魔王飨宴

九头兽拥有值得夸耀的巨大魔素量（能量），但战斗经验好像不足。

岚牙在战斗中始终处于优势，但九头兽召唤的两只魔兽的难缠程度超出了我的预料。

经"解析鉴定"那两只魔兽分别是白猿和月兔。

它们智商很高，攻击时紧密配合，非常难缠。月兔操纵重力，增加了战斗领域的重力，白猿在其中横冲直撞，进行大肆攻击；九头兽等待一击毙命的机会。

这是必胜的配合。

岚牙看穿了敌人的意图，打乱了它们的配合。

如果岚牙使出绝招估计早就分出胜负了，但他担心会波及紫苑，所以犹豫不决。

岚牙虽然有优势，但没有制胜的决定性手段。

至于紫苑……

她正拼着一股劲坚持着。

那个戴着黑罩帽的其实是个精巧的魔人偶。

其实紫苑应该比克雷曼更强。

"哈哈哈哈，我的最高杰作比欧拉怎么样？是不是非常美？"

克雷曼充满自信，但这个人偶确实精巧。

他无疑很强。不过要说到美，他就沾不上边了。

毕竟他的身体里射出了剑和枪。

每一把都是特异级（独特）武器，他的防具也是特异级（独特），他身上塞了太多东西，毫无美感。

那个人偶无穷无尽地射出火焰、雷击、冰雪、碾压及其他各类攻击手段。

但紫苑不把那些攻击放在眼里。

多亏了她那令敌人头疼的能力（技能）"超速再生"，无论承受多大的伤害，她都能瞬间恢复。

在克雷曼和比欧拉联手攻击下，紫苑没有还手之力，但她的怒气也在积累。

她爆发的时候可是很恐怖的哟。

我正想着，有人来帮紫苑了。

"抱歉，让您久等了。利姆鲁大人，请让我也出一份力。"

哦，是贝雷塔！

他闯进了这个隔离战域，虽然我不清楚他是怎么做到的。

"等一下，贝雷塔！"

"是！"

"不用你管闲事……我马上就能把这些家伙血祭！"

紫苑还在逞强，但她的话可以无视。

"别顾虑。击溃敌人！"

"是！！"

现在的状况回归了我当初的计划。

*

现在我们已立于不败之地。

虽然过程有些曲折，但现在我们已经胜券在握。

至于问题……

问题就是米莉姆，她似乎还没动真格的。

只要能让米莉姆摆脱控制，就是我方完胜。

现在，我已无后顾之忧，可以把注意力全放在米莉姆身上。

第五章
魔王飨宴

周围的噪音消失了，我将意识完全集中在米莉姆一人身上。

现在，米莉姆拳头的轨迹比刚才更加清晰。

集中精力。

我让体内的每一个细胞都开足马力用于运算。

如果我输了就会功亏一篑，无论如何都要解开克雷曼控制米莉姆的咒缚。

上吧，智慧之王（拉斐尔）。请你全力进行"解析鉴定"！

我指责别人一心靠别人帮忙，结果自己却要依赖智慧之王（拉斐尔）。请你们别误会，智慧之王（拉斐尔）可是我的力量。

我问心无愧！

所以，就拜托你啦，智慧之王（拉斐尔）。

"说明。经'解析鉴定'……未找出咒缚。"

哈？哈？

这……这是什么意思？

克雷曼的实力很一般，难道智慧之王（拉斐尔）看不透他的咒术？

"无法确认咒法。这……"

喂喂，你这不是完全派不上用场吗？

我还以为之前是因为我注意力不够集中，所以才没解析出结果，没想到现在全力以赴也没用。别说是解除方法了，就连诅咒本身都找不出来。

智慧之王（拉斐尔）竟然在关键时刻掉链子。

不妙，这样下去非常不妙。

我通过正面交锋打败米莉姆的概率低得离谱。

那我也没办法了，在紫苑她们打败克雷曼之前，我只能想尽办法撑住。

我抱着这份决心和米莉姆对峙。

不管怎样，我也变强了不少。毕竟我现在和米莉姆之间还有得打，可米莉姆现在受人操控，而且远没有拿出真本事。

要是以前，我不到一分钟就被打趴下了。

现在我拿出全力还能掌控，而且已经坚持了十多分钟。

说不定我拿出全力揍她，就能让她恢复？

这个想法从我脑中一闪而过，但揍米莉姆有悖我的原则。

"提案。建议用'暴食之王（别西卜）'吸收魔素（能量）的攻击。"

哦？哦！原来还有这一招！！

那就尽快行动。

如果受到直接攻击，我也会负伤，所以要以化解为主。我要避其锋芒从侧面施力改变她拳脚的轨迹，并在接触时用"暴食之王（别西卜）"吸收魔素（能量）。这种方式似乎很有效，米莉姆拉开了距离，似乎很不悦。

虽然都是微弱的攻击，但这样就行。

米莉姆的攻击全部在龙气的保护之下，所以只要轻轻接触并吸收龙气，就能渐渐夺取米莉姆的体力。

但用这种方式能不能赢又是另一回事了。

© Mitz Vah

如果真心想赢就必须拿出所有本事。即便如此，我也无法保证能赢，而且就算能赢，也会暴露我的实力。

从长远来看，这也是一种失败。

我现在唯一能做的就是这样慢慢积累伤害，等待米莉姆的咒缚解除。

期待紫苑能尽快打败克雷曼吧。

也不知道我们打了多少个回合，其实我从头到尾都在防御。

我不断化解米莉姆的攻击，势态十分凶险，一旦失败就会立即出局。

米莉姆的拳头呼啸着从我右脸颊掠过。我必须集中精力，否则连躲都躲不开。

估计只要有一击直接命中，我就会被打得粉碎。

我拥有"无限再生"这一回复手段，其效果在"超速再生"之上，但频繁使用会导致魔素消耗过度。估计就算我被打得粉碎也能再生，但如果多来几次，那么体力先耗尽的人将会是我。

集中精力。再集中精力。

我要预测米莉姆的行动。

米莉姆的右拳改变了形状。这种拳叫作龙牙。

这一拳像刚才一样掠过脸颊之后，会勾回来用指甲挠我的脖子。

估计那一击会像龙牙一样让我身首异处。所以，应对这一招不应该躲避，而是从侧面接下。

我用左手从内侧将米莉姆的那招龙牙向外撞。左手如被火烧一般，狂野的能量一触即爆，我用于抵挡的左手受到了巨大的伤害。这是我化解了攻击的结果。

正常人都会选择避其锋芒。

第五章
魔王飨宴

单凭绝对的力量就能成为压制对手的必杀技，现在的经历让我认识到这一点。

如果没有牺牲左手，那将会是致命的一击，所以这已经值得庆幸了，但我很想对米莉姆那强得没道理的实力表示抗议。

这时，意想不到的好机会来临了，我的愿望似乎得到了回应。

米莉姆失去了平衡，但仍强行用左手挥出一拳。

机会！

"提示。推测这是圈套……"

"啊！"我在心中暗叫，但为时已晚。

智慧之王（拉斐尔）冷静的提醒也拉不回我已发出的攻击。

我计划抓住米莉姆的左手，把她摔出去。我见米莉姆失去平衡，认为可以来一记背摔。

但如果这是米莉姆的圈套……

米莉姆的左手恰到好处地停了下来，露出了满意的笑容，那表情仿佛在说："上钩了！"

糟糕——

我在米莉姆面前正要转身，双手前伸企图抓住她的左手。

我用"魔力感知"以第三人称视角看着自己的动作，我现在浑身都是破绽。

完了——GAME OVER（游戏结束）。

米莉姆挥出拳头直接朝我头部袭来——在这千钧一发之际，有人插到我和米莉姆中间。

咚！！

沉闷的声响。

"呜哦！怎么这么突然？这是不是太过分了？"

那是一个有着褐色皮肤的金发男子。

那人的长相和我有几分相似……原来是维鲁德拉！

维鲁德拉抱着脑袋蹲在地上。

看样子，他非常痛。但直接吃了米莉姆一拳才受到这么点伤害，看来没必要担心他。

"喂，维鲁德拉，你怎么跑来了？"我趁机调整姿势，重新面向米莉姆，并对维鲁德拉问道。

"哇，这一下太过分了。"

"先别管这事了，城镇出什么事了？"

"什么事都没。那个迪亚波罗回来了，所以城镇的防守也得到了加强。"

哈？迪亚波罗已经回来了？

颠覆法尔姆斯王国的事不可能这么快搞定……

算了，现在的重点是维鲁德拉。

"那你来这里干什么？如果是来看笑话的，那就回去吧。"

"利姆鲁，你也很过分啊……算了，我找你是因为这个！"

维鲁德拉把我给他的漫画书伸了过来。我仿佛听到了"砰——"的音效。

那是最终卷。

"这漫画怎么了？"我一头雾水，于是这么问道。

结果，维鲁德拉愤愤不平地开始抱怨了："你还问怎么了！这内容和标题对不上！竟然在这么精彩的地方没了，你是故意的吧？"

啊、啊——！我想起来了。

我确实是故意的。

我是在吊他的胃口，如果他听我的话，我就把后面的给他。我想用这种方式让他习惯听我的话。

没想到我留给他的漫画是那本。

话说回来，维鲁德拉那家伙就是为了看那漫画专门跑到这里来的吗……

这可是被隔离的战域。

就算他被困在"无限牢笼"里面，我的究极能力（究极技能）也可以把他召唤出来……不过我不知道没有我的召唤，他也能自己跑来找我。

我又长知识了，但现在这事无关紧要。

既然迪亚波罗留在城镇里，那我就好好利用这个难得的机会吧。

"好，把后续给你之前，我有件事想拜托你。"

"嗯？什么事？"

"你去陪那个米莉姆玩一会儿，但绝对不能让她受伤。"

"米莉姆？哦，是我哥哥的爱女啊。这是我们第一次见面，她还是个孩子吧？好吧，交给我了！"

维鲁德拉爽快地答应了。

也不知道他是因为想继续看漫画，还是因为对米莉姆有兴趣，可这无关紧要。

"我哥哥的爱女"这话让我很在意，但这事也留到以后再说吧。

米莉姆观察着我们这边，没有放松警惕，不过她好像对维鲁德拉很感兴趣。

维鲁德拉两眼放光，估计就算我离开也没问题。

我很好奇米莉姆和维鲁德拉到底谁更强。维鲁德拉至少比我强，他应该能争取到时间。

我没理由不利用这个机会。

这样一来,我就可以随心所欲地行动,我打算迅速打败克雷曼分出胜负。

*

那么,在我集中注意力应付米莉姆的时候,其他人的状况如何?

先不管维鲁德拉和米莉姆的事,我把目光转向岚牙。因为这边的状况看起来最为紧张。

"岚牙,你怎么样?"

"嗯,利姆鲁大人,我倒是没事,但情况有点不妙。"

果然有情况。

我本以为他的攻击效果不佳,但看样子他似乎在犹豫是否要攻击。

"怎么了?"

我刚问完便明白了原因。

命……救命……救命!!

九头兽泄露出的"思维"听起来就像幼儿哭喊的声音。

白猿和月兔只是想保护胆怯的主人。难怪九头兽拼命抵抗,没有认输。

原来如此,我现在就去救你。

"岚牙,捉住白猿和月兔。别让他们妨碍我。"

"遵命。"

岚牙捉住了白猿,两头星将狼捉住了月兔。

接着,我朝九头兽走去,她正在威吓我。

她是被克雷曼操纵的可怜的幼兽。

第五章
魔王飨宴

"提示。经过'解析鉴定'……这是支配咒法。是否进行解咒？YES/NO"

这次，它轻松发现了操纵九头兽的咒法，并成功将其解除。

真希望对米莉姆的咒法，它也能这么能干。

算了。一被解除控制，九头兽就开心地鸣叫了一声，然后睡着了，想必她累坏了。

她像小动物一样，着实可爱。

她有三条尾巴，毛色是金色，除此之外，与可爱的幼狐无异。

一旁的岚牙的对抗心似乎被点燃了……好啦，但你也有你的帅气和可爱。

"保护这孩子。"

"明白了，主人。"

我抚摸着岚牙，把幼狐托付给他。

这样一来，岚牙这边就解决了。

接下来，我把视线转向贝雷塔。

他这边已经结束了。

贝雷塔面前摆着一堆特异级（独特）武器防具，他正在一件件擦拭。

"喂，喂！你在干什么？"

"啊，原来是利姆鲁大人。你没看到我活跃的身姿真是遗憾，我收缴了这些战利品。"贝雷塔边说边恭敬地向我行了一个礼。

战利品……

贝雷塔残忍地把克雷曼所谓的最高杰作比欧拉拆解了，他好像想把这些送给菈米莉丝。

我之前就感觉贝雷塔应该很强,但没想到他能毫发无伤地打败那个武器库般的魔人……我更在意另一件事。

"喂,贝雷塔,说起来你是不是专学菈米莉丝干坏事的本事?"

"咦?"

我感觉贝雷塔一脸吃惊地看着我。他的脸被面具挡住了,所以只能感受到氛围。

我必须给他点忠告才行。再这样下去,菈米莉丝的缺点就全被贝雷塔学去了。

"希望这只是我的错觉,你打算怎么处理那些战利品?"

"这……这个嘛……我想把它们献给利姆鲁大人……我在想利姆鲁大人收下这些之后会不会给我和菈米莉丝大人提供住所。"

嗯?提供住所……

菈米莉丝确实已经搬到我们的城镇了,为什么贝雷塔也要来?

"你为什么会关心那种事?"

"其实是这样。"

贝雷塔的解释令人大跌眼镜,说他来帮我们的时候,奇伊逼他决定了自己的主人。

于是,贝雷塔宣布他只帮我这一次,之后会一直侍奉菈米莉丝。贝雷塔也是个狡猾的恶魔,他已经给自己想好了后路。

只要菈米莉丝搬到我们的城镇去住,他也可以跟过来。他打算通过菈米莉丝间接帮助我。

他公然阐述自己那近似诡辩的说辞,得意扬扬的样子就是个货真价实的恶魔。

"我说你……真的和菈米莉丝越来越像了。"

第五章
魔王飨宴

"你好像不是在夸我,但这是我的荣幸。"

我没夸你啊!

真是的,一段时间没见,他的脸皮厚了不少。

不过,他的这种成长也很有趣。

"算了,这事暂且保留。住所也不是说准备就准备的,我先考虑考虑。"

"是,我明白了。"

贝雷塔开心地接受了,那就先这样吧。

我觉得可以以后再考虑贝雷塔的请求,于是我把目光转向紫苑,她那边即将分出胜负。

*

克雷曼喘着粗气,愤恨地瞪着紫苑。

看来在他眼里,紫苑是个强敌。

克雷曼看上去和紫苑势均力敌,但这只是看上去。因为紫苑拥有极强的王牌——"超速再生"。

双方力量虽然不分上下,但紫苑的续航能力更胜一筹。

乍一看双方打得有来有回,但在我和米莉姆战斗期间,克雷曼明显已经疲惫不堪。

估计不用我帮忙,紫苑就能赢。

现在紫苑的优势十分明显,克雷曼已经开始急了。

"你就这点能耐吗?原来魔王这么弱的吗?"

紫苑真是不留情面啊,看样子紫苑完全没把克雷曼放在眼里。

"你……我不会放过你的!上吧,舞动人偶(Marionett dance)!!"

说着，克雷曼放出了五个人偶。那些人偶瞬间变成魔人向紫苑攻去。

每个人偶都有高阶魔人的实力。

克雷曼把他吸收的魔人的灵魂注入人偶，随时可以操纵人偶进行战斗，估计这是他的隐蔽战力。

克雷曼知道现在不是吝啬的时候，于是一口气亮出了底牌。

这份战力要打败一个魔人绰绰有余。

然而……

紫苑抽出心爱的大太刀，一刀砍飞那五个人偶。

"无聊。看来你确实没什么大不了的。"紫苑说道，看不出一丝疲态。

她打了那么久却毫发无伤。

紫苑比克雷曼更像魔王。

而克雷曼浑身发抖，脸上写满了屈辱，他叫道："你……你开什么玩笑！你现在得意还太早了！舞动人偶会瞬间恢复并攻击你。好戏还在后头！"

这不是嘴硬，而是确有其事。

紫苑不屑地等待着，但人偶完全没有站起来的迹象。

这自然是有原因的。

"不……不可能……为什么不会复活？"克雷曼一脸焦躁地嘟囔道。

我也不是不能理解他的惊愕，毕竟自己引以为傲的战力没有站起来。

所以，我决定稍微给他做个说明。

"嗯。我就告诉你吧，免得麻烦。紫苑的大太刀有噬魂（Soul

Eater）效果。你的人偶没有做足物理、精神两方面的防御术式吧？你做得太粗糙，所以才不堪一击。"

这点事没什么值得隐瞒的。

反正我打算把克雷曼当成食物，既然他想知道就告诉他吧。

"这……这刀还能攻击到精神？"

"这不稀奇吧？人类也有这种刀。"

"不……不可能！这种能力在特异级（独特）装备里也很稀有啊！"

"哼。那又怎么样？这把刀是我的同伴打造的。"

紫苑的大太刀是我参考日向的剑改良而成的，可以直接伤及精神体。

这刀不会真的吞噬灵魂，但也能对精神生命体造成伤害。

只要威力够大，对方又没抵抗就能一击毙命，没有七击之类的限制。这把刀没有必杀的能力，而紫苑也不适合那种精细的战术，所以这不成问题。

而且，这刀可以同时发动物理和精神两方面的攻击，也用不着七击。

"哦，原来是这样啊。原来'刚力丸·改'有这种效果啊！"

原来她不知道啊……

我把刀给她的时候说过这事吧……算了。

紫苑果然没心思去记麻烦的事，看来我把刀打造成现在这种效果是正确的。

"呵呵呵呵，原来是这样。你们想靠那把刀的力量和我战斗啊。那我就让那把可恶的刀也加入我的收藏之列！看招，操魔王支配！！"

克雷曼似乎产生了某种误解，双手放出凶煞的黑丝状光线将紫苑越裹越紧。

紫苑没有任何动作。

你倒是躲开啊……不过应该没那个必要。

克雷曼心满意足地看着这一幕，他似乎以为紫苑是反应不及。

"呵呵呵呵呵。庆幸吧，这可是究极咒法，连魔王都能支配！对你这种魔人使用实在浪费，也罢。反正五指也得换人，我会珍惜你这个部下的。"

他完全没搞懂状况，结果说出了这样一番话。

克雷曼真是可悲。

紫苑不是动不了，而是没有动。

克雷曼把这一招吹得天花乱坠，却没效果，估计紫苑也很迷茫自己该怎么做。

紫苑获得的能力（技能）"完全记忆"能让星幽体获得记忆能力——简单来说，这项能力很特殊，就算大脑遭到破坏也能保留记忆。

灵魂约等于意识，只要意识和记忆完好，就算肉体被彻底破坏也能再生。她现在的种族很特殊，可以说是半精神生命体。

也就是说，她可以用灵魂进行思考。

不仅如此，这还可以让她免疫一切精神控制系效果。支配咒法之类的伎俩应该无法对紫苑生效。

"喂，你到底想干什么？这根本不痛不痒，我是不是还要再等一下？"

紫苑在黑丝之茧中问道，她好像不耐烦了。

说起来，我一直在想一件事，希望紫苑能改变这种思维方式，战斗和职业摔跤那种表演可不一样。

第五章
魔王飨宴

她为什么要在严肃的战斗中故意中对方的招数……

无论是紫苑、苏菲亚,还是米莉姆,我无法理解战斗狂的想法,还是饶了我吧。

智慧之王(拉斐尔)也说紫苑没有受到影响,克雷曼的秘术根本不值得理会。

"不……不可能……我的操魔王支配不起作用?这可是究极的支配咒法啊!"

刚才的九头兽就是被这项能力(技能)控制的。这项能力(技能)确实可以轻松控制灾厄级的目标,但魔王是灾祸级,应该起不了作用吧?

克雷曼那家伙太过相信自己的力量了。

紫苑用妖气轻松震开黑丝之茧,看来她等得不耐烦了。

"实在无聊。靠这种小花招可配不上魔王之名。"

紫苑丢出了这话,一副蔑视的态度。

克雷曼呆呆地站着,这一幕似乎让他陷入了恐慌。

不,不对。

紫苑的话好像令克雷曼失常了。

"呵呵呵……哈哈哈哈——配不上魔王之名?鼠辈,我不会放过你的!我要让你后悔逼我动真格的。"

克雷曼颤抖着发出凄惨的笑声,似乎下定了某种决心。

他脱下了高档西服和衬衫,上半身裸露。克雷曼暗藏的各类道具散落在地上,他似乎不想用了。

我还以为克雷曼已经没招了,看来他好像还留了一手。

他赤裸的上半身背后长出了两对手臂。那些细长的手臂有黑色的外骨骼提供防护。

这是他的本体——和他一直以来的伪装形态不同，甚至有种粗暴癫狂的感觉。

"对了，这就对了。魔王，我是魔王。所以我应该专心战斗，优雅漂亮地葬送敌人。不过，也罢，也罢。很久没有这种感觉了，我都已经忘了……我要亲手把你碾碎！！"

克雷曼十分激动，露出了本性。

克雷曼没有丢掉所有东西，他手上还握着最后一件东西，他似乎很珍惜那东西。

那是一个面具，是一个狂笑的小丑面具。

克雷曼毫不犹豫地戴上了面具。

"哦？你似乎有点像样了啊，我收回刚才的话。就让我——魔王利姆鲁大人的近卫秘书紫苑来当你的对手！"

紫苑开心地对克雷曼报上了名字。

而克雷曼也……

"我是魔王……不，'狂喜小丑（Crazy Pierrot）'克雷曼。我要灭了你，魔人紫苑！！"

克雷曼也对紫苑报上了姓名。

接着，这两人同时开始行动。

*

露出本性的克雷曼很强。

他终于有了魔王的样子，强大的魔力和紫苑持平。

他惯用的双手操纵着凶煞的黑色光丝。刚刚生成的上面的双手拿着斧和锤，下面的双手拿着剑和盾。

他同时操纵魔法和物理攻击想让紫苑吃点苦头，可惜紫苑更强。

第五章
魔王飨宴

　　她挥动名为"刚力丸・改"的大太刀,弹开克雷曼的剑,击碎了盾。

　　紫苑把刀举过头顶挥下质朴纯粹的一击,克雷曼交叉斧锤用以抵挡,结果两把武器双双遭到破坏。

　　估计那离谱的力量是因为紫苑的固有技能"斗鬼化",而那几近犯规的武器破坏效果应该是专属技能"料理人"的"确定结果"和"最佳行动"的工作成果。

　　也就是说,克雷曼不是紫苑的对手。

　　克雷曼拿出真本事之后照样被紫苑打垮。

　　克雷曼背上的两对手臂交叉着防御紫苑的拳头,但他那四条手臂被打折了。紫苑的拳头力量不减,打进了克雷曼的腹部。

　　"呜哦……"克雷曼嘴角冒泡,昏迷不醒。

　　胜负已分。

　　虽然这话由我来说有点不妥,但紫苑的实力碾压克雷曼。她死而复生之后,似乎获得了以前无法比拟的强大实力。

　　"噗——"

　　紫苑又补了一脚,克雷曼一脸苦闷地在地上翻滚。

　　他的面具也出现了裂痕,充血的眼睛露了出来。

　　"……不……不……可能……不……不可能。我……我是魔王克雷曼……你怎么……"

　　他明白了双方的实力差距,但仍无法接受现实。克雷曼动摇了。

　　"利姆鲁大人,我可以了结他吗?"紫苑对我问道。

　　是啊,虽然我还有事想问他,但大致情况我已经猜到了。他会老老实实地把幕后黑手的真实身份告诉我吗?

　　"可……可恶!!米莉姆……米莉姆在干什么?赶紧去解决那家

伙……"

克雷曼惊慌地叫道，看来他知道死亡已经迫近。

然而，维鲁德拉已经缠住了米莉姆。克雷曼好像也发现了这一点，他看着维鲁德拉，仿佛那是一个令人难以置信的怪物……

"你……你是什么人？怎……怎么回事？那么离谱的实力到底是怎么回事？"

看来他已经知道维鲁德拉不单单是魔人那么简单。

"他是维鲁德拉，不过现在是人形。我说过吧，他是我朋友。"

克雷曼哑口无言。

估计他想拒绝承认现实，但看到维鲁德拉和米莉姆势均力敌的战斗，他也不得不接受。

维鲁德拉和米莉姆的战斗一直持续到现在，战况十分激烈。我总觉得那一个接一个的必杀技的名字好像在哪里听过，米莉姆也显得很吃惊。

她真的被控制了吗？我不禁冒出这个疑问。

米莉姆的反应令我产生了疑问……还是不管了。

这应该是维鲁德拉第一次用人类形态战斗，他似乎非常享受。

看样子克雷曼也知道米莉姆指望不上。他非常混乱，现在他又逃到隔离战域的一端，对外面喊道。

"芙……芙蕾！芙蕾，你在干什么？既然你和我是命运共同体，那就赶紧来帮我！"

克雷曼拼命求助，但芙蕾的反应十分冷淡。

"不好意思啊，克雷曼。只有取得奇伊的同意才能通过这个'结界'。真是遗憾。"

第五章
魔王飨宴

她毫无诚意。

克雷曼愤愤地咂了咂舌,再次转向米莉姆。

他的瞳孔痉挛般颤抖着,眼中满是癫狂,彻底没了理性。看样子他又在动坏心思了。他露出癫狂的笑容,再次把目光投向米莉姆。

"哈……哈哈哈哈!米莉姆,米莉姆!我命令你快用'狂化暴走(Stampede)'!!把这里的人统统消灭!!"

这可不是闹着玩的。

看来克雷曼为了从这里逃出生天,连脸都不要了。

这可不妙,情况非常不妙。

现在可不是慢悠悠地看戏的时候,我也参战吧。

这时,我听到了一段难以置信的话。

"我为什么要做那种事?利姆鲁他们可是我的朋友。"

我吃惊地循声看去,米莉姆挺着胸站在那里,脸上挂着得意的笑容。

"米莉姆!喂,你不是被控制了吗?"

"哇哈哈哈!我成功骗过你了,利姆鲁!我怎么可能被克雷曼那种人控制?"

什……什么!?

我感觉智慧之王(拉斐尔)刚才一直在生气,也不知道怎么回事。

现在的重点是米莉姆。

"你……不是被克雷曼控制了吗?"

这……到底是怎么回事?我不由得再次确认。

但米莉姆只是得意地笑着。

感到混乱的不只我一人。

魔王中也有人显得非常吃惊，仿佛在说："咦？可是她刚才不是被揍都没反应吗？"

最惊愕的当属克雷曼。

"是……是啊。我用了'那位大人'给我的支配宝珠，你现在应该彻底受我控制才对……你不是听我的命令杀了卡利昂了吗？"

啊——克雷曼那家伙。

他太过吃惊，甚至没发现自己说漏了嘴，这话增加了我的证据影像的可信度。

毕竟克雷曼失口承认了自己的罪行，而且还交代了幕后黑手的存在。

米莉姆对他的话起了反应。

"对，就是这事！我还没听你说过。回答我，克雷曼。'那位大人'到底是谁？"

她若无其事地提出了一个尖锐的问题。

米莉姆完全无视了克雷曼的质问，这才是她的作风。

那么——也就是说米莉姆没被控制，她一开始就对克雷曼起了疑心？

可是，米莉姆为什么要这么做？

我还没得出答案，又有一个声音冒了出来。

"喂喂。你说谁死了？"

隔离战域外响起了一个阴沉的重低音。

那个声音的主人是魔王芙蕾的部下，那个长着鹰翼的男性。

喂喂，不是吧……

他竟然用了那么显眼的伪装……

这么说来，我没注意到这件事反而……

第五章
魔王飨宴

糟糕。

我感觉智慧之王（拉斐尔）正诧异地看着我。

说起来，智慧之王（拉斐尔）当时好像想说什么……不，是我的错觉。嗯，一定是我的错觉。

忘了那事吧……

只要今后多加留心就好……

这样就好。

那个男人——卡利昂徐徐摘下了面具。

与此同时，可怕的妖气四溢。

卡利昂气势正盛，瞬间变回了原本的姿态。"狮子王"卡利昂——就是他本人，错不了。

"原来你没事啊，卡利昂。"

"哟，利姆鲁。我可算不上没事。别管这事了，我那些部下受你关照了。"

"这事不值一提。"

卡利昂向我道完谢后，转向克雷曼微微一笑。

现在我可以确定，米莉姆根本没被控制。

"什……什么……那……米莉姆真的……可是，芙蕾报告说……我知道了，芙蕾也一样。你也背叛了我——！！"

看来克雷曼全想明白了，他狂乱地瞪着芙蕾。

但芙蕾无动于衷。

看样子这应该不是背叛……

"咦？你是不是搞错了？我什么时候站在你那边了？"

芙蕾不以为然地说道。

啊，果然是这样。女人真可怕。

我猜得没错，芙蕾一开始就在欺骗克雷曼。

"开……开……开什么玩笑？你……你们……我不会放过你们，我绝不放过你们！！"

可悲的小丑的惨叫声回荡——

"紫苑，动手。"

"交给我吧！"

紫苑得到我的命令，开始行动了。

紫苑早已蓄势待发，她双手紧握大太刀，全力向克雷曼挥下。

她用大太刀行刑。

克雷曼拼命进行防御，但他那三对手臂瞬间消失。那一刀斜肩砍下，克雷曼受到了致命的重伤。

紫苑的大太刀还能伤及精神，那一击令克雷曼当场倒下，说不出话来。

*

那么，克雷曼也解决了。

卡利昂也活着，证言也齐了。

这样一来，我应该不会被那些魔王认定为敌人了。

克雷曼现在奄奄一息。

他已无力回天，构不成威胁了。

他失败已成定局，而且他也逃不掉了。

他在众魔王面前高调坦白了自己的罪行。

虽然我左右不了各魔王的看法，但克雷曼已经失去了信任。这里的魔王应该不会帮克雷曼。

© Mitz Vah

隔离战域的"结界"已被解除,芙蕾走了过来。她径直走向米莉姆。

"米莉姆,我一直相信你不会受到控制,但我还是很担心。不过你履行了我们之间的约定,谢谢。"

"哇哈哈哈哈!谁让我们是朋友?这是应该的。别提这事了,那东西你有没有保管好?没忘记帮我带来吧?"

"有有,是这个吧?话说回来,你竟然能抵抗支配宝珠,实在太厉害了……"

芙蕾边说边从怀里取出一个东西递给米莉姆。

那是我送给米莉姆的龙拳。

米莉姆开心地接过拳套,迫不及待地套到手上。

接着,她露出了开心的笑容。

看到这一幕,其他魔王也终于理解了情况。

"真是一场烂戏啊。"

"我……我早就看出来了!"

"我之前也怀疑是这样。"

"果然是这样啊……"

众人低声的谈话传进我的耳中。

看来被米莉姆骗的不只我一人,看样子,所有人都觉得这是理所当然的结果。

这时,我的脚下传来了虚弱的声音。

"是什么时候?你是从什么时候开始骗我的……"

是克雷曼。

他还没断气。看来他无论如何都无法接受这难以置信的现实。

米莉姆告诉了克雷曼一个残酷的事实。

第五章
魔王飨宴

"嗯，你辛苦了！我和芙蕾约好要假装被你控制。于是我戴上耳坠，让你以为自己的控制生效了。"

"开……开什么玩笑……那可是我使用支配宝珠，倾注了全部魔力……最强的究极……支配咒法……你……你竟然把它……"

"嗯！因为那类魔法几乎都会被我轻松弹开。我先解除全部结界，压抑意识力量避免身体自行抵抗……你是个多疑的人，如果不在你前面演一场戏让你以为咒法已经成功，你是不会相信我的。我可是很努力的！"

"什……什么？你是故意……故意承受咒法的？这可是最高级的魔宝道具……是我的秘藏奥义，连魔王都能控制……"

"是吗？可惜控制不了我！"

米莉姆骄傲地挺起胸膛，十分得意。

"老实说，我觉得自己白担心了。不过你又是握紧拳头摆出胜利的姿势，又是嘴角上翘差点笑场，演技根本不行。"

"我有什么办法？知道利姆鲁为了我发火，我太开心了啊。"

看到米莉姆这个反应，芙蕾耸了耸肩。接着，她似乎突然想到了什么，说道："不过，克雷曼揍米莉姆的时候，我很紧张。如果米莉姆没忍住，估计我家就被毁了。真亏你忍得住啊，唯独这点值得表扬。"

她透露了这件事。

看来不只是刚才，克雷曼之前也打过米莉姆。

这家伙胆子怎么那么大，是活得不耐烦了吗？

"嗯！毕竟我也是个成年人。是懂得忍耐的成年人！"

她特别强调自己是成年人，但她远没有长大。

"我看不出来。算了，就当是这样吧。不过，你的忍耐不仅是为了和我之间的约定，其实你有其他目的吧？"

"嗯？啊，我想起来克雷曼曾提过可疑的事。他说要让利姆鲁他们变成人类的敌人，策划一场人魔战争。如果让他得逞就不好玩了，所以我想阻止他！"

"哇，没想到你也会为他人考虑……"

"哇哈哈哈哈！我早就说过了吧！我已经是成年人了！"

"是是！就当是这样吧。"

这样啊……

米莉姆的直觉很敏锐，估计她早就发现克雷曼背后有人指使，所以她才在这段时间里故意假装被控制，以便找出黑幕。

此外，她和芙蕾间好像也有约定，我就不计较她骗我的事了吧。

也就是说，米莉姆从一开始就没被洗脑。

米莉姆不是中途解除了洗脑状态，而是克雷曼一开始就没得逞。这一切都是米莉姆的演技，她的出色演技得到了最佳女主角奖。

米莉姆为了维持面无表情的状态，竟然在偷偷吃青椒。她强忍那种难吃的味道，自然流露的表情欺骗了所有人。

维鲁德拉好像一眼就看穿了米莉姆的演技，配合她演了这出戏。他为了习惯这副身体，享受着和米莉姆的战斗。

没想到维鲁德拉的适应性这么强。

不过，智慧之王（拉斐尔）你没发现啊？

啊，是的。

说起来，它当时好像想说什么。

现在想来，智慧之王（拉斐尔）搜索不出结果也是理所当然的。因为米莉姆没受到咒缚。

第五章
魔王飨宴

那只是我一厢情愿的想法。

今后我在进行说明时应该要注意这一点，同时也要养成听别人把话说完的习惯。

我在心里悄悄进行反省。

卡利昂来到米莉姆面前："说起来，米莉姆，我可以问个问题吗？"

"嗯？行啊，随便问！"米莉姆笑着答道。

她戴着龙拳，心情大好。

"我先确认一下……你从头到尾都没被操控吧？也就是说，你是一时兴起才把我打得那么惨？"

卡利昂带着笑容，但他头上已经冒出了青筋。

嗯，是啊，他肯定会有这个疑问。

"唔？这……这个嘛……"

"别误会，我并不在意。那只是因为我自己太弱了。可是，夷平我们的国家也是你的决定吧？"

卡利昂向米莉姆问道，他没想隐瞒自己的怒意。

那一瞬间，米莉姆慌了神，可是……

"嗯！卡利昂，那点小事无关紧要吧？"

她反而恼羞成怒了。

这么看来，她果然是米莉姆。

"这可不是小事！你这家伙，搞不好连老子也会没命啊！"

"哎呀，你真烦。你太烦了！那是因为我热衷于表演——不是，为了骗克雷曼，我要努力演好这出戏，所以这是克雷曼的错！！"

"喂喂，推给克雷曼了啊……算了。反正不管我怎么抱怨，你都不会听……"

我感觉卡利昂有些可怜。

卡利昂的一双眼睛闪着泪光，我不禁想要安慰他。

我也被她骗了，总觉得能够理解卡利昂的心情。

"算啦算啦，卡利昂先生。三兽士和其他人都没事，这次也算是你的复仇战，米莉姆也很努力。我看也不全是坏事。"

"哦，利姆鲁，抱歉，还要你来安慰我。"

"所以，你就别放在心上了。再说城镇还可以重建，而且我专门抓了克雷曼的部下来当劳力。"

"哈？喂喂，真的假的！？"

"嗯。技术方面，我们会毫无保留地提供帮助，当然我们也会出力的。所以，你就建造一个比以前更气派、更舒适的国家吧！"

我们有时间，也从克雷曼那里弄到了钱。就算为今后的贸易考虑，现在卖他个人情也有战略意义。

我也想通过共同工作和兽人搞好关系，那就好好利用这个机会吧。

"哇——哈哈哈！太好了，卡利昂。这也是多亏了我哟！"

真不知道这和米莉姆有什么关系。硬要说的话，就是她把兽王国夷为平地，连瓦砾都不剩，为我们施工提供了便利。

"抱歉，你帮了大忙了！利姆鲁，不，利姆鲁先生。我发誓，今后我的兽王国会和你的国家永世友好，并不遗余力地提供帮助！"

卡利昂说道，他似乎很意外，而且特别感动。接着，他又转过去对米莉姆说："希望你也能稍微反省一下。"看来他也没忘记叮嘱米莉姆。

米莉姆似乎觉得事情已经搞定了，又变回了平时的状态。

她变得还真快，可这才是她的风格。

第五章
魔王飨宴

反正卡利昂也打起精神来了，这样也好。

看样子，对我的话感到吃惊的不只卡利昂一人，旁边那些魔王也对我的发言十分意外。

"原来是这样啊。他之前说什么人魔共同生活，我还以为他是个天真的蠢货……看来这家伙的想法相当有意思。难怪能得到原初之黑的青睐。"红发的奇伊愉快地说道。

原初之黑？那是啥？

算了，现在还是先解决克雷曼的事。

"我说，克雷曼，你喜欢对弱者或无力抵抗的人耀武扬威吧？我看你配不上魔王之名。米莉姆当时忍着，所以我也没有插手……不过我也有点生气。"

芙蕾平静的语气中弥漫着怒意。那是对克雷曼的审判，她无意帮克雷曼。

"是啊。虽说我们的规则是适者生存，但克雷曼你太过分了。我也想一雪灭国之恨。"

卡利昂的城镇被夷平，他也心怀怨恨。虽然是米莉姆动的手，但幕后主使是克雷曼。看来他不会放过克雷曼。

奇伊只是愉快地在一旁看着，其他魔王也没帮克雷曼说话。克雷曼在魔王中也没有后援。

他已经没有退路了。

现在只剩最后一件事，克雷曼大限将至。

●

克雷曼眼睁睁地看着自己的生命渐渐消逝，心中悔恨万分。

他想起了同伴的话。

那些话像走马灯一样在克雷曼心中徘徊。

——你千万不要大意——

（啊……拉普拉斯，你说得对……）

克雷曼本想慎重行事，不过似乎被力量蒙蔽了双眼。

他把米莉姆超绝的力量当成了自己的东西。

（你的感觉是对的，从结果来看，是我被米莉姆操控了。我本想小心行事……可是我被米莉姆骗了。你们那么信任我把重任交给了我，可惜我只能走到这里了……）

估计在无视朋友忠告的时候，这个结果就已经确定了。

克雷曼，你是我们中最弱的，不能胡来哟！

哈——哈哈哈，蒂亚说得对。你有事一定要找我们。

（啊，蒂亚。啊，福特曼。是啊，我忘了……）

克雷曼重视自己的颜面，不愿依靠同伴。

不，克雷曼找过他们帮忙，但在最关键的时候忘了，这太荒唐了。

（我也想离你们近一点，哪怕只有一点也好。为此，我不惜冒险蛮干。这是当然的吧！毕竟我也是中庸小丑连的一员……）

就是这样，克雷曼想得到同伴的认可。

他希望自己的力量得到认可，没让中庸小丑连登上台前。克雷曼发现这是他的失败。

可惜已经太晚了……

想起来第一次见到"那位大人"时的事。

第五章
魔王飨宴

"啊，你是克雷曼吧？"

"你是谁？竟敢嬉皮笑脸地叫我的名字，你是活得不耐烦了吗？"

"喂喂，别那么提防，是有人介绍我来的。"

"介绍？"

"是的。是你的熟人，魔王卡萨利姆。"

"什么？"

克雷曼本想杀掉那个少年，但那个少年说出了"卡萨利姆"这个熟悉的名字，于是克雷曼决定听听少年怎么说。

于是，克雷曼知道了少年的野心和力量。

"所以我将得到整个世界。来帮我吧，克雷曼。"

"哼，哈哈哈哈。有意思，这是你的委托吗？"

"嗯。是我对'中庸小丑连'的委托。"

"报酬呢？"

"魔王卡萨利姆的复活，够不够？"

意外的报酬，克雷曼没理由拒绝。

这不是无稽之谈，克雷曼知道那名少年的力量，他知道那名少年一定能帮到他。

克雷曼当即决定接受委托。

"我就知道你会答应。我们一起控制整个世界吧，然后一起过上有趣开心的生活！"

"那位大人"把这个世界当成游戏，过得很开心。看到他这样，克雷曼觉得这是有可能实现的。

障碍有很多，但这样才有趣。

可惜克雷曼无法如愿，他现在的失败毁了战略的基石。

报酬的支付——魔王卡萨利姆的复活已经完成，可是……

（是我的愚蠢导致了现在的结果。我无话可说……）

卡萨利姆好不容易复活了，可是自己一直没机会向他道贺。

这也是他自作自受。

克雷曼接到的命令是不要轻举妄动，他却无视了命令，擅自行动。

克雷曼最后想到的正是那人的话。

那是克雷曼敬爱的魔王卡萨利姆给他的忠告。

"克雷曼，你和我很像。你可以学我，但千万不要步我的后尘。"

真是至理名言，克雷曼后悔自己没有早点想起这话。

（啊……卡萨利姆大人……非常抱歉。我忘了你的忠告，犯下了最大的失误……）

是的，克雷曼失败了，而且是以最糟糕的形式。

他犯下了和魔王卡萨利姆一样的愚行，败给了新晋的魔王。

这是罪孽。

克雷曼痛恨这次失败。

（就连你交给我的军团也因我的失误覆灭了……不能死，我还不能死。我不能容忍自己一事无成就白白死去……）

克雷曼心想事已至此，至少要把自己得到的情报发出去。克雷曼即将放弃之时，这个想法点亮了他的内心。

虽然你是我用尸体制作的妖死族，但我把重心放在你的头脑上。你和福特曼、蒂亚他们不同，不适合战斗。不过只有你才能运筹帷幄指挥军团。所以克雷曼，你要当魔王。

克雷曼辜负了魔王卡萨利姆的期望。

第五章
魔王飨宴

不过，既然力量不足，那就应该扩充力量。这样一来，自己也能和福特曼、蒂亚一样强，不，比他们还强。

克雷曼是个头脑派，如果他能得到力量，无疑比那两人更强。

（对了，有办法了。就算不能觉醒为真魔王也没关系。快来吧。把力量给我……把压倒性的力量给我——！！）

"确认完毕。已成功将灵魂转化为魔素（能量）。开始分解并重构身体，用以容纳魔素（能量）——"

克雷曼没指望他的愿望能够实现，但"世界通知"对克雷曼的心愿起了反应。

克雷曼的愿望在最后关头实现了。

（看来老天没有抛弃我！）

那么——

克雷曼的选择不言而喻。

（呵——呵呵呵……你们这些人把我骗得这么惨，我一定要报这个仇。我现在一定要想办法从这里……）

克雷曼十分虚弱，连声音都发不出来，但他的灵魂之火正在熊熊燃烧。

这正是生命之火的光辉。

可是现在……

克雷曼带着与内心截然相反的冷静，决意撤退。

那些古老的魔王很难对付，而且奇伊、米莉姆、达古琉路尤为难缠。因为只是觉醒还无法胜过这样的对手，而且现在最重要的是谨慎行动。

向"那位大人"报告状况,这是最重要的事。

一直被自己轻视的史莱姆实力不明,但就连他下属的魔人实力也在克雷曼之上。不仅如此,他还和复活的维鲁德拉交情甚好,这一点也不能轻视。看来他在与日向的战斗中活下来绝非偶然。

之前就应该冷静分析情况,不应带有偏见,所以要优先把这些情报带回去。

于是,他制订了计划。

他要用尽全力射出一个巨大的魔力弹以此制造混乱,并趁机逃跑。

(需要提防的是奇伊,不过……)

奇伊对弱者从来不感兴趣。克雷曼估计奇伊不会把自己放在眼里。

(没问题,我一定会逃出去的。)

克雷曼做出这样的判断。

如果能制造一点伤亡就赚到了……

想到这里,克雷曼站了起来。

●

也许在注视着这一切的魔王之中,我是第一个发现那事的。

因为我一直盯着克雷曼,一刻也没有松懈。

"紫苑,快离开!"

听到我的命令,紫苑迅速做出反应,退到我的身边。紧接着,庞大的魔素在克雷曼四周肆虐,紫苑刚才站的地方也未能幸免。

肆虐的魔素旋风从四周搜刮了更多魔素,再次聚拢到克雷曼身上。如果我的命令再晚半步,紫苑必然会受到波及。

第五章
魔王飨宴

"看来他真的开始了。"

"利姆鲁大人？什么开始了？"

紫苑慌忙问我，但她看到我十分平静，也放下心来。

我没理由慌张，可是……

"克雷曼觉醒了。这在我的计划之内。"

"原来在计划之内啊，那我就放心了！"

紫苑对我完全信任，但我还有些许不安。

这一切都在智慧之王（拉斐尔）的计划之内。

真的没问题吗？万一输掉就太丢人了……

我最开始遇到克雷曼时看到有大量扭曲的东西黏着他，仿佛吸附在他的灵魂上。

那是被克雷曼害死的人的灵魂残渣，也叫怨念。

我无法直接吸收那些东西。那些灵魂残渣既无法超生，也不会扩散到空气中。就算克雷曼消失，也只是把灵魂残渣一起消亡而已。

我曾考虑是否有办法利用（解放）那些灵魂残渣，智慧之王（拉斐尔）向我提了一个作战方案。

它提议把克雷曼逼上绝路，让他觉醒。

"提案。'捕食'克雷曼的觉醒能量可以补充消耗的魔素量（能量）。"

智慧之王（拉斐尔）平淡地说道，但这个提议有一大堆问题。

克雷曼会不会觉醒还是个未知数，而且就算觉醒，他的实力也肯定会提升。

那……那是……克雷曼开始了魔王的进化（丰收庆典），所以会陷入睡眠？

"说明。克雷曼未按照正常步骤进行进化，因此无法完全进化。推测其无须睡眠。"

智慧之王（拉斐尔）推测克雷曼的实力提升有限。这么说来，我最后还得打败觉醒后的克雷曼才行。

根据智慧之王（拉斐尔）的预测推演，无论克雷曼的实力有多强，我都能轻松取胜。

克雷曼本身的实力、得到的力量、可能获得的能力（技能）——这一切都经过智慧之王（拉斐尔）的推演，它预测即便克雷曼的实力提升到最大限度也比不过我。

担心也没用，我只能硬着头皮上。而且，我的魔素量（能量）见底也是事实。

我的恢复速度快得可怕，发动大规模术式之后也能立即复活，但远未回满。

我这所剩无几的魔素也比觉醒前多，但以前我在不知情的情况下把维鲁德拉当成了自己的燃料库，现在我已经没有这个燃料库了，自然会想让自己的魔素量（能量）保持在全满状态。

这也能向其他魔王展示我的实力。

我是一个新人，要靠自己的实力夺取魔王的席位。

我认为通过这种手段彰显武威可以博得其他魔王的认可，后遗症较少。为了避免有人多管闲事，我要让他人以为那家伙很难缠。

就算为了避免今后的麻烦，我也要打败觉醒后的克雷曼，展示

第五章
魔王飨宴

自己的力量。

用我的力量——究极能力（究极技能）"暴食之王（别西卜）"。

"喂，利姆鲁，你说克雷曼觉醒了？这强大的力量实在难以置信。我来帮你……"

"卡利昂先生，不用。我来解决这家伙。我也已经以魔王的身份自居了，想给自己争取一个席位。我要解决这家伙，博取其他人的认可。"

听到我这话，卡利昂无奈地退开了。

"你可别输了。"他鼓励道。

我不会输的。是敌人就要击溃，理由仅此而已。

怒火最盛的人就是我。

来吧，克雷曼，我们来分个高下。

于是，我主动走到克雷曼面前，他已经站了起来。

其他魔王似乎打算旁观到底。他们应该不会反对我一个人和克雷曼战斗。

我估计摸清我的实力才是他们的真实意图，而且这事他们也说不上话。

米莉姆开心地笑着，菈米莉丝一副无忧无虑的样子，她们对我能赢没有任何疑问。

我感觉自己得到了她们的信赖。

"紫苑、岚牙，你们退下。"

"可是……"

"交给我。"

"明白！"

"利姆鲁大人，祝你成功。"

其他魔王也后退了一步，紫苑他们也退到后面，估计现在没人会被我们波及了。

克雷曼看到只剩我一个人，露出了淡淡的微笑。

"呵呵呵，哈哈哈哈哈——！！看吧，我得到力量了！都是因为你这鼠辈这么嚣张！现在就让我来把你捻碎！！"

克雷曼睥睨着我，他的微笑变成狂笑。

但这是他的演技。

克雷曼的行动已经被智慧之王（拉斐尔）猜到了，真是可悲。

他要么放弃挣扎疯狂地冲过来拉我垫背，要么假装藐视我让我放松警惕并找机会逃命。

他的选择明显是后者。

所以，克雷曼接下来的行动也……

他开口贬低我，但眼中带着警惕。

克雷曼在寻找我的破绽。

于是，我决定配合克雷曼演一场戏。

"我说过吧？你已经没有退路了。我比你强，放弃挣扎，说出在幕后指使你的黑手。"

与其说我这是演技，不如说这是发自肺腑的真心话。

所以克雷曼也信以为真，没有怀疑。

"呵呵呵，你总是这么嚣张。我要动真格的了……"

克雷曼故作从容，突然开始行动了。

他突然射了一个极大的魔力弹过来，估计他以为自己抓住了我放松警惕的空当。

估计这个魔力弹是他利用说话的时间倾尽觉醒后的全部力量凝

第五章
魔王飨宴

练而成的。蕴含超级威力的极大魔力弹径直朝我迫近。

克雷曼认为我会躲避那一击。估计他也考虑过我会射出魔力弹进行迎击，但他认为仓促凝练的魔力弹不足以抵消其威力。

如果我避开，他就会让魔力弹在空中爆炸；如果我尝试迎击，那他正好可以利用爆炸的空隙逃命——他应该是这个打算。

真是遗憾。

"我说过你已经没有退路了吧？那种攻击是没用的。投射系攻击伤不到我。"

我用"暴食之王（别西卜）"将克雷曼那个极大的魔力弹连同其所在的空间一并"捕食"。

四周根本不会受到损害，我轻松瓦解了克雷曼的计划。

"哈？"克雷曼十分惊愕。

我抓住那个空当打了一个响指。

那一瞬间，出现了一个"结界"把我和克雷曼与外界隔离开。

这是隔离战域，我试着模仿奇伊之前构筑的术式。

"偷学了我的技能吗？厚颜无耻的混蛋。"

奇伊低声说道。他似乎觉得很有意思，所以没生气。

现在我可以放心吞下克雷曼了。

我满不在乎地冒出了这个想法，看来我也越来越像恶人了。

这果然是因为我是魔物？

对这件事，我没有抵触心理。

或者，这是我成为魔王之后的转变？

算了，不想那么多了。

"什……什么？到底发生了什么？"

克雷曼明显慌了。

© Mitz Vah

第五章
魔王飨宴

他见到自己引以为傲的一击凭空消失，估计还无法理解状况吧。

我已经说过很多次了吧？你已经没有退路了。

就你这点实力，从和我敌对的那一刻起，结局就已经注定了。

知己知彼是非常重要的。

"喂，想拿出真本事就赶紧的。我等你。难道说，你打算用刚才的攻击制造混乱乘机逃命？"

我点破他的意图，继续逼问他。

我的性格也很糟糕。可我现在不是人，是史莱姆，性格糟糕一点也没问题吧？

克雷曼到现在还没认清我的实力。

他虽然对我有所警惕，但还是小看了我。

智慧之王（拉斐尔）的推测是对的，克雷曼觉醒之后也没什么大不了的。尽管他的魔素量（能量）大增，但也仅此而已。

看样子，他既没有得到用以控制那些魔素（能量）的魔力，也没有获得有益的能力（技能）。

他的觉醒和我的差别很大。

只要我用"思维加速"将认知速度提高至百万倍，时间就像停住一样。我可以在这种状态下构筑术式，所以一瞬间就能发动魔法。

魔力弹需要凝气，效率太低，所以刚才我没有选择魔力弹。

构筑术式只需要用意识（也就是情报）进行描绘，但控制妖气则不同，需要耗费时间，所以我自然不会考虑。

不过这也是因为有"舍弃咏唱"和"森罗万象"。

只要有百万倍的体感时间，无论魔法原本需要花多长时间发动，我都能瞬间发动。毕竟我的1秒相当于277小时。

术式规模再大也花不了一天的时间，所以我不用0.1秒就能发动。

将数个普通魔法组合起来同时发动，对我来说也是轻轻松松。

所以要是我陷入克雷曼那种处境，我应该会用多重魔法制造混乱，并找机会一鼓作气逃走。

克雷曼没有选择这种做法说明他没这个能力，他甚至没发现我已经构筑了隔离战域。

他现在已经没了退路。如果想逃命，唯一办法就是打败我。

克雷曼的态度没有变化，估计他还没认清自己的处境。

"呵……呵呵呵，区区一只史莱姆口气倒不小。我承认你确实很强。我动起真格的，你可就没那么轻松了！！"

放弃挣扎、疯狂地冲过来拉我垫背——他改变主意，选择了另一个计划。

放弃逃命向其他魔王夸耀自己的力量，这是一场赌局，但应该有很高的胜算。因为对魔王而言，"力量就是一切"，靠实力将罪孽一笔勾销也不是不可能的。

不过，前提是他能赢我。

"看来你对妖气的控制很有自信，那你接得住这招吗？吃我一记最强的奥义！！龙脉破坏炮（Demon Blaster）——！！"

克雷曼用长长的一段话来转移我的注意力，同时拼尽全力操纵地脉，准备从四面八方一口气向我发动攻击。

他聚集地脉并注入自身的魔素（能量）增幅其能量，并射出具有扰乱效果的光线——这就是他那龙脉破坏炮的真面目。

中招的人魔素序列会被扰乱，从内部遭到破坏。这是对魔攻击，物理层面的防御没有意义，就连用魔素构筑的"结界"也会被破坏。

第五章
魔王飨宴

这份力量堪称魔物天敌,真不愧是魔王。

然而……

这对我没用。

"吞噬一切吧,'暴食之王(别西卜)'——"

龙脉破坏炮的光线像龙一样从地面升起,但那条龙还没碰到我就被扭曲的空间吞噬,发出了临死的悲鸣。

那扭曲的空间和暗黑重力涡(黑洞),连光都逃不出去。

"没用的,克雷曼。你比我弱。"

我要击溃他的内心,这样才可能会让他爆出幕后黑手的身份。

要击溃人的内心,恐惧是最有效的。

"不可能……这……不可能——!!这可是……这可是我的奥义啊!"

不管是不是奥义,投射系的技能统统没用。如果他多动动脑子,直接命中我也许会有不同的结果。

"知道自己没胜算了吧?那就老实交代。把你掌握的情报和协力者的名字说出来。只要你乖乖说出来,我就让你痛痛快快地消失。"

"哈哈哈哈!我是妖死族,就算你现在灭了我,我也能复活,总有一天我会杀回来……噗!"

我揍了他。

我不再废话,不停地殴打克雷曼。

同时,我对克雷曼施加了"思维加速",将他的认识速度加速至百倍。我的智慧之王(拉斐尔)不仅可以影响自己,还能影响他人。

现实的时间只有数秒,但克雷曼会品尝到被人持续殴打几十天的恐惧与痛苦。

我要将这份痛苦与恐惧刻入他的灵魂。

在这数秒之内……

那份恐惧令他头发脱落,表情如同僵尸。

"克雷曼。"

我静静地叫了他一声,把他吓得僵住了。

"我最后再问一次,是谁把情报告诉你的?那人和你什么关系?你说出来,我就让你解脱。"

然而,克雷曼似乎比我预想的要有骨气。

"别……别小看我。我不会背叛同伴,更不会背叛委托人。这事……唯独这件事是'中庸小丑连'的铁则!"

"这样啊,那就没办法了。对了对了。我先告诉你一件事,你是没机会复活的。"

我若无其事地对克雷曼说道。

他刚才说自己会复活,但这是不可能的。

就算像维鲁德拉一样被不可能逃脱的"无限牢笼"困住,也不如被我的"暴食之王(别西卜)"吞噬悲惨。

"什……什么?你说什么?"

难道他能挺住是因为还能复活?

我话音刚落,克雷曼就开始慌了。

"你刚才说过妖死族就算死了也能复活吧?所以,你打算让我灭了你,到时候你的星幽体就可以逃出去。我没说错吧?"

这家伙实在卑鄙,唯独他要达成这个目的的执着值得钦佩。

克雷曼脸上瞬间没了血色。

"你……你说什么?"

他一直在拼命掩饰这一点,但这态度暴露了他的意图。

第五章
魔王飨宴

就算没有智慧之王（拉斐尔），我也看得出来，但智慧之王（拉斐尔）更厉害。

"这个嘛。你可以通过将星幽体与地脉连接来保护自我意识与记忆，对吧？所以就算肉体被消灭，你也不会彻底死亡。你打算装死吧……"

原来是这样啊。

我直接说出智慧之王（拉斐尔）的解释，克雷曼听后瑟瑟发抖。看来这个解释完全正确。

"等……等一下……"

这样一来，他的底牌全部被我摸清了，该做个了断了。

"看样子是问不出什么来了，我现在要惩罚克雷曼。有人反对吗？如果要反对就是与我为敌。"

我无视克雷曼，询问其他魔王。

如果有人站出来反对就麻烦了，但我估计不会有。

"随你的便。"

不出所料，奇伊代表众魔王做出了回答。

看样子其他魔王也没异议。

"不要！喂，不要——！！"克雷曼拼命叫道。

他终于明白自己已经逃不掉了。

"你不断找我的麻烦，我已经厌倦了。你别以为自己能痛痛快快地消失。"

说完，我把手放到克雷曼的头上。

如果克雷曼肯供出黑幕的情报，我会给他一个痛快，可惜他没说。我想弄到黑幕的情报，以便今后能有所准备，不过没有情报也能随机应变。

说不定克雷曼的城堡里也有线索，而且有证言指出"中庸小丑连"不是恶魔族，很明显他和人类有合作。

虽然不清楚幕后黑手在哪儿，但那人能掌握我的动向，所以可以肯定那人至少在西方诸国很有势力。

只要耐心搜索，应该能抓住他的尾巴。克雷曼的话虚实难辨，说不定反而会干扰调查。

"消灭灵魂需要花一点时间，你利用这时间好好反省吧。"

"不要！喂，住手！！喂！住手啊！！救……救命，福特曼！救命，蒂亚！我还不想死。我要死在这种地方吗——！！"

克雷曼仓皇逃跑，狼狈不堪，但我不可能放过他。

无论他怎么叫，我都无动于衷，放过这家伙无异于埋下灾厄的火种。

而且，拜你所赐，那个天真的我已经死了，我决不能再因为自己的天真失去同伴。

"请……请救救我，卡萨利姆大人——"

克雷曼把手伸向损坏的面具，紧紧握住，如祈祷一般……

啪。

丑态百出、负隅顽抗的克雷曼瞬间消失了。

他被"暴食之王（别西卜）"吞下，连灵魂也未能幸免。

他会转变成纯粹的魔素（能量）。在这过程中，克雷曼将品尝到如在地狱般的苦楚。

这时……

第五章
魔王飨宴

啊，拉普拉斯，你说得对，我好像是过分了点。如果我听你的忠告，安分一点就好了……真是的，你总是对的。

我好像突然听到了克雷曼的声音，他是在忏悔吗？
原来无论怎样的恶徒都会后悔啊……
希望克雷曼在我给予他的"死"中多少能有所反省。
克雷曼的野心就这样被我粉碎，他也成了果腹之物。

设计草图

奇伊·克林姆兹

达古琉陷

莱昂

第六章

八星魔王

Regarding Reincarnated to Slim

赤发魔王奇伊站了起来。

他郑重说道："干得不错。从今天起，我就同意你自称魔王。有人有异议吗？"

没人有异议。看来他们已经认可我这个魔王了，那就暂且可以放心了。

事实上，我认为在这里和其他魔王为敌无异于自杀。

不过，这个担心是多余的。

我解除了隔离战域后，菈米莉丝飞过来说道："我一直相信利姆鲁只要去做就能做到！既然如此，我也可以收你当徒弟哟！"

"啊，感谢你的肯定。不过，徒弟的事就算了吧。"

"什么啊？有什么关系嘛，你就老老实实当我的徒弟吧。"

菈米莉丝一副垂头丧气的样子。

而米莉姆则如胜利者一般得意地说道："哼哼！因为利姆鲁是我的朋友。他似乎不想和你走太近哟？"

"咦？不是吧？喂！利姆鲁，她是骗人的吧？"

"哇哈哈哈哈！我们不带你玩，菈米莉丝！"

"什么——嘿！"

在米莉姆的挑衅之下，菈米莉丝瞄准米莉姆的脸使出了一记飞踢。

米莉姆轻松躲了过去，并发出大笑。

看来这两人的关系比我想的要好。

另一方面，维鲁德拉不知什么时候跑去找魔王达古琉路聊天了，

第六章
八星魔王

一副熟络的样子。

他正在向达古琉路炫耀自己目前训练如何抑制妖气。

然后他指着我，得意地说："看到了吗，达古琉路？他就是个好榜样。"

听到这话，达古琉路点点头说："确实很好。有一瞬间，我从他身上感受到了爆发性的魔素量（能量）。他连如此庞大的魔素量（能量）也能完美地隐藏住。"

维鲁德拉好像在解说我和克雷曼的战斗。

真希望他快停下来。就因为我预感他会做这种事，所以才请他看家……

战斗一结束，迪诺似乎就没了兴趣，他昏昏沉沉地开口道："我看也挺好。"

他的反应很平淡。

这个魔王让人捉摸不透，我搞不懂他在想什么。但我得到了他的承认，这就够了。

莱昂一副事不关己的样子："哼，我不关心谁当魔王。随你的便。"

真是个冷淡的家伙。

芙蕾和卡利昂好像也没异议。

那就剩下最后一个人……

这时，一直默不作声的魔王瓦伦泰重重地往前踏出一步。

"哼，我决不认可低贱的史莱姆当魔王……"

瓦伦泰好像很看不起我，他散发着耀眼的帝王之光。

虽然他反对，但少数服从多数，我魔王的身份肯定能得到承认。

既然没问题，那就无视他的话吧。这时……

"哇——哈哈哈，卑微的家伙，你在侮辱我的朋友吗？喂，米露斯，你是怎么管教从者的？要我帮你教训教训他吗？"

维鲁德拉对魔王瓦伦泰的女仆说道，一副熟络的样子。

喂，喂！你干什么啊，大叔？

"你在说什么？我只是魔王瓦伦泰大人忠实的侍女。"

米露斯用冰凉的声音回应维鲁德拉，她的表情冷若冰霜。

"喂，这可不行哟！瓦伦泰一直在隐藏自己的真实身份。维鲁德拉，你怎么能把这事说出来？"

米莉姆小姐，你刚才彻底把这事公开了吧！

我也隐约有这个感觉，看来我的推测是正确的。

这个美少女女仆米露斯才是真正的魔王。

米露斯瞪着米莉姆，那视线仿佛能够杀人。

"啊！"

米莉姆似乎发现自己说漏了嘴，尴尬地吹着口哨掩饰着。

你的口哨发不出声音啊……而且做这种事也没意义吧。玩笑似乎对米露斯不起作用，估计这种做法浇不灭她的怒火。

米露斯愤愤地环视四周。

看那眼神，她明显想杀光所有人毁灭证据。

估计她是非常好战的危险人物。好在米露斯似乎放弃了消灭在场的所有人的念头。

"喊，可恶的邪龙，你为什么处处和我作对……而且你不记得我的名字了吗？你还真擅长惹怒别人啊。"

米露斯……不，魔王瓦伦泰态度骤变如是说道。

没想到维鲁德拉这么靠不住，他好像记错了名字，结果无端惹

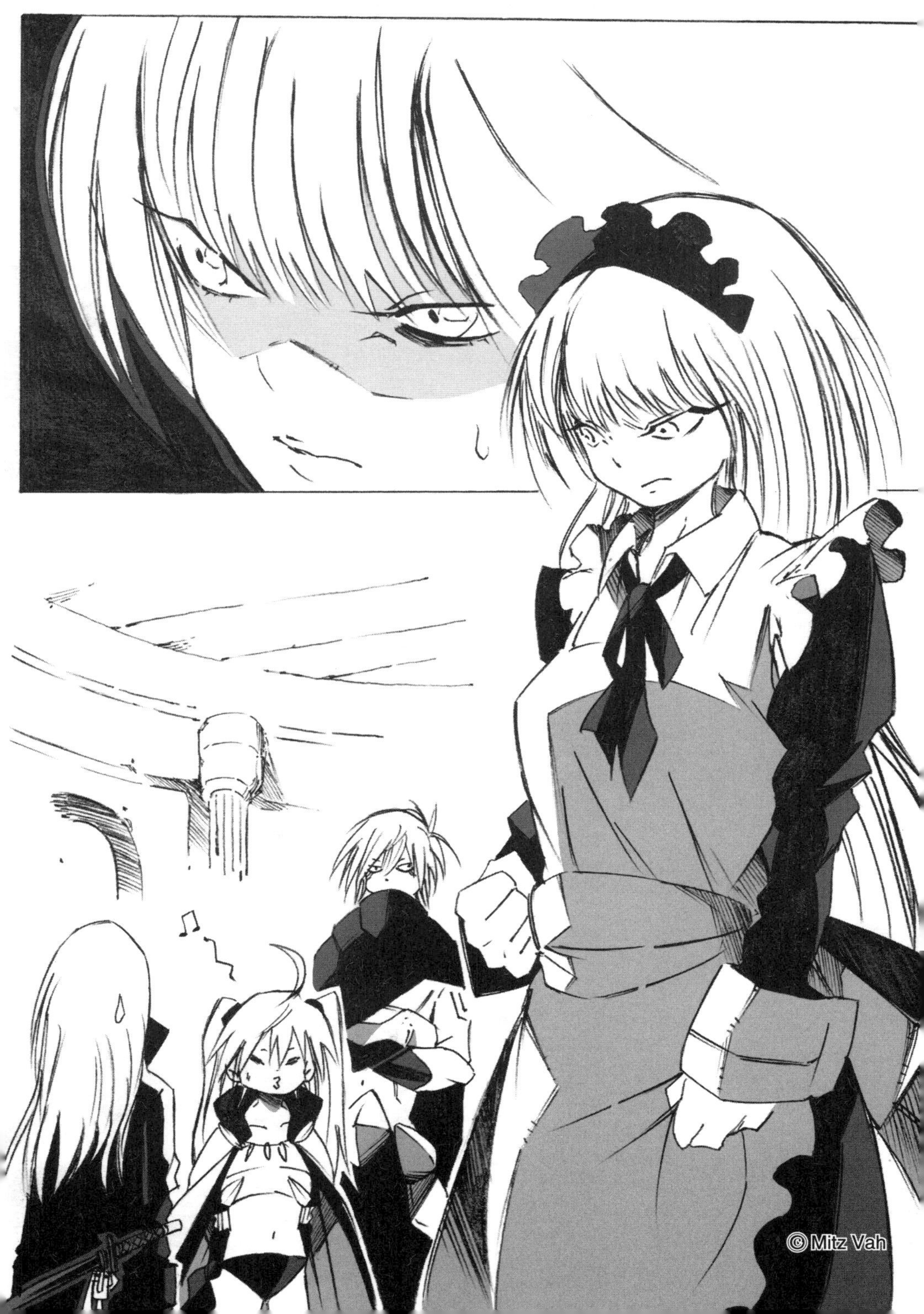
© Mitz Vah

怒了魔王瓦伦泰。

"算了。你叫我瓦伦泰就行。"瓦伦泰不快地说道。

紧接着，瓦伦泰释放出庞大的魔力，瞬间改变了外观。她的女仆装也变成了豪华的漆黑哥特式连衣裙。

魔法换装——迅速换装魔法，米莉姆也很擅长。

我眼前出现了一个倾国倾城的美少女。

啊，果然是这样。真货就是不一样。

魔王瓦伦泰也相当强，但真魔王的层次不同。美丽与实力兼具的魔王就在这一刻显现了。

"罗伊，你先回去。"

换装之后的瓦伦泰一副王者之风，她对现魔王瓦伦泰下了命令。看来魔王瓦伦泰的真名是罗伊。

"可是，瓦伦泰大人……"

"我在这么多人的面前暴露了身份，现在隐瞒已经没有意义了。"瓦伦泰瞪着维鲁德拉肯定地说道。

维鲁德拉尴尬地避开瓦伦泰的视线嘟囔道："这……这又不是我的错。我又不知道……"

这话连辩解都算不上。

而罪魁祸首米莉姆完全置身事外。估计在米莉姆看来，这事已经过去了。她还是老样子，任何情况下都这么我行我素。

瓦伦泰似乎比任何人都清楚这一点，她虽然生气，但没有继续抱怨。

她似乎想转换心情，郑重地对正在行下属之礼的罗伊说道："而且，有件事我很在意。克雷曼那家伙看到你的时候，视线停留了一瞬间。说不定他和之前闯入我们领土的臭虫有关系，你回去让其他

第六章
八星魔王

人严加防范。"

看来克雷曼也惹上他们了。难怪克雷曼会被人讨厌。

瓦伦泰的领土位置不明,也许克雷曼只是想找出来而已,这家伙真爱胡来。再怎么喜欢搜集情报也得有个分寸,否则会惹上麻烦的。

"明白。"

说完,罗伊独自先行离去了。

罗伊对瓦伦泰唯命是从,而且他没有留恋魔王的宝座,看来是真正意义上的影武者。

这正是瓦伦泰权势的证明。

就这样,瓦伦泰再次回到了魔王的宝座上。

*

那就从头开始。

我从"胃"里取出圆桌,放到中间。

把桌子收起来是明智的,如果战斗在展开隔离战域之前开始,这圆桌肯定会被破坏。我可不想赔偿如此昂贵的桌子。

众魔王围着圆桌坐下,奇伊的两位女仆正在给席间的魔王一一准备红茶。

莱昂用余光看着这一幕,嘟囔道:"啊,我想起来了。我记得卡萨利姆这个名字,是我杀掉的那个魔王。"

我口中的红茶喷了出来。

莱昂那混蛋,竟然若无其事地说出了这番话。

"莱昂,原来你认识他啊?"

你怎么会不认识他啊,米莉姆小姐?

其他魔王的反应也差不多。

这是谁啊？他们基本都是这个反应。

菈米莉丝也彻底忘了。她不是保留着记忆吗？我很想吐槽，不过看她可怜于是作罢。

他们为什么要提卡萨利姆？

"……说明。刚才克雷曼呼救的时候提到了'卡萨利姆'的名字。"

啊，对了，对了！我想起来了。

他是喊过这么个名字。我记得很清楚，希望你别用那种眼神看我，我可不是米莉姆和菈米莉丝的同类。

"那个卡萨利姆和克雷曼有什么关系？"

卡利昂回答了我的问题。

"卡萨利姆就是'咒术王'。米莉姆，是你和卡萨利姆推荐我当魔王的吧？"

"啊，原来是那家伙啊。你说'咒术王'我就知道了。莱昂杀掉的魔王就是那家伙啊。"

她不记得真名，但是记得异名。这似乎可以理解。

被莱昂打败的魔王应该只有一个吧。估计她把这些无聊的事都抛到脑后了……

"对了。我记得卡萨利姆和克雷曼一样都是妖死族。而且他是凭自己的力量从长耳族（精灵）进化而来的特殊变异个体（特异魔物）。我个人和他关系不错，所以听他说过。从克雷曼继承了卡萨利姆地盘这点来看，他们可能在背地里有联系。"

卡利昂想起了过去的事，然后说道。卡利昂对卡萨利姆的态度和对克雷曼不同，没那么大的恶意。

第六章
八星魔王

啊，等一下？我差点忽略了这个问题，既然卡萨利姆是妖死族……

"难道卡萨利姆还活着？也许他只是假装被莱昂杀掉，其实是躲在暗处？"

"啊，这倒是有可能。卡萨利姆那家伙比克雷曼还阴险，更要提防，他是个精明的男人。"

卡利昂也同意我这看法，我的推测可能是真的。

"真让人遗憾，说得好像是我把他放跑了一样。他高高在上地叫我当他的部下，说他会帮我当上魔王。拒绝他也很麻烦，于是我决定打败他，夺走他的地位。无论他是死是活都和我没关系。"

莱昂一副理所当然的态度。

莱昂说得也对，估计他只是想展示自己的力量，本来也没有杀心。他对卡萨利姆的生死没有兴趣。

"喂喂，莱昂，就是因为这种态度，你才会招致克雷曼的怨恨。"

"哼，我没兴趣。"听到卡利昂的劝告，莱昂冷淡地答道。

在莱昂看来，这只是一个麻烦。而克雷曼似乎也一直想找莱昂的麻烦，真是四面树敌。他这能叫聪明吗？我越来越不肯定了。

这样一来，卡萨利姆和克雷曼的阴谋似乎渐渐浮出了水面。

莱昂成为魔王大约是在两百年前，估计他把卡利昂和克雷曼推为魔王之后还想继续扩大势力。

感觉克雷曼之前策划的猪头帝魔王化计划和卡萨利姆的做法有异曲同工之妙。他想多拉拢一些协助者，以增加自己在这次魔王缮宴上的话语权。

集团投票太卑鄙了，一点也不像魔王的作风。

但我也能理解，毕竟这确实很有效。

"中庸小丑连也是克雷曼的同伴。那些人曾透露他们有人类的协助，卡萨利姆复活后有可能附身在人类身上。"

我说出了自己的想法。

据说卡萨利姆被莱昂打败时身体消失了，所以，如果他复活的话应该是先从精神体开始。

这么看来，他自然会考虑依附到其他生命体上。

而且，在魔王居住的领域内一复活就会暴露，可是一直没人注意到他的复活，应该不是藏在魔王的领域内。

"这个假设可能是对的，莱昂的攻击连精神都能破坏，卡萨利姆竟然能够活下来，倒是值得肯定。而且，就连我们恶魔族从灵魂状态复活也要耗费数百年的时间。妖死族需要的时间更长，很难想象他能凭自己的力量复活。"

没想到奇伊赞同了我的想法。

恶魔族是精神生命体，但妖死族不同，他们需要依赖肉体。所以，从星幽体状态复活很花时间，甚至可以说卡萨利姆能活下来就是一个奇迹。

奇伊的说明应该是这个意思，也就是说很可能有人帮他。

我隐约觉得真相即将浮出水面，但没有更进一步的情报。

"不管怎么说，应该假设卡萨利姆已经复活，并加以戒备。我这么对克雷曼，他应该会恨我。"

"哇哈哈哈哈！利姆鲁你已经比他强了，没必要担心。"

"笨蛋，大意会导致失败。"

我无视了米莉姆的话，这也是在提醒我自己。

我这次大获全胜，一扫克雷曼的威风，所以敌人应该会安分一段时间，不过大意是大忌。如果我是孤家寡人倒是另当别论，我现

第六章 八星魔王

在还要保护那些同伴。今后应该在防卫方面多下点力气，多考虑一些对策。

＊

闲聊结束之后，会议再次开始。

由于克雷曼的退场，奇伊作为代表接管了主持工作。

"这次原本议题是卡利昂的背叛和这个利姆鲁的崛起，但这两个问题已经解决了。卡利昂没有背叛，利姆鲁也展现了魔王的力量。我觉得现在散会也没问题，不过我们难得聚一次，有人有话要说吗？"

芙蕾开口了，她似乎一直在等这句话。

"我能说两句吗？我正好想借飨宴的机会说件事，这不是提案，是请求。"

"可以，你说说看。"

"我决定从今天起追随米莉姆，所以想奉还魔王的地位。"

芙蕾抛出了一个爆炸性的发言。

"喂喂，怎么这么突然？"

"芙蕾，你等等！我可从没听你提过！"

"嗯，我没和你说过但我一直在考虑这件事。"

芙蕾眯着眼睛，仿佛看着远方。

●

芙蕾想起过去的事。

她想起了和米莉姆的对话，那段对话让芙蕾决心信任米莉姆。

"我说芙蕾,你愿意做我的朋友吗?"

"你为什么提这事?"

"我和利姆鲁成了朋友!朋友真好啊!有困难的时候可以互相帮助!"

"哦,是吗?米莉姆……如果你愿意帮我,那我也可以做你的朋友。"

"真的?我保证会帮你!"

"那太好了。我很多疑,要你能遵守约定,我才会相信你。"

"好!现在我们也是朋友了!"

芙蕾不相信克雷曼,所以她决定相信米莉姆,并假装接受克雷曼的提议,给自己留一条退路。

如果米莉姆不遵守约定……

如果米莉姆真的被控制……

芙蕾也有担心,但她把赌注压在了米莉姆身上。

现在她赌赢了。

这就是原因。

芙蕾决定相信米莉姆,并决心追随她。

这一瞬间,从不相信任何人的孤傲的女王第一次对他人产生了信任。

●

芙蕾窃笑着,似乎想起了什么事,接着她坚定不移地说道:"原因一言难尽。最大的原因是我认为自己这个魔王太弱了。看了刚才的战斗之后,我终于确信了,就算是和克雷曼战斗,最多也就

第六章
八星魔王

平手。如果是觉醒后的克雷曼，我无论如何都没有胜算……"

"可是芙蕾，你擅长的是在空中高速飞行的战斗吧？你有必要如此贬低自己吗？"

达古琉路的劝说毫无效果，芙蕾心意已决。

"在空中战斗确实对我有利，可是这借口对魔王没用。而且我很清楚，就算在对我有利的条件下，依然有状况能让我一筹莫展……"

说着，芙蕾瞄了我一眼，然后继续说道："所以我决定当米莉姆的部下。而且米莉姆也不能一直那么任性吧？你是不是也该管管自己的领土了？"

也就是说，芙蕾此举不只是为了她自己？

米莉姆确实靠不住，不能放着不管，确实需要有人协助顺便监视她。

芙蕾说自己很弱，但我看没那么弱，她和克雷曼风格不同，但也是危险的策士，别人看不穿她的想法。

她拥有女王典型的可怕之处，似乎特别危险。

而且如果她的想法得以实现将会怎样？

如果她不是魔王，而是一名从者的话，她的战力肯定配得上米莉姆。

米莉姆似乎没有国家，但芙蕾加入之后，米莉姆就有了一个明确的领地。

这样一来，我就必须考虑与米莉姆的国家建交，如果有芙蕾在，普通的交涉手段可能就行不通了。

这似乎也很有趣。

"怎么样，你会接受我的提案吗？"芙蕾把目光转向米莉姆。

"可……可是我的原则是不要民众追随……"米莉姆一副惊慌失措的样子。

米莉姆正要拒绝那个提案时……

"等一下。关于这事,我也有话要说。"卡利昂加入了他们的对话,"我也在和米莉姆的单挑中输了,也想干脆加入米莉姆麾下。明面上魔王的地位是一样的,如果对手是勇者倒还好,但既然我输给了和自己同等地位的魔王,那就应该奉还魔王的地位,如果继续以魔王自居就太狂妄了。所以从今天起,我就是米莉姆的部下。请多关照,老大!"

看来他根本没考虑对方的意愿。

对魔王而言,力量就是正义,所以我也不是不理解,不过……

米莉姆没有下属,所以也没有部下会站出来反对。可是有两位现任魔王直接归顺她,这样行吗?

"等一下,卡利昂!单挑的事要怪克雷曼!我被控制了。我可不负责!"

米莉姆,我觉得你这借口太烂了!

其他魔王也诧异地看着米莉姆。

"你别装傻。刚才不是你自己在大庭广众之下说'可惜控制不了我'的吗!"

卡利昂用异常逼真的声音再现了米莉姆的台词,没想到这家伙这么多才多艺。

"嗯?那……那是……"

"先别管那个四肢发达、头脑简单的家伙,你会接受我吧,米莉姆?"

"你……你不会是想用这话来骗我吧?你成为我的部下的话,

第六章
八星魔王

你和我说话就不会那么随便了吧？你也不会再陪我一起玩或者恶作剧了吧？"

听到米莉姆这台词，芙蕾摇了摇头。

"你错了，你要我陪你多久都行，而且我们可能还可以一起做更开心的事哟！"

她开始对米莉姆进行洗脑——劝诱。

我就说吧，就知道芙蕾会干这种事，不能对她掉以轻心。

卡利昂也用自己的方式开门见山地说道："还不是因为你把我的国家夷平了！虽然利姆鲁说过帮我，但你也有义务养我们！"

我觉得米莉姆没这个义务，但米莉姆不擅长应付复杂的对话，没想到卡利昂那家伙这么有城府。

米莉姆似乎着了卡利昂的道，眼看就要昏过去。她终于放弃思考，爆发了。

"哎——好啦，随你们的便吧！"

米莉姆头上喷出烟来，如喷发的火山一般，她放弃了思考。

不愧是米莉姆，她既聪明，又不擅长思考。

"卡利昂，你确定吗？"

"嗯。我也考虑了很多。我打算继续当兽王国的王，并以米莉姆为顶点构筑新的体制。"卡利昂明确回答了奇伊的问题。

"我很看重你。我原本期待你会在几百年后觉醒。"奇伊用鼻子哼了一声，遗憾地低声说道。

不过，他马上就露出微笑宣布道："好！从现在起，芙蕾和卡利昂不再是魔王，你们可以如愿追随米莉姆。"

奇伊宣布这两人正式退出魔王的行列。

看来没人有异议，我当然也不反对。

就这样，我正式成了魔王。与此同时，一位魔王被消灭，两位魔王退位成为魔王米莉姆的直属部下。

这一刻，十大魔王只剩下八位。

*

我以为会议会就此结束，但还剩下一个问题。

我漫不经心地低声说道："对了，现在已经没有十大魔王了吧。"

听到我这话，其他魔王顿了一下。

"那就头疼了吧？考虑到威严问题，我们必须想一个新的名号才行。"

达古琉路说了这样一番话。

嗯？这事有这么重要？

"幸好现在正在进行魔王飨宴，所有魔王都在这里，能想出一个好名字吧。"

连瓦伦泰也严肃地附和道，这人看上去很讨厌开玩笑。

喂喂，一个名称而已，无关紧要吧？

我觉得就算不管这事，人类也会随便给我们起个名字的。

"太累人了。每次决定名称的时候，魔王的人数总会出现变化，结果我们进行了好几次魔王飨宴！"

嗯！？你们会因为那种无聊的事进行魔王飨宴吗？

我记得菈米莉丝曾说这是魔王齐聚一堂的特殊会议，说得非常夸张……不，她一开始是说这只是单纯的茶会……

感觉这事也没那么重要。

"对了对了，上次是因为人类称我们为'十大魔王'，我们的称谓才定下来的吧？我们拼命想了半天，结果却是白费力气。所以

第六章
八星魔王

我不行,我已经提不起劲去想名字了。"

不不。这不是行不行的问题,你根本就没想动脑吧。说得好像你之前一直都很努力地在想一样。

"你们闭嘴。就知道抱怨,一点建设性的意见都没有!"

"瓦伦泰,你说什么?你自己不是也把一切都丢给罗伊了吗?"

瓦伦泰说出了我心中的吐槽,但迪诺轻松驳回,令她无言以对。看来他和米莉姆、菈米莉丝不同,虽然懒散,但也能言善辩。

可是,为什么起个名字要花那么长时间?话说回来,他们聊的时候很认真,难道魔王其实很闲……

据他们说上次定名字的时候居然拖了好几年都定不下来,最后还是人类对他们的称呼"十大魔王"已经固定下来才确定。其原因是魔王数量的增减,等他们想到好名字的时候,人数又出现了增减。

最终,"十大魔王"成了他们的称谓,但所有魔王对这个称谓都不满意。

这种情报还真是无关紧要。

"你们冷静点。虽然我们平时没有协调性,但现在我们要团结一致解决这个问题!"

奇伊直接断言他们平时没有协调性。

听到这话,菈米莉丝嘟囔了一句:"呃,可是……现在是八大……"

然而,四周无声的压力抹消了她的声音。

"是啊。奇伊刚才说得对!我们一起加油吧!"菈米莉丝立即改口掩饰刚才的话。

看样子没人喜欢八大魔王这个名字。

可是,我看他们根本就没有什么计划。

"哇哈哈哈哈哈！这事就交给你们了！"

"我好困。要睡了。"

没有一丁点协调性的人立即冒了出来。

不出所料，不愧是魔王们。

我就想魔王哪来的什么协调性，看来我是对的。

接着，有人打破了这尴尬的气氛。

那个不懂察言观色的男人就站在我背后。

"哦？起名字的事我的朋友利姆鲁最擅长了！"

他就是维鲁德拉。

维鲁德拉似乎很无聊，想快点回去。

众魔王的视线都集中在我身上。

早知道这样，我就给他看看漫画了，难道他连最终卷都看完了？

米莉姆死死盯着维鲁德拉，不，是维鲁德拉手上的漫画。她的目光像锁定猎物的老鹰一样，我产生了不好的预感，但现在不是关心这事的时候。

有人站出来对维鲁德拉的话表示赞同，是菈米莉丝。

"说起来，你当时一下就帮贝雷塔起好了名字！"

她准备把事情全部丢给我。

这家伙……对我越来越不客气了。她明显打算慢慢把事情推到我身上。

我猛地抬头环顾四周，发现其他魔王的眼中充满了期待。

糟糕。我好像已经被包围了！

其他魔王默默地互相使了使眼色，奇伊代表众人站了起来。

"今天的新晋魔王利姆鲁，我要给你一项很棒的特权。"

"啊，不需要，我拒绝。"

第六章
八星魔王

我迅速拒绝，不让他再往下说。然而，我太天真了。

咚！随着一声轰鸣，泛着黑曜石光泽的昂贵大圆桌被一分为二。

奇伊笑着无视了我的拒绝，继续说道："没错。我将为我们起新名称的权利送给你。这是至高的荣誉，你当然会接受吧？"

奇伊悠然地走到我身边，抚着我的脸颊说道。

乍一听十分亲切，但这声音中带着不容否定的语气。

我没有吭声，打算保持沉默，不予表态，然而……

"怎么样？就是因为你造成减员才出现了现在的问题。你当然会负起责任，起个名字吧？"奇伊用手指轻抚我的脸颊，贴到我的耳边低语道，几乎要咬到我的耳朵。

在旁人看来这是撒娇，但现实并非如此。

这是胁迫！

事已至此，我别无选择。

没想到会这么麻烦……起就起吧。

"真是的，那好吧。你们可别抱怨名字不好啊？"

我放弃挣扎，不情不愿地答应了。

其他魔王满脸笑容，似乎一下子放下了心。还有人轻松地续了一杯茶，似乎想把事情全部推给我，自己完全置身事外。

一共有八位魔王，我觉得叫八大魔王也挺好……不，感觉这名字有点敷衍。

刚才菈米莉丝想说的估计就是八大魔王，这名字还是算了。毕竟那一瞬间四周有种可怕的压迫感，让她别再往下说。我可不想暴露在那带着威压的视线之下。

"八大魔王"这个称谓不行。

那么……

说起来今晚是新月，夜空中闪耀的繁星十分美丽……

"'八星魔王（Octagram）'怎么样？这是我由八芒星联想到的。"

我说完后，会场沉默了，众魔王闭上眼品味着这个词。

很快，所有人一齐睁开了眼睛。

"就这么定了。这名字很棒。"

"我们赢了！新的时代来了！"

"我说吧！我就知道利姆鲁做得到！"

"不愧是维鲁德拉推荐的人。"

"哼。还不错，我对你稍稍有点改观。"

"只用了一瞬间！真厉害。上次我们可费劲了！"

"嗯……"

没有反对意见。

太好了。我已经做好准备，如果有人反对的话，我就让那家伙来想名字。

我很好奇米莉姆到底想胜过什么人，她又是怎么赢的，不过还是不要深究了。

还有迪诺，我也想听听你们到底聊了什么……

有的感想让我萌生了许多疑问，但现在要成熟一点，努力无视这事。

就这样——

此时此刻，众魔王有了一个令人敬畏的新称谓。

第六章
八星魔王

*

众魔王的称谓是八星魔王。

恶魔族——"暗黑皇帝"奇伊·克林姆兹。
龙人族——"破坏暴君"米莉姆·纳瓦。
妖精族——"迷宫妖精"菈米莉丝。
巨人族——"大地之怒"达古琉路。
吸血鬼——"夜魔女王"瓦伦泰。
堕天族——"沉睡支配者"迪诺。
人魔族——"白金剑王"莱昂·克罗姆威尔。
还有我——
妖魔族（史莱姆）——"新星"利姆鲁·特恩佩斯特。

这一天，新的魔王时代拉开了序幕。
首先是统治领域的分配。
我的统治领域是鸠拉大森林全域。这是破格的待遇。
米莉姆更不得了。芙蕾、卡利昂以及克雷曼的领地全部由米莉姆统治。但这只是名义上的统治。因为领地由卡利昂、芙蕾以及信仰米莉姆的祀龙之民管理。
而且旧克雷曼领地还是与东方帝国的缓冲地带。估计有必要调查克雷曼的管理方式，并构筑防卫线。
这事非常麻烦，做起来非常费事。可这是米莉姆她们的问题，我要优先关注自己的工作。
其他魔王的领地没有变动。

没有领地的居无定所的人、隐藏领地的人、立足于其他大陆的人……并不是所有人的所在地都那么明确，所以就算有变动其他人也不知道。

虽然魔王我行我素，但还是有联络手段。

我得到了一枚戒指，这是魔王身份的证明，其功能之一就是联络。这戒指不仅能证明持有者的身份，还能在魔王间进行"超时空通话"。

通过这戒指既能进行一对一的秘密通话，也能进行多人会谈，是相当方便的魔法物品。

据说这枚戒指——魔王指环（Demons Ring），就算在"无限牢笼"中也能进行通话。

这也太方便了，下次要对它进行"解析鉴定"并批量生产，但这事要保密。

克雷曼的阴谋——从森林骚乱开始的一连串事件终于落幕，我也正式得到认可，成了新魔王。

克雷曼的主人卡萨利姆的存在让我很在意，但有关魔王的问题已经解决了。

就这样，我成了八星魔王中的一员。

设计草图

露米纳斯（女仆版）

迪诺

瓦伦泰

终章

在神圣之地

Regarding Reincarnated to Slim

终章
在神圣之地

差点就没命了——拉普拉斯边想边拼命逃亡。

正如之前商量好的，魔王飨宴一开始，拉普拉斯就尝试潜入圣地。他去了神殿内部的大教堂，打算去上次遇到魔王的里之院，然而……

拉普拉斯在那里遇到了他最不想碰到的人物。

那人是最强的丽人，同时拥有法皇直属近卫师团首席骑士及圣骑士团长头衔的坂口日向。

（喂！她不是不在吗？这和说好的不一样啊！）

拉普拉斯在心里对身在别处的雇主抱怨道。

他们在讨论行动方案时约好由雇主引开日向。

"啊哈哈，抱歉抱歉！"拉普拉斯仿佛听到了雇主随便道歉的声音。这当然是幻听，但拉普拉斯变得极为烦躁。

但现在可没工夫抱怨。

"竟敢潜入这个神圣的地方，虫子实在讨人厌。"

听到日向这冰冷的声音时，拉普拉斯以为自己死定了，他没有半点犹豫，立刻选择了逃跑，最终成功逃脱。

他根本没机会去里之院，作战失败了。

这不是拉普拉斯的错。

（难得魔王瓦伦泰不在，可是那个女人在的话，也没有意义……）

"我能赢那种怪物吗？"

拉普拉斯嘟囔着，他早已放弃抵抗，决意撤退。

拉普拉斯心中也有挣扎：为什么自己最近一直在逃跑？

能从日向眼皮底下逃出来就是个值得吹嘘的事了，但逃跑终究败兴。考虑到自己最近运气极背，也许应该多加留心。

拉普拉斯刚想到这里就发现情况不对。

圣都外的空间出现了扭曲，他感觉到里面有庞大的魔力波动。

"喂……不是吧……"

没那么背吧——拉普拉斯都要哭了。

那反应可不是出现高阶魔人那么简单，明显是远比其强大的人物，而且拉普拉斯对那波长有印象。

"鼠辈，在朕面前现身吧！！"

魔王瓦伦泰吼声轰鸣，迸发出暴烈的怒火。

"该死！这次是魔王吗？"

简直倒霉透了，拉普拉斯很想感叹自己的不幸，但现在可没闲工夫，他再次试图全力逃亡。

"哼！鼠辈全都一个样。你们就那么喜欢四处逃窜吗？"

拉普拉斯突然感觉到瓦伦泰话里有话，停住了脚步。

"你这话什么意思？"

"哼，这事和你没关系，我就告诉你吧。魔王克雷曼刚刚已经死了。那个愚蠢卑鄙的臭虫也像你一样四处逃窜。他边逃边狼狈地哭号。"

瓦伦泰嘲笑道，一副十分嫌弃的样子。

"什么？"

"哈哈哈，你生什么气？这事和你没关系吧？"

终章
在神圣之地

"闭嘴！喂，你说克雷曼死了，没骗我？"

"哈——哈哈哈！你这臭虫不打自招，你们果然是一伙的。一切都在露米纳斯大人的预料之内！！"

拉普拉斯在大笑的瓦伦泰面前呆住了，他不相信克雷曼的死讯。

准确地说，他不是不信，而是不愿意相信。克雷曼是拉普拉斯的伙伴，虽然神经质，但脾气也不错，甚至可以称得上是朋友。

"你笑什么，该死的白痴？"

"你这臭虫在对谁……噗——"

"蠢货！不准！笑我的朋友！"

拉普拉斯的拳头和他的话一样，饱含怒火倾泻而出，没有停止的迹象。

"呃，你这鼠辈太狂妄了！！"愤怒和屈辱令瓦伦泰满脸通红，他瞪着拉普拉斯叫道。

瓦伦泰拥有"超速再生"，无论拉普拉斯怎么打都没有意义。瓦伦泰认为愚者只有死路一条。

"没用的。你已经没了。"

"什么？"

瓦伦泰不清楚刚才发生了什么。他拥有压倒性的力量，却被弱小的臭虫摆了一道。他本想用最强的必杀技解决那只臭虫，可是不知怎么回事，技能无法发动。

今夜是新月，是吸血鬼力量最弱的时候，但瓦伦泰拥有魔王级的实力，这点影响充其量只能算误差。

这样看来，原因只有一个：拉普拉斯很强。

"啊！"

"没错。这是你的内核。你现在既动不了，也说不出话吧？这也是我干的。"拉普拉斯冷血地说道。

瓦伦泰的身体开始微微颤抖，不受他的控制，那仿佛是……

（恐惧？朕会感到恐惧？）

"你的反应稍稍有点迟钝。没错，我很强。"

瓦伦泰脸色铁青，露出绝望的表情。

拉普拉斯看着瓦伦泰的表情，狂笑着捏碎了手里的东西。

两人瞬间分出了胜负。

拉普拉斯继续笑着。

啊，福特曼会愤怒吧？

发现拉普拉斯的卫兵无一生还。

啊，蒂亚会哭泣吧？

他笔直向外狂奔。

那我就笑吧。

"你真是个蠢货。"拉普拉斯嘲笑着克雷曼。

他认为这才是悼念"狂喜的小丑"最好的方式。

既不是愤怒，也不是哭泣。

自己的朋友已经不会再笑了，拉普拉斯要替他狂笑。

设计草图

后记

好久不见！

从上一卷到现在我们已经五个月没见了，现在《史莱姆》的第六卷终于和各位见面了。

接下来是例行的后记时间。

这次，我也与编辑I氏发生了写与不写的惨烈争斗。

在写第一卷时，I氏十分亲切。

"如果你实在不想写后记的话，不写也没关系。"

"这样啊，谢谢你的体谅！我不知道该写什么，而且也不擅长写后记，有你这话我就放心了！"

当时我们有过这样的对话。

可！是！

这次……

"我算了下页数，后记可能需要写八页！"

"哈？八页也太多了吧。"

我说，八页的后记简直强人所难，会产生这种疑问也是在所难免的吧。

后记

"唉，这也没办法啊。因为纸张开本的关系，如果我们减少空白页就没地方写后记了。"

"啊，那就不写……"

"你说什么啊？这怎么能行！后记当然不能不写。"

第一卷的时候还说不写也行，现在那个亲切的编辑 I 氏已经不在了……

不，我确实希望自己在看的小说有后记可以看，但在身处作者的立场时，我会立即站到不写也行的一边。

随心所欲地根据自己的立场改变想法是我的特技之一（这怎么行）。我尝试用这项特技说服 I 氏……

"就算你增加页数也一定要给我写！不写后记这条路是不存在的！！"

在 I 氏的训斥下，不写后记这条路被堵死了。

我知道自己非写不可，于是放弃挣扎，经过不断交涉，I 氏终于同意让我少写几页。

可是……

按照惯例，每次都会有这样的对话。

"这次好像也会多写几页……"

"好吧，你别在意，请放心写吧！"

有过这样一段对话，条件是让我写后记。

我很在意页数增加的事，可这事用不着我担心。

尽管本篇的页数也增加了不少，但 I 氏会增加页数用于放后记。

实在搞不懂编辑 I 氏。

顺带一提，初稿完成后，I氏有这样一段感想。

"〇〇场景没有了，是这样吗？"

"啊，页数增加太多了，我只好含泪删除！"

"这怎么行？那个场景是必须的！"

"可是要删别的也……"

"你就别考虑删减的事了！你就写吧。你爱怎么写就怎么写！"

这是我们当时的对话。

结果我完成了一份有史以来最有分量的初稿，额外多写了近万字。

单论字数，这一卷是出版社至今为止两栏式中最多的，这次连页数也跃居顶点。

"你创下了新纪录！"I氏说道。

他的目标到底是什么啊？

第六卷就这样完成了。

第六卷被誉为有史以来最厚的一本，希望各位能够喜欢。

接下来的话将会涉及本书的内容。

我在第二卷中也提过，我喜欢先看后记。所以，我要先提醒一下，我可能会在不经意间有所剧透，请做好心理准备！

*

我在第五卷的后记中也提过，这卷的内容也很充实。

从目录中也能看出在这一卷中，利姆鲁正式得到认可，成了名副其实的魔王，"八星魔王"就此诞生。

我将网络版的第四章"魔王诞生篇"收录进第五卷和第六卷中。

后记

　　第五卷无法完全容纳"魔王诞生篇"的内容，由此可见，书中大部分是新内容。

　　关于这个问题，我和编辑I氏的讨论就和我在第五卷的后记中写的一样。

　　为了不被人指责我在水字数，我很努力。

　　所以，关于这一卷……

　　每次都一样，登场人物众多。

　　已经看过网络版的读者也许还好，我觉得只追实体书的读者可能会比较累。

　　不过仔细想想，这一卷的字数大概有普通文库本的两倍以上，所以可能也不算太多。

　　大家都想看插图吧——于是我这次也让Mitz Vah努力帮我作画！

　　我觉得十大魔王一齐出场（咦？有十一人？真是不可思议啊！）的插图画得相当棒。

　　说起来，Mitz Vah和编辑I氏两人好像围绕女性角色欧派大小的问题有过一场激战，不过这事与我无关。至于结果如何，请各位读者根据插图自行判断吧。

　　啊，我扯远了。

　　总之，这一卷的插图也很棒，虽然角色有增加，但辨识度很高。

　　至于和网络版的区别，可以说只有剧情走向大致相同。

　　但某个角色的行动目的彻底变了，有的设定也被颠覆，看细节会有许多不同。

　　但在细节上几乎都和网络版不同。

这些细节的变化不断积累，今后可能会发展成一个完全不同的故事。

我没打算改变大纲，不过只有写出来之后才知道结果。

今后也请继续支持《史莱姆》。

*

接下来我想在后记的最后表达自己的谢意。

每次都为我画下精美插图的Mitz Vah。

有的角色草图甚至让我刷新了自己对该角色的印象。

能受到刺激真好啊！

今后还会有新角色出场，请多关照。

负责本书漫画化的川上泰树老师，还有漫画编辑U氏，他们每次都能满足我近乎找碴的要求，我非常佩服他们。

我向他们提出要在这里介绍他们，他们立刻答应了我的请求，太感谢他们了！

呃，我想减少后记的内容？

这是什么话？我完全听不懂。

每次都帮我出主意的编辑I氏，对我而言，他的意见十分宝贵，得不到编辑理解的作品也无法让大多数读者接受。

今后也要请你批评指正！

校对、设计及参与本书出版的所有人，特别是校对，要检查这么多文字想必非常辛苦吧。

后记

你们辛苦了!

最后是购买本书的各位读者,我要努力让你们今后也能从《史莱姆》中获得愉快的阅读体验。

那么,我们下一卷再见!

川上泰树／绘

女仆装真可爱啊！
我也想穿穿看。
那就试试看？
赶紧一起去穿，利姆鲁！
ホレ
我们是挚友吧！嗯，你有吗？
这是我之前设计着玩的，
一起？
我让朱菜帮我做出来了。
ちょっ
ざわっ
くわっ
利姆鲁大人……
穿女仆装！
ばっ

漫画同时发售纪念 **特别漫画**

头饰 →

摆个造型。

这还真可爱！

利姆鲁放弃抵抗……